I0643229

Oliver Ellsworth Wood

The West Point scrap book

a collection of stories, songs, and legends of the United States military academy

Oliver Ellsworth Wood

The West Point scrap book
a collection of stories, songs, and legends of the United States military academy

ISBN/EAN: 9783742812780

Manufactured in Europe, USA, Canada, Australia, Japa

Cover: Foto ©Andreas Hilbeck / pixelio.de

Manufactured and distributed by brebook publishing software
(www.brebook.com)

Oliver Ellsworth Wood

The West Point scrap book

Die Jugend- und Volksspiele in den deutschen Städten im Jahre 1892.

Preußen. Andere deutsche Staaten.	Städte über 5000 Einw.						Städte unter 5000 Einw.						Üb…
	Mit Spiel in besond. Spielstund		Ohne Spiel Spielstund		Zusammen		Mit Spiel in besond.		Ohne Sp. Spielstd.		Zusammen		ha…
	Städte	Berichte	Städte	Berichte	Städte	Berichte	Städte	Berichte	Städte	Berichte	Städte	Berichte	Städte
1.	2.	3.	4.	5.	6.	7.	8.	9.	10.	11.	12.	13.	14.
Preußen.	**142**	**157**	**231**	**249**	**373**	**406**	**10**	**10**	**5**	**5**	**15**	**15**	**388**
Provinzen.													
Ostpreußen .	5	5	7	7	12	12	—	—	—	—	—	—	12
Westpreußen	5	6	12	13	17	19	—	—	1	1	1	1	18
Brandenburg mit Berlin	20	23	33	34	53	57	—	—	—	—	—	—	53
Pommern	10	12	17	18	27	30	—	—	—	—	—	—	27
Posen	3	4	14	14	17	18	—	—	—	—	—	—	17
Schlesien	14	15	36	37	50	52	1	1	—	—	1	1	51
Sachsen	11	13	19	21	30	34	—	—	—	—	—	—	30
Schleswig-Holstein . .	10	12	6	8	16	20	1	1	—	—	1	1	17
Hannover	13	13	13	15	26	28	1	1	—	—	1	1	27
Westfalen	18	20	19	24	37	44	6	6	2	2	8	8	45
Hessen-Nassau	7	7	10	12	17	19	1	1	—	—	1	1	18
Rheinland	26	27	45	46	71	73	—	—	2	2	2	2	73
…dere deutsche Staaten:	**54**	**65**	**141**	**157**	**195**	**222**	**1**	**1**	**1**	**1**	**2**	**2**	**197**
Bayern	5	6	29	29	34	35	—	—	—	—	—	—	34
Sachsen	13	13	33	33	46	46	—	—	—	—	—	—	46
Württemberg	6	7	17	18	23	25	—	—	—	—	—	—	23
Baden	2	2	13	13	15	15	1	1	—	—	1	1	16
Hessen	—	—	6	6	6	6	—	—	1	1	1	1	7
Mecklenburg-Schwerin	2	2	4	4	6	6	—	—	—	—	—	—	6
Sachsen-Weimar . . .	4	4	3	4	7	8	—	—	—	—	—	—	7
Mecklenburg-Strelitz .	1	1	3	4	4	5	—	—	—	—	—	—	4
Oldenburg	—	—	3	3	3	3	—	—	—	—	—	—	3
Braunschweig . . .	4	11	2	3	6	14	—	—	—	—	—	—	6
Sachsen-Meiningen	1	1	5	5	6	6	—	—	—	—	—	—	6
Sachsen-Altenburg . .	—	—	2	2	2	2	—	—	—	—	—	—	2
Sachsen-Cob.-Gotha .	3	3	1	2	4	5	—	—	—	—	—	—	4
Anhalt	2	2	5	5	7	7	—	—	—	—	—	—	7
Schwarzb.-Sondersh.	—	—	—	—	—	—	—	—	—	—	—	—	—
Schwarzb.-Rudolstadt	—	—	1	1	1	1	—	—	—	—	—	—	1
											—	—	—
											—	—	2

Jahrbuch für Volks- und

Über

Jugend- und Volksspiele.

Jahrbuch

des

Zentralausschusses zur Förderung der Jugend- und Volksspiele in Deutschland.

Herausgegeben in dessen Auftrage

von

E. von Schenckendorff, und **Dr. med. F. A. Schmidt,**

Mitglied des Hauses der Abgeordneten, Mitglied des Ausschusses der deutschen Turnerschaft,

Vorsitzenden des Zentralausschusses.

II. Jahrgang, 1893.

Leipzig,

R. Voigtländer's Verlag.

1893.

Inhalt.

I. Die Jugend- und Volksspiele in der Praxis.

1*

II. Die Ergebnisse der Umfrage über das Jugend- und Volksspiel in den deutschen Städten im Jahre 1892, von Dr. von Woikowsky-Biedau.

III. Verhandlungen und Vorträge in den Sitzungen des Zentral-Ausschusses am 21. und 22. Januar 1893 zu Berlin.

I.

Die Jugend- und Volksspiele in der Praxis.

1. Die germanischen Volksspiele.

Von Professor Dr. med. E. Angerstein, Berlin.

Die germanischen Völker erscheinen zur Zeit ihres ersten geschichtlichen Auftretens, etwa hundert Jahre vor Christo, als gefährliche Feinde der Römer. Jagd und Krieg waren ihre liebsten Beschäftigungen. Nach den Mitteilungen von Cäsar und Tacitus waren sie überaus kräftig, gewandt und mutig. Daß ein kriegerisches, kampf- und sieggewohntes Volk leibliche Übungen und die Kunst der Waffenführung, durch welche es sich zum Kampfe tüchtig macht, liebt und eifrig betreibt, ist leicht verständlich. Aber die Übungen der Kraft und Geschicklichkeit, welche zunächst im Ernste des Lebens, im tosenden Kampf und auf der Jagd gegen den Bären und den gewaltigen Ur zu Sieg und Rettung hülfreich dienen mußten, boten bei frohen Festen auch den Stoff zu Lust und heiterem Spiel. So finden wir, von den ältesten Zeiten unseres Volkes an, in demselben vielgeübte und allbeliebte Spiele, die sich auch durch das Mittelalter im Ritter-, Bürger-, und Bauernstand hindurchziehen und selbst in neuerer Zeit hier und da als Überbleibsel uralter Sitte hervortreten.

Die älteste Urkunde eines volkstümlichen Spieles der alten Deutschen bietet Tacitus (Germania, 24) dar. „Sie haben," sagt er, „nur eine Art des Schauspieles und bei jeder Zusammenkunft dieselbe. Nackte Jünglinge, denen dies eine Lust ist, tanzen zwischen scharfen Schwertern und Spießen. Die Übung erzeugt Kunstfertigkeit, die Fertigkeit Anmut. Aber sie thun es nicht um Lohn und Gewinn; der Preis des kühnen Mutwillens ist das Vergnügen der Zuschauer." Man hat gemeint, daß die Jünglinge zwischen Schwertern und Spießen, welche um sie her aufgerichtet waren, herumgesprungen seien; aber nach Müllenhoff (Über den Schwerttanz. In „Festgaben für Gustav Homeyer zum 28. Juli 1891. Berlin, Weidmann'sche Buchhandlung.") führten sie die Waffen in den Händen und tanzten unter den Schwertern und Spießen, die sie zückten und zum Angriff richteten, umher; sie führten also einen kunstvollen Schwerttanz aus, welcher sich wohl mit der Pyrrhiche, dem alten griechischen Waffentanz, vergleichen läßt. Spiel und Tanz waren in der altgermanischen Sprache nicht unterschieden; eine Handhabung der Waffen zur Ergötzung war Spiel und Tanz. Solche Schwertertänze als volkstümliche Spiele werden in späterer Zeit öfters erwähnt: im Jahre 1350 oder 51 sollen in Nürnberg die Messerschmiede zum ersten Male den Schwerttanz gehalten haben. 1443 wollten zu Braunschweig die Schmiedeknechte und Schuhknechte den „Schwertreigen zusammen treten", nahmen aber auf Veranlassung der Stadtbehörde, welche daraus entspringende Unruhen befürchtete, davon Abstand. 1551 hielten in Ulm vierundzwanzig Handwerksburschen einen Schwertertanz, an welchem auch zwei Meister des langen Schwertes teilnahmen. In Schmalkalden (Müllenhoff, a. a. O., S. 121) wurde jährlich der Schwerttanz gehalten, ein kriegerischer Tanz, der vorzüglich in Franken und Hessen an dem Maifest oder bei irgend einer öffentlichen Gelegenheit aufgeführt wurde, besonders wenn Fürsten in einer Stadt vom Rate daselbst bewirtet wurden, wie das zu Ehren des Fürsten Georg Ernst von Henneberg in Schmalkalden 1576 geschah. Am 23. Februar 1620 hielten sechsunddreißig Kürschnermeister und Gesellen zu Breslau vor Friedrich von der Pfalz, dem Könige von Böhmen, ihren Schwerttanz. Der Tanz war als Lustbarkeit bei den germanischen Stämmen allgemein und beliebt. Es ist aber wohl zwischen Tanz und Reigen zu unterscheiden. Der Tanz, zumal der höfische, war eine ruhige Bewegung. „Es wurde ein Kreis gebildet, jeder Tänzer faßte eine oder zwei Tänzerinnen bei der Hand, und nun wurde unter Saitenspiel und Gesang ein Umgang im Saal oder auch ein Rundtanz mit schleifenden Schritten angetreten." (s. Iselin, Geschichte der Leibesübungen, Leipzig, 1886, S. 76.) „Mit dem Reigen dagegen ist immer der Begriff des Springens verbunden. Er wurde meist im Freien getanzt, auf Straßen, Plätzen und Wiesen. Auf dem Lande tanzte man unter der Linde des Dorfes; da war der Hopser sehr beliebt." Zu Tanz und Reigen gehörte der Gesang, viel mehr als Musikbegleitung. Ihre höchste Blüte erreichten Reigensang und Reigentanz im dreizehnten Jahrhundert. Im Anschluß an die Reigentänze ist auch wohl das Schönbartlaufen zu Nürnberg, eine Fastnachtslustbarkeit, welche seit 1350 gegen zweihundert Jahre aufgeführt wurde, zu nennen. Dieselbe bestand aus einem festlichen Aufzuge bunt und zum Teil komisch verkleideter Leute, und verschaffte den Nürnbergern großes Vergnügen (vergl. Flögel, Geschichte des Grotesk-Komischen, Leipzig, 1862, S. 305 ff.). Ebenso ist hier der Schäfflertanz in München, der sich bis in die Gegenwart erhalten hat, zu erwähnen.

Verbreitet, wie die Reigentänze, waren Ballspiele verschiedener Art während des Mittelalters. Reigen und Ballspiele belebten mit einander Anger und Wiesen, und wurden von Burschen und Mädchen unter der Dorflinde geübt. „Zur Zeit der Konstanzer Kirchenversammlung (so erwähnt Rochholz, alemanisches Kinderlied und Kinderspiel, Leipzig, 1857, S. 385) ist es der Italiener Poggio, der in einem an seinen Landsmann Nicoli gerichteten Briefe beschreibt, wie er den Badegästen im Aargauer Städchen Baden beim Ballspielen zugesehen. Sie spielen, sagt er, nicht wie bei uns, sondern Mann und Frau wirft sich, je nachdem man sich am liebsten hat, einen Ball voll Schellen zu. Alles rennt dann, ihn zu haschen, ein jeder wirft ihn wieder seiner eigenen Geliebten zu, und wer ihn bekommt, der hat gewonnen. Als dann im Jahre 1438 ein anderer Italiener, Aeneas Sylvius, auf die Kirchenversammlung nach Basel kommt, schildert auch er, dieser nachmals zum Papst gewählte Gelehrte, das gesellschaftliche Leben Basels seinem Freunde, dem Kardinal Julian de St. Angeli, folgendermaßen: Auf den grünen Rasenplätzen der Stadt, besetzt mit Eichen und Ulmen von reichem Schatten, tummelt sich die Schaar der Jünglinge zu Erholung und Spiel. Hier üben sie Wettlauf, Kampfspiel und Pfeilschießen. Einige zeigen ihre Kraft im Steinstoßen, andere spielen Ball. Doch nicht auf italienische Weise. Sie hängen vielmehr auf dem Spielplatze einen eisernen Ring auf und wetteifern, den Ball hindurch zu werfen. Sie treiben dabei den Ball mit einem Holz an, nicht mit der Hand. Die übrige Menge singt indessen Lieder und windet Kränze den Spielenden."

Während des 16. Jahrhunderts entstanden in Deutschland, hauptsächlich in Haupt- und Universitätsstädten, die vielbesuchten Ballhäuser, in denen man den Ball sich gegenseitig mit dem Racket zuschlug. In Frankreich bestanden Ballhäuser schon im 15. Jahrhundert; ihre Benutzung hörte, wenigstens in Deutschland, (nach Vieth) um die Mitte des vorigen Jahrhunderts auf. Vieth beschreibt auch (vgl. Encyclopädie der Leibesübungen III, Leipzig, 1818, S. 296—337) ausführlich ein Ballhaus und die in demselben geübten Arten des Spieles.

Wie im alten Hellas fünf gymnastische Übungsarten (Laufen, Springen, Ringen, Diskoswurf und Speerwurf) als die wesentlichsten angesehen und zu dem Pentathlon (Fünfkampf) vereinigt wurden, in welchem die Kämpfer der heiligen Spiele siegen mußten, um den Preis davon zu tragen, so finden wir unter den Leibeskünsten der Germanen seit ältester Zeit fünf ähnliche Übungen, welche sowohl zu Zwecken der leiblichen Ausbildung wie auch als volkstümliches Spiel allgemein hochgeschätzt waren. In alten Sagen und Liedern, so auch im Nibelungenliede, werden uns als diese Übungen der Wettlauf, der Steinwurf oder das Steinstoßen, der Weitsprung nach dem geworfenen Stein, Ger- und Lanzenwerfen („Schießen den Schaft") und Ringen genannt. Das Steinstoßen gehörte während des Mittelalters zu den auf den Turnieren vorgenommenen ritterlichen Übungen; es diente auch der studierenden Jugend und dem Volke zum Vergnügen und Spiel. Herzog Christoph von Bayern soll im Jahre 1490 einen Stein, welcher 364 Pfund schwer war, geworfen haben. Das Steinstoßen hat sich bis in die neuste Zeit in der Schweiz in lebendigem Betriebe erhalten. Unter den Springübungen, welche auch zur lustigen Unterhaltung dienten, sind, außer dem Weitsprunge der Heuschrecken- oder Froschsprung (mit beiden Beinen und geschlossenen Füßen), der Sprung auf einem Bein und der Sprung mit Stützung auf einem Speer zu nennen. Auch das Pferdspringen (Voltigieren) wurde von jungen Adligen öfters zum Vergnügen getrieben. Von dem Teutonenkönig Teutobod sagt der römische Schriftsteller Julius Florus, daß jener über vier bis sechs Pferde habe hinwegspringen können. Von dem schon erwähnten Herzog Christoph von Bayern wird erzählt, daß er einen zwölf Schuh hoch von der Erde in einer Wand steckenden Nagel hinanspringend mit seinem Fuße herabgeschlagen habe. Zu den beliebtesten Leibesübungen gehörte seit den ältesten Zeiten das Ringen, welches kunstgerecht in allen germanischen Ländern von allen Ständen betrieben wurde. 1537 erschien die „Ringerkunst von Fabian von Auerswald," ein wertvolles Buch, welches in großen, schönen Abbildungen 85 Ringerstücke darstellt. Das volkstümliche Ringen wird in der eigentümlichen Form des sogenannten Schwingens noch jetzt in der Schweiz gern und viel geübt. Noch mancherlei Volksspiele sind in unserem Vaterlande bis in die neuste Zeit herein bekannt und beliebt gewesen. Das Fischerstechen, eine Art Kampfspiel, wurde in Leipzig geübt, worüber Vieth (geb. 1763, † 1836) schreibt: „Die Fischer rudern mit ihren Kähnen aus allen Kräften gegen einander und suchen sich mit langen Lanzen über Bord zu stechen." Auch Jahn erwähnt (in der „Deutschen Turnkunst" von 1816, S. 273) des bei Kröllwitz auf der Saale, dem Giebichenstein gegenüber, gebräuchlichen Fischerstechens. Noch heute ist es in Straßburg i/Elsaß ein jährlich sich wiederholendes Volksspiel, welchem stets Tausende von Zuschauern beiwohnen. Ein Wettrennen soll früher (nach Jahn, a. a. O.) bei Wittenberg nach der Heuernte abgehalten worden sein, bei welchem auch flinke, aufgeschürzte Dirnen um den Preis liefen; ebenso soll ein Wettreiten und Schlagen mit einem Stock nach einer hochhängenden Tonne, die mit Steinen gefüllt war, im Brandenburgischen und in Pommern in den Zeiten von Derflinger, Seidlitz und Ziethen noch sehr gewöhnlich gewesen sein. Vieth erzählt (Encyclopädie der Leibesüb. I, Berlin, 1794), daß zu seiner Zeit in den Gegenden an der Nordsee während des Winters, wenn der Boden hart gefroren war, ein Werfen in die Wette (Klootscheeten) mit hölzernen Kugeln, die mit Blei ausgegossen waren, geübt worden. Dabei wetteten zwei Personen oder auch zwei Parteien, zuweilen zwei ganze Dorfschaften gegen einander. Andere, noch jetzt auf ländlichen Volksfesten, auf Vogelwiesen und Schützenplätzen vorkommende scherzhafte Spiele, die aus alter Zeit herstammen, sind das Sackläufen sowie Stangen- und Mastklettern, bei welchem von der Höhe der Stange oder des Mastes der siegreiche Kletterer den oben befestigten Preis sich herabholt. So ist das Volksspiel also dem germanischen Charakter nicht fremd. Indem es jetzt im größern Style wieder belebt wird, berührt es verwandte Saiten im deutschen Gemüt.

---

2. Der Bonner Verein für Körperpflege in Volk und Schule.

Von Dr. med. F. A. Schmidt, Bonn.

Der Bonner Verein für Körperpflege wurde gegründet im Juni des Jahres 1882. Er war ein Kind jener Bewegung für vermehrte Leibespflege unserer Jugend, welche in den Rheinlanden vor allem durch den verstorbenen Amtsrichter E. Hartwig ins Leben gerufen war, und später durch die denkwürdigen Erlasse des Kultusministers von Goßler besondere Förderung erhielt. Hartwig selbst war bei der ersten Vereinsversammlung mit anwesend.

Als Ziele der Vereinsthätigkeit stellten die Satzungen in einer Arbeitsübersicht hin:

„Volksthümliche Belehrung in Wort und Schrift über hygienische Grundsätze; Besprechung lokaler Fragen vom Standpunkt der öffentlichen Gesundheitspflege; Verbreitung körperlicher Uebungen, sei es in methodischer Form, wie Turnen, Fechten, Schwimmen, sei es in Form von gemeinsamen Spielen und Vergnügungen, Ballspielen, Eislauf, Bergfahrten und Märschen; besonders auch Fürsorge für Volksbäder, Milchkuranstalten, Kindergärten und ähnliche gemeinnützige Dinge.

Namentlich wird der Verein in Verbindung mit der Schule sich bestreben, der Jugend eine erhöhte Theilnahme und Fürsorge zu gewinnen. Hier sind u. A. Herstellung von Spielplätzen für die Jugend, Veranstaltung gemeinsamer Spiele, Ferienkolonien und Schülerfahrten naheliegende Ziele." Über die Thätigkeit des Vereins sei das Folgende berichtet:

Schülerspiele. Als erstes nahm der Verein die Herstellung und den Betrieb eines Spielplatzes in die Hand. Der ehemalige Garten von Ernst Moritz Arndt wurde mit einem Kostenaufwand von 1800 Mark als Spiel- und Turnplatz eingerichtet und am 5. August 1882 mit 360 Volksschülern der Spielbetrieb auf demselben eröffnet. Seitdem finden in den Monaten Mai bis November (mit Ausnahme der Ferien) jeden Mittwoch und Samstag von 2—4 Spiele der Volksschüler bei freier Betheiligung unter Aufsicht und Anleitung zweier Volksschullehrer statt. Die Herren erhalten eine jedesmalige Entschädigung von je drei Mark.

Durch ein Legat, welches der verstorbene zweite Vorsitzende des Vereins, Oberbürgermeister a. D. Otto Hoffmeister, dem Verein (bezw. nach dessen etwaigem Eingehen dem Bonner Turnverein) in Höhe von zinsbar angelegten 10000 Mark vermachte, ist das Fortbestehen dieser Spiele für immer gesichert.

Außer den Schülern der Volksschulen benutzen den Platz regelmäßig zu Spielen und Turnen an mehreren Wochentagen die Schulen der städtischen Oberrealschule, sowie Sonntags die Mitglieder des Bonner Turnvereins. Unser Verein unterstützte diese Spiele durch die Beschaffung mannigfaltiger Spielgeräthe.

Im Jahre 1892 bildete sich an der städtischen Oberrealschule unter Leitung des Lehrers Herrn Dr. Bergmann ein größerer Schüler-Spielverein. Derselbe pflegt namentlich die Spiele Fußball, Feldball (Rounders) und Thorball. Durch Zuwendung einer Summe von 150 Mark ermöglichte unser Verein den Schülern hierzu die Benutzung des großen Platzes des Bonner Eisklubs.

Schülerfeste. In den meisten Jahren veranstaltete der Verein im August oder Oktober — der Sedantag fällt hier in die Herbstferien — ein größeres Schülerfest für die Schüler der Volksschulen auf dem Arndtplatz, oder auch für die Schüler der Oberrealschule und des Gymnasiums auf der Hofgartenwiese. Zuerst wurde gespielt; dann fanden Wettkämpfe und schließlich Preisvertheilung statt. Ein großer Theil der Preise bestand stets aus besseren Schlittschuhen.

Eislauf. Während für den wohlhabenderen Theil der Bevölkerung der Bonner Eisklub in großartiger Weise den Genuß des Eislaufs auf seinem Platze ermöglichte, war mit dem Schwinden aller stehenden Wässer in der Nähe der Stadt der Eislauf für Volksschüler, Lehrlinge u. s. w. fast ganz unmöglich geworden. Der Verein entschloß sich daher im Winter 1888 zur Anlage einer für jeden zugänglichen Eisbahn auf dem Arndtplatz. Dieselbe wird zur Frostzeit durch Uebersprengen hergestellt, jeden Abend gereinigt und neu übersprengt, so daß die Bahn täglich frisch und glatt ist. Die Benutzung dieser Eisbahn ist eine ganz außerordentlich große. Vielen Hunderten wird so an Frosttagen erfrischende Bewegung im Freien geboten.

Schüler-Ausflüge. Die regelmäßigen Schüler-Ausflüge der Bonner Volksschulklassen unterstützt unser Verein fortlaufend durch kleine Geldbeiträge, welche es den Lehrerinnen und Lehrern ermöglichen, auch für die ärmeren Schüler durch Beschaffung von Milch und Brot unterwegs zu sorgen.

Mädchenturnen. Behufs Förderung des Mädchenturnens in den Volksschulen richtete der Verein im Februar 1888 eine Eingabe an den Kultusminister von Goßler. Da in unserer Stadt an den Volks-Mädchenschulen ein regelmäßiges Turnen noch nicht eingeführt ist, so errichtete der Verein eine freiwillige Mädchen-Turnabtheilung unter der Leitung von Oberturnlehrer Schroeder. Diese Abtheilung ist andauernd gut besucht.

Badewesen. Bei der prächtigen Badegelegenheit, welche in den wärmeren Sommermonaten die Badeanstalten unserer Stadt — darunter das 1891 erworbene große städtische Freibad mit 300 Auskleidezellen, wohl das schönste derartige Bassin im Rheinstrom — bieten, war eine Thätigkeit unseres Vereins nach dieser Richtung hin überflüssig. Fast jeder Junge kann hier schwimmen. Anders ist es mit den 7—8 Monaten im Jahre bestellt, welche ein Baden im Fluß nicht gestatten. Hier errichtete der Verein vor allem durch eine Eingabe an die Stadt die Einrichtung eines Schul-Brausebades an der Remigiusschule im Jahre 1888. Dasselbe besteht aus einem Umkleide- und einem Baderaum und ist mit 18 Warmwasserbrausen, die durch Zwischenwände getrennt sind, versehen. In 12—15 Minuten kann eine ganze Schulklasse gebadet sein. Die Benutzung seitens der Schulen ist eine freiwillige und in andauernder Zunahme. Die Anstalt wird auch von Klassen anderer Schulen benutzt.

An hiesige Handwerkerlehrlinge vertheilte der Verein alljährlich hunderte von Freibadekarten zu den Wannenbädern II. Klasse der hiesigen

Winterbadeanstalt. Die Errichtung eines Volksbrausebads, für welches schon mancherlei Vorarbeiten getroffen waren, ist dem Verein bisher noch nicht gelungen.

Dies in kurzen Zügen eine Übersicht über die hauptsächlichsten Leistungen und Bestrebungen unseres Vereins während der 10 Jahre seines Bestehens. Möge ihm auch weiterhin Nützliches und Gutes zu schaffen vergönnt sein!

---

3. Die Jugendspiele in Berlin.

Von dem städtischen Turnwart H. Schröer, Berlin.

In Berlin, wo der Turnvater Jahn zuerst öffentliche Jugendspiele veranstaltete, sind letztere niemals völlig erloschen, nicht einmal zur Zeit der Turnsperre oder in der Zeit der Privat-Turnanstalten. Die hiesigen Turnlehrer haben es jederzeit für ihre Aufgabe angesehen, neben dem Turnen auch das Jugendspiel zu pflegen. Der verstorbene Turnwart Fleischmann allein unternahm von 1866 bis 1883 außer 82 mehrtägigen und 112 eintägigen Turnfahrten, bei denen Turnspiele wohl nie fehlten, ungezählte halbtägige Spielausflüge, wobei namentlich das herrliche Waldspiel „Ritter und Bürger" viel geübt wurde. Die „Turnvereinigung Berliner Lehrer" übt bereits seit etlichen Jahrzehnten allerlei Turnspiele.

Auch die städtischen Behörden traten der Sache näher, viel früher, als in anderen deutschen Städten. Durch Erwerbung von Spielplätzen und die Schaffung einer leitenden Zentralstelle begründeten sie schon in den fünfziger bezw. in den siebziger Jahren einen regelmäßigen Spielbetrieb. Die öffentlichen Spiele werden zur Zeit auf vier der Stadt gehörigen und auf drei fiskalischen Plätzen, bei einem jährlichen Kostenaufwande von rund 16000 Mark, ausgeführt.

a. Die Schüler der Gemeindeschulen erfreuen sich geordneter Spiele seit dem Jahre 1868. Der Anfang wurde auf geeigneten Plätzen im Eichbusch vor dem schlesischen Thore und im Friedrichshain gemacht. Später traten die Spiele auf dem Exerzierplatze in Moabit, auf dem städtischen Spielplatz im Humboldthain, sowie auf den Exerzierplätzen am Kreuzberg und an der sogenannten „einsamen Pappel" (Schönhauser Allee) hinzu. Seit 1874 sind diese Spiele durch das „Regulativ für die Verwaltung und Benutzung der öffentlichen Spielplätze Berlins" geregelt. Darnach ist die Leitung der Spiele solchen Gemeindelehrern übertragen, welche die Fähigkeit besitzen, große Schülermassen im Freien zu beherrschen, in der richtigen Ausführung der Spiele zu unterweisen und gruppenweis angemessen zu beschäftigen. Auf jedem der sechs in Betracht kommenden Plätze ist ein „erster Spielleiter“ angestellt, welcher von einem bezw. zwei „zweiten Spielleitern“ unterstützt wird; daneben werden mitunter auch ältere und besonders geeignete Schüler zum Helferdienst herangezogen. Die Schüler der Gemeindeschulen versammeln sich in der Zeit vom ersten Mittwoch im Mai bis letzten Sonnabend im September jeden Mittwoch und Sonnabend, soweit sie zur Teilnahme an den öffentlichen Spielen geneigt sind, am Eingange oder in der Nähe desjenigen Spielplatzes, der ihnen am nächsten gelegen ist, um mit dem Glockenschlage 4 Uhr seitens der Spielleiter, nach Schulklassen geordnet, in geraden Reihen auf den Spielplatz geführt, an die Platzordnung erinnert und in Gruppen (von 20 bis 40) auf dem Platze verteilt zu werden. Die Spielleiter gehen von Gruppe zu Gruppe, öfters am Spiel sich beteiligend, die richtige Anwendung der Spielregeln beaufsichtigend, Streitigkeiten schlichtend, immer aufmunternd, ordnend und belebend. Je nach Größe und Alter der Schüler, oder nach deren größerer Gewandtheit, Kraft und Ausdauer, werden den verschiedenen Spielgruppen verschiedene Spiele zugemutet, wobei der freien Auswahl soweit Spielraum gelassen wird, als es möglich ist, ohne die Platzordnung zu gefährden oder den Zusammenhalt der Spieler zu lockern. Es werden fast ausschließlich Ball- und Laufspiele gespielt; unter ihnen sind am beliebtesten: Barlauf, Jagd, schwarzer Mann, Drittenabschlagen, Schlagball, Schleuderball, Kreisball in verschiedenen Formen, Treibball. Jüngere Spieler wählen gern Katze und Maus, Diebschlagen u. a. In jeder Spielzeit werden von jeder Spielgruppe im allgemeinen höchstens vier verschiedene Spiele gespielt.

Nach Schluß der Spielzeit erfolgt die Entlassung in der Gesamtzahl, häufig nach gemeinsamer Absingung eines Liedes. Zur Belebung des Eifers für die Sache werden alljährlich auf jedem Spielplatze an die tüchtigsten Spieler, regelmäßigsten Teilnehmer und Sieger in Wettspielen kleine Preise, bestehend in Büchern und nützlichen Schulgegenständen, verteilt. Die Beteiligung der Schüler ist seit 1873, in welchem Jahre im Friedrichshain und Eichbusch an allen Spieltagen zusammen rund 4000 Knaben spielten, langsam aber stetig gewachsen. Sie erreichte im Jahre 1878 auf drei Spielplätzen (Friedrichshain, Eichbusch und Moabit) die Höhe von 16300, stieg bis zum Jahre 1883 (hinzugekommen waren: Humboldthain und Kreuzberg) auf 34500, bis

1888 (hinzugekommen: Exerzierplatz an der einsamen Pappel) auf 59700 und bis 1892 auf 68500. Es spielen demnach gegenwärtig an jedem Spieltage durchschnittlich gegen 1700 Gemeindeschüler, wobei in Betracht zu ziehen ist, daß die Durchschnittszahl durch den fast immer sehr schwachen Ferienbesuch ganz bedeutend heruntergedrückt wird.

Um auch jüngeren Kindern die Gelegenheit zu bieten, daß sie in größerer Nähe der elterlichen Wohnung der „Arbeit im Gewande jugendlicher Freude" obliegen können, hat der Magistrat eine Anzahl von Schulhöfen dazu hergegeben, um unter Leitung und Aufsicht von städtischen Lehrerinnen spielen zu lassen, wofür der Etat zur Zeit die Summe von 5000 Mark aufweist. In gleicher Weise üben auch die Mädchen vielfach die Jugendspiele; sie bevorzugen besonders Ring-, Wurf- Sing- und sogenannte Gesellschaftsspiele.

b. Den höheren Lehranstalten stehen außer den vorerwähnten Spielplätzen noch zu Gebote: der Spielplatz im Treptower Park, ein Teil des Tempelhofer Feldes, der Hippodrom bei Charlottenburg, der Spielplatz in der Hasenheide. In manchen Einzelheiten, wie z. B. Spielzeit, Durchschnittsbeteiligung, Zahl der leitenden Lehrer u. a., herrscht naturgemäß neben mancher Übereinstimmung auch eine große Verschiedenheit. Fast alle Anstalten haben als Spielstunden die Zeit von 4 bis 6, oder von 5 bis 7 Uhr nachmittags gewählt; bevorzugte Tage sind: Mittwoch, Donnerstag und Sonnabend. Die durchschnittliche Beteiligung der einzelnen Anstalten an den einzelnen Spieltagen schwankte im Sommer 1892 zwischen 30 und 350; auf allen Spielplätzen zusammen spielten an jedem Spieltage durchschnittlich 4300 Schüler, d. i. 22 Prozent der Gesamt-Schülerzahl. Die Zahl der leitenden Lehrer für die Schüler einer Anstalt schwankte von 1 bis 11. An der überwiegenden Mehrzahl der Anstalten wurden alle Schüler von Sexta bis Prima zugelassen; nur an einer derselben war die Beteiligung auf Untertertia bis Prima eingeschränkt.

In der praktischen Spielthätigkeit selbst treten folgende Merkmale hervor. Ein feststehender Kanon von Spielen ist nirgends vorhanden, vielmehr ist man an allen Anstalten bestrebt, der fortschreitenden Entwickelung (d. i. Spielfertigkeit), dem wechselnden Geschmack und anderen Umständen Rechnung zu tragen. Die deutschen Spiele werden auf das Entschiedenste bevorzugt. In erster Reihe spielt man Barlauf und Schlagball (deutscher Ball); Fußball wird sehr eifrig betrieben, vielfach aber nach deutschen Regeln. Auch Kreisball in verschiedenen Formen, Schleuderball, Treibball und Jagd (jüngere Schüler) stehen obenan. Viel gespielt wird ferner schwarzer Mann, Bärenschlag, Drittenabschlagen, Katze und Maus. Vereinzelt wird auch noch eine ganze Reihe anderer Spiele, wie Thorball, Tag und Nacht, Kaiserball, Plumpsack, Diebschlagen, Boccia, Lawn Tennis, Türkenkopf, Kriegsball u. a. gespielt. Auch das Gerwerfen und Tauziehen wird vielfach zum Spielen gerechnet und fleißig betrieben. Die Schüler sind in der Regel nach Klassen geordnet und in Gespielschaften von 10 bis 40 oder 50 geteilt. Die Auswahl und der Wechsel der Spiele erfolgt in wohlbedachter Weise und für jeden Sommer nach einem festen Plan. Eine allen Teilnehmern bekannte Platzordnung sorgt für pünktliches und möglichst regelmäßiges Erscheinen der Spieler, angemessenes Betragen derselben, Verteilung und Aufbewahrung der Spielgeräte im Geräteschuppen oder an anderem Orte, Sicherung der abgelegten Kleidungsstücke und dergleichen. Geordnet ziehen die einzelnen Gespielschaften aus der Gesamtaufstellung zu ihren Spielstellen, geordnet vollzieht sich der Wechsel der Spiele, geordnet verlassen sämtliche Spieler, oft nach gemeinschaftlichem Gesang, auf Befehl des Spielleiters den Platz. Der ungefähre Anschaffungswert aller vorhandenen Spielgeräte beläuft sich auf 5000 Mark.

Schließlich sei noch erwähnt, daß auch jetzt noch, ungeachtet der allgemeinen Einführung von besonderen, außerhalb des Turnunterrichts stattfindenden Jugendspielen, die Turnlehrer im Rahmen des regelmäßigen Turnunterrichts, sowie auf Turnfahrten und Schulausflügen das Spiel angelegentlich pflegen. An mehreren Schulen besteht seit etwa 20 Jahren die Einrichtung, daß immer in jeder vierten Turnstunde oder in der letzten Woche des Monats 2c. in allen Klassen statt der Frei- oder Ordnungsübungen gespielt wird. Daneben sind an etlichen Anstalten auch besondere Schülervereinigungen zur Spielpflege, außerhalb der von der Schule veranstalteten, ins Leben gerufen worden.

---

4. Die Schulspiele in Braunschweig.

Von Professor Dr. Koch, Braunschweig.

> Saehe ich die megde an der strâze den bal
> werfen! so kaeme uns der vogele schal.

In den ersten Zeiten der Braunschweiger Schulspiele, wo sie noch ganz eine persönliche Veranstaltung einiger Lehrer des Gymnasiums Martino-Katharineum waren, wurden sie gelegentlich von einem für unsere

Sache warm empfindenden Freunde in begeisterter Rede als ein erster Anfang zu einem neuen Frühling für die deutsche Jugend, ja für das deutsche Volk gefeiert. Es wollten diese schwärmerischen Worte nicht sowohl die Spiele als Leibesübung preisen, sondern sie fanden in der Einrichtung von Schulspielen einen schlagenden Beweis dafür, daß die Schule nicht mehr blos den Unterricht als ihre Aufgabe ansah, sondern auch die Erziehung der ihr anvertrauten Jugend im vollsten Umfange des Worts. Sie sollten jedenfalls dazu beitragen, die damaligen Leiter der Spiele, denen von mancher anderen Seite nur Bedenken und Zweifel geäußert ward, zum Ausharren bei ihren Bestrebungen zu ermutigen. Die Gefahr, die damals für das Bestehen der Schulspiele von Seiten der Gegner immer wieder vorausgesagt ward, als seien sie ganz von persönlicher Laune abhängig und würden zumal bei einem Wechsel in der Stellung der leitenden Lehrer schleunigst wieder eingehen, ist im Laufe der inzwischen verstrichenen zwanzig Jahre so vollständig beseitigt, wie Niemand im Voraus geahnt hat. Inzwischen ist die Bewegung zu Gunsten der Jugendspiele in ganz Deutschland so mächtig angewachsen und hat so allgemeinen Erfolg gehabt, daß heutzutage fast in allen Städten die Jugend auf die früher verödeten Spielplätze hinausgeführt wird, und daß wir wieder fast überall die Knaben, und schon an nicht wenigen Stellen auch die Mädchen in munteren Spielen „den Ball an der Straße werfen sehen." Damit ist für unsere deutsche Jugend in der That eine schöne, freudenreiche Zeit, ein neuer Frühling angebrochen und, wenn wir auch für unser Volksleben im Hinblick auf die schlimmen Stürme, die jetzt in ihm wülen oder es doch bedrohen, und auf „des Winters Not den Reif," der darauf lastet und es niederdrückt, uns nicht leicht zu so freudiger Hoffnung aufraffen können, so wollen wir doch mit unserm alten Dichter, Walther von der Vogelweide, in der Hoffnung auf das Nahen des Frühlings für das deutsche Volk nicht verzagen.

Bei einem Rückblicke auf die Entwickelung unserer Schulspiele will es mir scheinen, als sei ihre Eigenart nicht zum geringsten Teile dadurch bestimmt, daß hier von vornherein, mit Rücksicht auf die erziehlichen Zwecke, den Schülern ein großes Maß von Freiheit und Selbständigkeit gelassen ist. Wir Lehrer, die wir in den ersten Jahren die Schüler unserer Klassen auf den Spielplatz einluden, suchten dort alles, was an den Schulzwang erinnerte, möglichst zu vermeiden, um eben den Knaben Gelegenheit zu geben, sich im freien Spiele körperlich und geistig auszuleben. So ließen wir ihnen, trotzdem wir uns selbst viel am Spiele beteiligten, soweit es irgend anging, alle Freiheit bei der Auswahl der Spiele und bei der Leitung derselben. Als später durch die wohlwollende Förderung der Behörden und der Direktoren der Spielbetrieb sich nach und nach immer mehr erweiterte und eine feste Schuleinrichtung daraus wurde, mußte freilich eine bestimmte Spielordnung eingeführt werden, doch beschränkte sich diese auf die notwendigsten Bestimmungen und zog die Schüler selbst wieder mit zur Leitung und Aufsicht heran. Es ward dabei streng nach dem Grundsatze verfahren, daß wie in der alten Jahn'schen Turngemeinde, so auf dem Spielplatz den Schülern möglichste Selbstregierung gewahrt werden sollte. So erfolgt z. B. gleich die Einteilung der ganzen Schülerschar in die einzelnen Abteilungen beim Spielen zu Anfang des Sommers ganz durch freie Wahl in den einzelnen Klassen, die sich auch die Kaiser und Anmänner frei wählen dürfen. Vom Rechte der Genehmigung durch den Aufsicht führenden Lehrer braucht kaum je Gebrauch gemacht zu werden. Ebenso bleibt die Wahl der zu übenden Spiele innerhalb der durch die äußeren Umstände gebotenen Beschränkungen den einzelnen Abteilungen überlassen, die sich auch am ersten Tage ihren Spielplatz aussuchen dürfen, an den sie aber dann für den Sommer gebunden sind.

Schon Mancher, der sich sonst von Herzen der Wiederbelebung kräftiger Spiele der Jugend gefreut hat, ist nicht recht einverstanden damit gewesen, daß hier die alten deutschen Spiele seiner Jugendzeit vernachlässigt werden, und statt deren englische Spiele eingetreten sind. Nach dem Maße der Freiheit, das die Jugend auf unserem Spielplatze genießt, wird Niemand auf die Vermutung kommen können, als hätten wir die fremdländischen Spiele ihr irgend aufgezwungen. Die Sache verhält sich genau umgekehrt, wenigstens was Cricket angeht. Es waren in früheren Jahrzehnten an anderen Orten manche Versuche, dieses Spiel auf deutschem Boden heimisch zu machen, so kläglich gescheitert, daß Jemand, der davon wußte, gar nicht daran denken konnte, hier einen neuen Versuch damit zu wagen. Aber siehe da, ein junger Engländer, der damals unser Gymnasium besuchte, brachte ohne vorherige Erlaubnis eines Tages eine halbe Stunde vor dem eigentlichen Beginn der Schulspiele seine eigenen Spielgeräte auf den Platz, und als der die Aufsicht führende Lehrer erschien, fand er zu seiner nicht geringen Überraschung das Spiel schon im besten Gange. Freilich waren die Spieler, die jener im Cricket einübte, vorher durch andere Ballspiele, namentlich durch Kaiserball (Schlagball), im Schlagen, Werfen und Fangen des Balls sicher geworden. So ging es mit der Einführung des Crickets. Wer aber Fußball kennt, weiß aus eigener Erfahrung, daß dazu tüchtige Jungen nicht im geringsten gezwungen zu werden brauchen. Gleich beim ersten Versuche gefiel es hier allen mitspielenden Schülern so sehr, daß es stets seitdem das allgemeine Lieblingsspiel geblieben ist. Im Winterhalbjahr wird es bis jetzt ausschließlich gespielt. Erst in diesem letzten ist neben ihm Harpastum (Raffball) in Frage gekommen, und ich möchte fast meinen, daß dieses Spiel, namentlich wenn es erst sich feiner entwickelt und strengere Regeln erhält, wohl einmal dem Fußball an Beliebheit den Rang streitig machen kann. Wenn also die fremden Spiele von unseren Schülern so gern gespielt werden, so liegt das nicht etwa an einer Vorliebe von uns Lehrern für diese. Wir hatten im Gegenteil in den ersten Jahren uns ganz auf deutsche beschränkt und besonders Barlauf, Grenzball und Kaiserball eingeübt, wie denn diese auch jetzt noch auf unserem Spielplatz eifrig betrieben und namentlich die beiden letzten von den Schülern der oberen Klassen, die sich nicht die nötige Geschicklichkeit für Cricket erworben haben, regelmäßig im Sommer bevorzugt werden. Die Gefahr, als ob durch Herübernehmen des Balls und Ballholzes und einiger Spielregeln in unserer deutschen Jugend das Nationalgefühl irgend geschädigt würde, haben wir nie anerkannt, auch nie berücksichtigen zu müssen geglaubt. Wer mit dem jetzt heranwachsenden Geschlechte in geistiger Fühlung lebt, weiß ganz genau, daß in unserem Volke das kräftige Selbstvertrauen, zu dem es 1870 erwacht ist, so leicht nicht zu gefährden ist. Wünschenswert ist es allerdings und hier streng beachtet, daß im Spiele nur gut deutsche Ausdrücke vorkommen.

Als die wichtigsten Daten aus der Geschichte unserer Spiele wären etwa folgende anzuführen. Im Mai 1872 wurden sie zuerst unternommen, 1874 Michaelis kamen mit der Einführung des Fußballs die Winterspiele hinzu, im Sommer 1876 ward Cricket eingeführt, 1878 wurden die Spiele zu einer festen Schuleinrichtung gemacht und demgemäß zwei Schulnachmittage vom Schulunterricht befreit, im folgenden Jahre wurde die Teilnahme an den Sommer-Schulspielen obligatorisch, daneben bestanden am Mittwoch und Sonnabend freiwillige Spiele und außerdem im Winterhalbjahre das freiwillige Fußballspiel. Aus dem vorigen Jahrzehnt ist nichts von allgemeinem Interesse zu erwähnen. Das antike Spiel Harpastum (Raffball) ist im Jahre 1891 zuerst hier neu belebt. Seit Michaelis vorigen Jahres ist ein Versuch mit der Einführung des obligatorischen Winterspiels gemacht, der bisher im Ganzen günstig ausgefallen ist. Freilich hat seit Mitte Dezember Frost und starker Schneefall allem Ballspiel im Freien ein Ende gemacht; dafür aber zieht unsere Schuljugend statt dessen in hellen Scharen regelmäßig Nachmittags zur Eisbahn, was durch Beseitigung des Nachmittags-Unterrichts ermöglicht ist.

Zum Schluß sollen die hiesigen Massenspiele noch kurz erwähnt werden. Zur Zeit der freien Jahnschen Turngemeinde wurden häufig große Grenzballspiele mit allgemeiner Beteiligung gespielt, bei denen einige wenige Vorkämpfer, wie in den homerischen Kämpfen um Troja, die eigentliche Arbeit thaten und die große Masse nur durch ihr Geschrei mitwirkte. Diese Spielweise ist später nicht erneuert, dagegen sind die aus derselben Zeit überkommenen Ausflüge, verbunden mit einem Räuber- und Soldatenspiel, alljährlich einmal oder auch zweimal mit der ganzen Schülerzahl ausgeführt. Nur wird jetzt statt jenes wilden Spiels ein etwas mehr geregeltes Kriegsspiel in einem dazu geeigneten, unweit von der Stadt belegenen kleinen Walde veranstaltet, auf dessen Beendigung eine kurze Rast und dann ein gemeinschaftlicher Rückmarsch folgt. Auch bei diesem Spiele haben die jüngeren Schüler keine besonders wichtige Rolle, aber das freie Umherstreichen im Walde und ihre leicht erregbare Phantasie bewirken, daß ihnen diese Ausflüge ein nicht minder hohes Vergnügen bereiten, als ihren älteren Mitschülern, unter deren Leitung sie dabei stehen.

---

5. Die Jugendspiele in Breslau.*)

Von dem Dirigenten des städtischen Turnwesens, Turninspektor Krampe, Breslau.

Die Turn- und Bewegungsspiele der Jugend sind in Breslau von jeher eine wohlgepflegte Einrichtung innerhalb des städtischen Schulturnens gewesen, mit welchem sie wie ein Teil mit seinem Ganzen überall verknüpft waren, wo nur irgend die lokalen Verhältnisse dies gestatteten. Obligatorisch ist das Turnen in allen hiesigen höheren Lehranstalten und in den drei oberen Klassen der Volksschulen für Knaben, und in all diesen Anstalten gehört die Pflege des Spiels zu den durch den Lehrplan für den Turnunterricht vorgeschriebenen Übungen. In den höheren und mittleren Mädchenschulen, wo am Turnen mit wenigen Ausnahmen sämtliche Schülerinnen teilnehmen, ist gleichfalls das Turnspiel im Lehrplan als Aufgabe für den Turnunterricht enthalten, und ebenso in den

*) Außer den hier mitgeteilten Spielen sind solche auch noch gepflegt worden in den höhern Lehranstalten: Magdalenaeum, der evangelischen Realschule I, dem Zwinger, dem Johanneum und in der Augustaschule.

Volksschulen für Mädchen, soweit hier ein fakultativer Turnunterricht besteht. Daß aber das im Lehrplan vorgesehene Turnspiel in Wirklichkeit auch, soweit die Umstände es zulassen, betrieben wird, ist anerkannte Thatsache. Gleichwohl hat sich in neuerer Zeit die hiesige städtische Schulbehörde der Erkenntnis nicht verschlossen, daß noch über den Rahmen des im Turnunterricht vorgenommenen Spiels hinaus der städtischen Jugend zur Vornahme von Bewegungsspielen im Freien Gelegenheit zu geben möglich und wünschenswert sei, und sie hat in diesem Sinne schon seit einigen Jahren geeignete Vorkehrungen getroffen.

Für den Sommer 1892 ist über das gesamte Jugendspiel in hiesiger Stadt folgendes zu berichten.

Zunächst bestand für die drei unteren Klassen aller städtischen Volksknaben- und Volksmädchenschulen den ganzen Sommer hindurch die Einrichtung, daß lehrplanmäßig wöchentlich zweimal eine halbe Stunde lang auf dem Schulhof gespielt wurde. Diese Klassen haben zur Zeit noch keinen Turnunterricht; die Spiele sollen dafür einen Ersatz bieten, weshalb auch gelegentlich die Vornahme von leichten Frei- und Ordnungsübungen damit verknüpft wird. Dies trägt wesentlich dazu bei, die ganze Einrichtung vor dem Schein des Nebensächlichen zu bewahren, drückt ihr vielmehr mit der Anlehnung unmittelbar an die Schulstunden den Stempel eines propädeutischen Hülfsmittels auf. Mit der Leitung der Spiele und Spielübungen sind die betreffenden Klassenlehrer und Klassenlehrerinnen betraut, und es hat sich bisher die Maßregel so vortrefflich bewährt, daß ihre Beibehaltung auch für die kommenden Sommerhalbjahre als gesichert gelten darf.

Für diejenigen Schulen und Schulklassen der Stadt, deren Schüler an dem obligatorischen Turnunterricht teilzunehmen haben, muß es nach dem in der Einleitung Gesagten als selbstverständlich erscheinen, daß sie, wo zur Veranstaltung von Bewegungsspielen ein geeigneter Raum vorhanden war, Turn- und Bewegungsspiele regelrecht betrieben haben, ebenso die Übung des Laufens. Vielfach besteht die Sitte, die letzte Turnstunde des Monats ausschließlich dem Spiel zu widmen. So oft ferner seitens einzelner Schulen Spaziergänge und Ausflüge ins Freie unternommen wurden, fanden auch stets Lauf- und Turn- und Wettspiele dabei ihren Platz in dem Programm der den Schulkindern dargebotenen Unterhaltungen.

Außer diesem dem alten Herkommen entsprechenden Pensum von Pflege und Förderung der Jugendspiele in den Schulen der Stadt waren zu demselben Zweck noch einige besondere Maßregeln seitens der Schulbehörde getroffen, für die das Vorbild früherer Einrichtungen auch im Sommerhalbjahr 1892 maßgebend war. Es wurde nämlich eine Anzahl geeigneter Plätze zur Verfügung gestellt, auf denen unter Aufsicht und Leitung ausgewählter Persönlichkeiten aus dem Lehrerstande Jugendspiele betrieben werden konnten und zwar sowohl innerhalb der Schulzeit, wie während der großen vierwöchentlichen Ferien. Die Anzeige von dieser Einrichtung erfolgte in sämtlichen Schulen durch die Vorstände derselben und außerdem öffentlich durch die Tagesblätter, mit der besonderen Bemerkung, daß allen sauber gekleideten und der Ordnung sich fügenden Kindern der Zutritt zu den Spielplätzen und die Teilnahme an den Spielveranstaltungen unentgeltlich gestattet werde. Die Spielzeit während der Schulzeit dauerte vom 11. Juni bis 6. Juli und vom 10. August bis zum 3. September; in dieser Zeit wurde an jedem Mittwoch und Sonnabend nachmittags von 4—6 Uhr gespielt. Zu dem Zweck waren in den verschiedenen Stadtteilen für Knaben 5 und für Mädchen 8 Plätze geöffnet, und es spielten hier auf den einzelnen Plätzen vor den Ferien 696 + 1062 + 920 + 471 + 911 = 4060 Knaben, nach den Ferien 206 + 354 + 124 + 135 + 49 = 868 Knaben, zusammen also 4928, im Durchschnitt täglich zusammen 308 und auf jedem einzelnen Platz 61 Knaben. In derselben Weise spielten auf den einzelnen Plätzen vor den Ferien 1050 + 1440 + 1234 + 1340 + 864 + 1737 + 1005 + 1000 = 9670 Mädchen, nach den Ferien 335 + 74 + 281 + 634 + 265 + 286 + 274 + 486 = 2635 Mädchen, zusammen also 12305, im Durchschnitt täglich zusammen 769, auf jedem einzelnen Platz 96 Mädchen.

Während der Ferien wurde mit Ausnahme des Sonntags täglich gespielt, und zwar so, daß an jedem Montag, Mittwoch und Freitag nur Mädchen, an den übrigen Tagen nur Knaben spielten. Die Spielzeit waren wieder die Nachmittagsstunden von 4—6 Uhr. Zur Verfügung waren gestellt für Knaben 7, für Mädchen 8 Spielplätze, was gegen das Vorjahr eine Vermehrung um 2 Plätze bedeutet. Die Teilnahme an den Spielen gestaltete sich folgendermaßen; es spielten auf den einzelnen Plätzen 1001 + 899 + 498 + 431 + 772 + 417 + 329, zusammen 4347, also im Durchschnitt täglich 362 und auf je einem Spielplatz 52 Knaben; ebenso 857 + 757 + 365 + 848 + 859 + 826 + 625 + 701, zusammen 5838, also im Durchschnitt täglich 486 und auf je einem Spielplatz 61 Mädchen.

Die Mehrzahl der auf den Spielplätzen sich einfindenden Kinder, die im Alter von 3 bis zu 15 Jahren standen, gehörten hiesigen Volksschulen an, doch waren auch Knaben und Mädchen aus höheren Anstalten und aus den Privatschulen erschienen. Den Vorstehern und Vorsteherinnen der Privatanstalten war sogar das Recht bewilligt, eigene Aufseher für die ihren Schulen angehörenden Kinder auf die Spielplätze zu entsenden — mit der einzigen Einschränkung, daß jene den allgemeinen Anordnungen der seitens der Stadt bestellten Aufsichtspersonen nicht zuwider handeln sollten. Von diesem Sonderrecht ist jedoch bisher ein Gebrauch nicht gemacht worden.

Die zu den Spielen benutzten Plätze waren entweder Turnplätze oder geräumige Schulhöfe, jedenfalls nach außen hin abgeschlossene Räume, so daß Störungen des Spiels durch Unbefugte nicht vorkommen konnten; es sind auch dergleichen Vorkommnisse nicht zur Anzeige gebracht worden. Die Witterung war insofern nicht immer günstig, als namentlich nach den Ferien die große Hitze und die Trockenheit des Sommers vielfach lästig empfunden wurden; viele Kinder mögen an heißen Tagen anstatt der Spielplätze, die ihnen ebenfalls unentgeltlich oder für einen sehr niedrigen Preis zugänglichen städtischen Badeanstalten aufgesucht haben.*) Wenn aus den mitgeteilten Zahlen hervorgeht, daß gegen Ende der Spielzeit die Teilnahme der Kinder an den Spielen fast gleichmäßig auf allen Plätzen nachließ, so ist das ohne Zweifel auf die Witterungsverhältnisse, zum Teil aber gewiß auch auf eine Wahrnehmung zurückzuführen, die schon in früheren Sommern gemacht worden ist, daß nämlich die Spiellust der Kinder mit der Zeit thatsächlich ermattet. Ob aus diesem Anlaß in Zukunft eine anderweitige Anordnung der Spielzeit einzutreten hat, wird Erwägungen der Behörde vorzubehalten sein.

Die Spiele, die vorgenommen wurden, bestanden zumeist aus Kreis- und Laufspielen und aus Spielen mit Geräten, unter denen bei Knaben Reifen zum Treiben, Seile zum Ziehkampf, Bälle und Stelzen, bei Mädchen Reifen zum Werfen und natürlich Bälle besonderer Beliebtheit sich erfreuten. Springübungen und Wettlaufen wurden häufig und gern vorgenommen. Bei regnerischem Wetter, das an manchen Tagen den Aufenthalt auf den Spielplätzen für eine halbe oder ganze Stunde unmöglich machte, wurden den Kindern in den benachbarten Klassenräumen bezw. Turnhallen Unterhaltungen geboten durch Vorlesen, Rätselraten und dergleichen. Manche der Lehrer, die die Spiele leiteten, unternahmen gelegentlich statt der Spiele einen Ausflug in die nahe Umgegend, die

*) Das Freibad an der Gneisenaubrücke wurde an 126 Tagen des vorigen Jahres von 20993 Schulmädchen, das Freibad am Laufsteg über die Ohle ebenfalls an 126 Tagen von 23780 Schulmädchen besucht!

vielen Beifall fanden, zumal auch Angehörige der Kinder daran sich beteiligten.

Die Leitung und Beaufsichtigung der Spiele war städtischen Lehrern und Lehrerinnen übertragen, die mit Eifer und Umsicht ihres Amtes walteten und dafür aus städtischen Mitteln eine Entschädigung im Betrage von 2 Mark pro Spieltag erhielten. Diese Personen waren auch verpflichtet, über jeden Tag einen Bericht zu erstatten, der sich auf die Zahl der erschienenen Kinder, auf Angaben über deren Schulangehörigkeit, über die Art der vorgenommenen Spiele und auf sonstige Vorkommnisse und Beobachtungen zu erstrecken hatte. Um für die Form und den Inhalt der Berichte eine gleichmäßige Anlage zu schaffen, war ein Frageformular entworfen und vervielfältigt, das den Spielleitenden eingehändigt und, von ihnen mit den erforderlichen Bemerkungen versehen, am Ende jeder Spielwoche an die städtische Behörde zurückgereicht wurde. Auf der Sammlung dieser Berichte beruht die genaue Feststellung des Ergebnisses, das auch hier zur Mitteilung gelangt.

Schließlich sei noch erwähnt, daß seitens der städtischen Behörde aus Anlaß der Einrichtung der Jugendspiele ein Betrag von 800 Mark in den Etat eingestellt war, der zur Zahlung des Honorars für die Spielleitenden und zur Entschädigung für die zu kleinen Dienstleistungen verpflichteten Unterbeamten der betreffenden Schulhäuser und Turnplätze diente. Die für die einzelnen Spielplätze erforderlichen Spielgeräte und Spielutensilien wurden von der Verwaltung des städtischen Schulturnwesens angeschafft und nach Bedarf vermehrt, obgleich es den an den Spielen teilnehmenden Kindern gestattet war, eigene Spielgeräte mit zur Stelle zu bringen.

---

6. Die Jugendspiele in Frankfurt a. M.

Von Turninspektor Weidenbusch, Frankfurt a. M.

Als vor nunmehr 9 Jahren die Jugendspiele in den hiesigen Knabenschulen, höheren wie niederen, eingeführt wurden, gab es noch viele Eltern, manche Lehrer, und auch einzelne Leiter von Schulen, welche der neuen Einrichtung wenig Sympathie entgegenbrachten; viele prophezeiten ihr kein langes Dasein. Wenn das nun anders gekommen ist, als man vielfach anfangs dachte, so verdanken wir dies in erster Linie dem gesunden Sinn unserer Jugend, welche die Gelegenheit zum Spielen mit ganzer Seele ergriff und den Spielen bis heute treu geblieben ist. Wir verdanken es weiter unserer Schulbehörde, welche die ganze Angelegenheit in die Hand nahm und zur Durchführung derselben reichliche Mittel zur Verfügung stellte, wodurch hier von vornherein von pekuniärer Unterstützung bemittelter Bürger oder von Vereinen, wie sie vielfach in anderen Städten zu diesem Zwecke als „Vereine zur Förderung der Volks- und Jugendspiele“ gebildet wurden, abgesehen werden konnte. Aber auch der Lehrer, welche die Leitung der Spiele übernahmen und sich mit regem Interesse der Sache widmeten, darf nicht vergessen werden. Besonders verdient in dieser Beziehung die Thätigkeit des Turninspektors Danneberg († 1887), welcher den Turnspielen volle Sympathie und Begeisterung entgegenbrachte, uneingeschränkte Anerkennung.

Zur Bestreitung der nicht unerheblichen Kosten stellten die städt. Behörden in den ersten Jahren alljährlich 3000 Mark, später 3500 und seit 1891 4000 Mark zur Verfügung. Für das Jahr 1893 sind 4200 Mark vorgesehen.*)

Für die Spiele besitzen wir in verschiedenen Gegenden der Stadt Rasenplätze, von denen der größte über 3 ha Flächengehalt hat.

Die Schulhöfe werden nur von 4 Schulen benutzt und zwar für die Schüler des 3. und 4. Jahrganges, d. i. ca. 300 Knaben.

Die Beteiligung an den Spielen ist freiwillig. Sämtliche 20 Knabenschulen (6 höhere Schulen, 4 Mittel- und 10 Bürgerschulen) stellen im Frühjahr fest, wieviel Schüler die Spiele besuchen wollen, wonach dann die Verteilung auf die einzelnen Spielplätze und auf die Wochentage vorgenommen wird.

Im Sommer 1892 beteiligten sich aus 175 Klassen mit 6684 Schülern 2970 oder 44%. Von der Beteiligung der Vorklassen der höheren und der beiden jüngsten Jahrgänge der übrigen Schulen wird Abstand genommen, doch sollen die Turnstunden dieser Klassen während des Sommers recht oft zum Spielen verwandt werden.

Die von den einzelnen Schulen angemeldeten Schüler werden in Spielabteilungen von je 100 Schülern abgerundet, deren jede unter der Aufsicht eines Lehrers steht. Aus diesen werden wieder Gespielschaften von 16 bis 30 Schülern gebildet, welche ihrerseits einen Spielkaiser und einen Ammann wählen.

---

*) Hier darf wohl angeführt werden, daß auch für das Baden und Schwimmen der Schüler von seiten der Stadt Sorge getragen wird. Die Ausgaben für Aufsicht durch Lehrer der betr. Schulen und für Schwimmunterricht belaufen sich jährlich auf rund 11000 Mark. Im Plan ist die Einrichtung des Badens und Schwimmens auch auf die Mädchenschulen auszudehnen.

Jeder einzelnen Schule werden im Frühjahr die nötigen, mit einer besonderen Farbe kenntlich gemachten Spielgeräte zugeteilt; zur Aufbewahrung derselben dient ein Geräteschuppen, in welchem sich geeignete Schränke befinden.

Auf den Spielplätzen waren im letzten Jahre an Spielgerätschaften vorhanden: 70 Schlaghölzer zum Schlagballspiel, 200 Malstäbe, 100 Holzklöpfel, 40 Cricketschläger, 80 Crickethore von je 3 Stäben, 80 Cricketbarren, 100 Gummibälle (Tennisbälle), 30 Cricketbälle, 10 Fußbälle, 20 Stoßbälle, 8 Schleuderbälle, 16 Trinkbecher, mehrere Gere und Disken, 1 Stein zum Stoßen, 1 Rasenballspiel (Lawn-tennis), 30 Fahnen, 1 Gummigebläse und 1 Luftpumpe aus Messing, 12 Malstangen (Goalsstangen) für Fußball, 2 Gerätekarren, 2 Verbandkasten.

Für gutes Trinkwasser ist auf allen Plätzen in bester Weise gesorgt. Inbetreff des Wassertrinkens und des Verfahrens bei Verletzungen und Unglücksfällen befinden sich Instruktionen in den Händen der die Aufsicht führenden Lehrer.

In Bezug auf Platz- und Spielordnung, Arbeitsleistung und Honorar für die Spielleiter sind Bestimmungen zusammengestellt.

Zur Förderung und Belebung der Turnspiele, und um die Spiele selbst zu einem würdigen und schönen Abschluß zu bringen, haben wir seit 1888 Wettspiele eingeführt, wobei jedoch nur Ehrenpreise: Kränze, Eichenlaubsträußchen und Urkunden in kleinem Format errungen werden.

Besondere Erwähnung verdient, daß die Schüler der oberen Klassen unserer höheren Schulen stets ein Fußballwettspiel und einen Fünfkampf aufführen.

Was die Frequenz der Spiele anbelangt, so können wir im ganzen recht zufrieden sein. Bei einigen Schulen liegen die Verhältnisse ungünstig, sonst wäre im ganzen ein weit besseres Resultat zu verzeichnen. Eine Zusammenstellung des Spielbesuches vom Jahre 1892 ergiebt, daß die Spielplätze von 2970 Knaben besucht wurden, welche in 40 Abteilungen unter der Aufsicht und Leitung von 40 Lehrern standen. Der Durchschnittsbesuch stellte sich auf 79 %; acht Schulen erreichten 85 bis 91 %; eine sogar 97 %.

Dies ist ein günstiges Resultat, zumal, wenn man in Erwägung zieht, daß der Besuch der Spielplätze während der heißen Monate, nicht allein der Hitze und des öfters mit Gewitter oder Regen drohenden Himmels wegen, sondern auch deshalb nachläßt, weil die Knaben mehr zum Baden gehen und häufig, namentlich Mittwochs und Samstags, mit ihren Eltern Spaziergänge oder Ausflüge machen, andere hinwiederum zu Arbeiten in den Gärtnereien verwandt werden, diese Spieltage mit geringerem Besuche aber dennoch bei dem mittleren Durchschnitt mit verrechnet wurden.

Wenn auch bei unseren Jugendspielen noch Manches zu vervollkommnen bleibt, namentlich eine allgemeinere Beteiligung erstrebt werden muß, so können wir doch mit Befriedigung auf unsere Erfolge zurückblicken. Die Spiele haben bei unseren Schülern festen Boden gewonnen und der beste Beweis hierfür mag wohl der sein, daß man dieselben auf freien Plätzen und in weniger verkehrsreichen Straßen wieder spielen sieht. Auch während des Winters kommen bei günstigem Wetter Schüler der höheren Schulen aus freien Stücken auf den Spielplätzen zusammen, um namentlich Fußball zu spielen.

Nachstehend mögen hier noch die in Frankfurt geltenden allgemeinen Bestimmungen für die Turnspiele und einige weitere Bestimmungen im Wortlaut angeführt werden:

Instruktion
inbetreff des Wassertrinkens auf dem Spielplatze.

Von der strengen Maßregel, das Wassertrinken bei anstrengenden Märschen und Bewegungen gänzlich zu verbieten, ist man längst zurückgekommen. Da aber ein unvorsichtiges Trinken, namentlich sehr kalter Flüssigkeiten, unter Umständen von nachteiligen Folgen begleitet sein kann, so wird Folgendes angeordnet:

1. Das Wasser ist beim Beginn der Spiele herbeizuschaffen und an einer möglichst kühlen Stelle des Spielplatzes aufzubewahren.
2. Die Verabfolgung von Wasser zum Trinken an die Schüler geschieht stets unter der Aufsicht eines Lehrers.
3. Kein Schüler darf mehrere Becher Wasser hinter einander trinken, die Zwischenpausen sollen mindestens eine halbe Stunde dauern.
4. Schüler, welche allzusehr erhitzt und deren Lungen noch in erhöhter Thätigkeit sind, sollen nicht eher trinken, als bis sie sich etwas abgekühlt haben und ihr Atem wieder ruhig geworden ist.

Platzordnung.

1. Die Schüler haben sich pünktlich zu versammeln und sich sowohl auf dem Wege zum und vom Spielplatze als auch auf dem Spielplatze selbst anständig zu betragen. Es ist ihnen auf das strengste verboten:
   a) die Getreidefelder zu betreten (auch das Gehen in den Furchen ist nicht erlaubt),
   b) Bäume und Anpflanzungen zu beschädigen,
   c) Unfug gegen die auf der Eschersheimer Landstraße fahrende Lokalbahn zu treiben,
   d) auf der Seehofwiese diejenigen Räume, in welchen sich maschinelle Anlagen befinden, zu betreten.
2. Die Lehrer sind berechtigt, ja sogar verpflichtet, auch Schüler, die nicht zu ihrer Spielabteilung gehören, auf dem Hin- und Herwege, beim Wassertrinken ꝛc. zur Ordnung zu verweisen.

3. Vor dem Schluß der Spiele darf kein Schüler ohne die Erlaubnis des Lehrers den Platz verlassen.
4. Zu spät kommende Schüler haben sich zuerst bei ihrem Lehrer zu melden und dann bei ihrem Spielkaiser zur Einreihung in die Gespielschaft.
5. Schüler, welche aus irgend einem Grunde die Spiele versäumen müssen, sind gehalten, sich an dem Spieltage, spätestens aber am nächsten Schultage zu entschuldigen.
6. Strafen sollen zwar über zu spät kommende oder ohne Entschuldigung fehlende Schüler nicht verhängt werden, doch darf ihnen der Lehrer mit Hinweis auf die eingegangene Verpflichtung und auf die Vorteile, die ihnen aus den Spielen für ihre Gesundheit erwachsen, einen Verweis erteilen.
7. Das Trinkwasser soll mit Beginn der Spiele auf dem Platze sein.
8. Das Wassertrinken kann nach $^1/_2$ Stunde gestattet werden. Zu diesem Zwecke werden die Schüler geordnet hingeführt.
9. Die Gerätekarren bezw. die Spielgeräte sollen nur unter Aufsicht eines Lehrers und von Schülern, die im voraus dazu bestimmt sind, 10 Minuten vor Beginn der Spiele herbeigeschafft (nicht schnell fahren), und nach Beendigung der Spiele wieder in den Geräteschuppen gebracht werden. Diejenigen Schulen, welche an einem Tage den Spielplatz gemeinschaftlich benutzen, besorgen die Herbeischaffung der Geräte abwechselnd nach einer vorher festgesetzten Ordnung.
10. Ohne die Erlaubnis des Lehrers darf ein Schüler Geräte aus den Karren nicht entnehmen; letztere müssen nach Entnahme von Geräten immer wieder zugeschlossen werden.
11. Jede Schule hat ihre eigenen mit besonderer Farbe gestrichenen Spielgeräte und darf selbstverständlich die Geräte einer anderen Schule nicht benutzen.
12. Etwaige Abgänge an Spielgerätschaften sind unter Angabe des Datums der Oberleitung alsbald mitzuteilen.

Spielordnung.

1. Die Spiele sollen 2 Stunden, für den 3. und 4. Jahrgang der Mittel- und Bürgerschulen, welche die Schulhöfe benutzen, dagegen nur $1^1/_2$ Stunde dauern.
2. Sämtliche Gespielschaften sammeln sich auf den ihnen zugewiesenen, kleineren Spielplätzen; nur hier dürfen die Kleidungsstücke abgelegt werden.
3. Die Verteilung der Spielgeräte findet durch den Lehrer statt; nur Spielkaiser und Anmann dürfen dieselben in Empfang nehmen und sind für die richtige Ablieferung verantwortlich.
4. Die Absonderung einzelner Schüler zur Bildung neuer Gespielschaften ist ohne die Erlaubnis des Lehrers nicht gestattet.
5. Erst während der Spiele hat der Lehrer die Zahl der anwesenden Spieler seiner Abteilung festzustellen und die fehlenden Schüler in seiner Tabelle zu vermerken.
6. Im allgemeinen soll die Wahl der Spiele den Schülern überlassen bleiben, doch haben die Lehrer darauf zu achten, daß bei großer Hitze am Anfang der Spielzeit ruhigere und erst später, wenn es kühler geworden ist, lebhaftere und mehr anstrengende Spiele gemacht werden. Es ist seitens der Lehrer

den Schülern anzuempfehlen, an jedem Spieltage eine geeignete Abwechslung in der Wahl der Spiele eintreten zu lassen. Für größere Schüler eignen sich dazu Cricket und Stoßball oder Cricket und Kaiserball oder Kaiserball und Stoßball (auch Schleuderball), sodaß für jedes Spiel eine Stunde verwendet wird. Für Cricket kann auch mehr Zeit gestattet werden; dasselbe darf der Fall sein bei Spielen, die als Wettspiele betrieben werden. Kleinere Schüler können mit ihren einfacheren Spielen öfter wechseln. Im ganzen soll der Grundsatz gelten, keine Gespielschaft zum Aufgeben eines Spiels zu veranlassen, so lange sie noch an demselben Gefallen findet.

7. Fußball soll erst mit dem Eintritt kühlerer Witterung gestattet sein und ist dann bei diesem Spiel darauf zu achten, daß alles Raufen vermieden wird.
8. Beim Cricket darf der Ball nicht in einem hohen und weiten Bogen dem Einschenker oder dem Thorwart zurückgeworfen werden (gefährlich), sondern mit Verwendung der dazwischen stehenden Aufpasser.
9. Vorkommenden Falles muß den Schülern immer wieder eingeschärft werden, daß es unehrenhaft ist, in rechthaberischer Weise dem Spielkaiser oder dem Anmann zu widersprechen oder den Anordnungen derselben zuwider zu handeln oder die Regeln eines Spieles absichtlich unbeachtet zu lassen. Schüler, welche sich wiederholentlich als Spielverderber gekennzeichnet haben oder sich der Spielordnung trotz der Ermahnung des Lehrers nicht fügen wollen, können eine Zeit lang oder ganz von den Spielen ausgeschlossen werden.
10. Nur bei Beschwerden einer Mehrzahl von Mitspielern kann ein Spielkaiser oder Anmann abgesetzt werden, doch ist die größte Vorsicht bei einem solchen Verfahren zu beobachten.
11. Sobald der Ruf (Trompetensignal) „Aufhören!“ erschallt, muß jedes Spiel eingestellt werden. Spielkaiser und Anmann liefern die Geräte vorschriftsmäßig ab, die Gespielschaften ordnen sich zum Abmarsch und werden, soweit dies notwendig oder thunlich ist, in geschlossenen Zügen bis zur Stadt geführt, andernfalls entlassen.
12. Einige Gesundheitsvorschriften für die Spieler:
    a) Es ist den Schülern anzuraten, während des Spielens ein Tricot oder wollenes Hemd zu tragen.
    b) Die Spielkleidung der Fußballspieler bestehe aus einem marineblauen Tricot, kurzen Hosen (Kniehosen), langen, marineblauen Strümpfen und Schnürstiefeln mit niedrigen Absätzen ohne Nägel (sog. englischen Schnürstiefeln).
    c) Gegen kühlen Ostwind soll keine Partei anlaufen.
    d) Kein Schüler soll sich auf den Boden legen oder müßig stehen.
    e) An kühlen Tagen müssen die Schüler nach Beendigung des Spieles sofort ihre Oberkleider anlegen.

Verzeichnis der beliebtesten Turnspiele.

Für Knaben im 3. und 4. Schuljahr. (VII. und VI. einer höheren Schule; 6. und 5. Kl. einer 8klassigen Mittelschule; 5. und 4. Kl. einer 7kl. Bürgerschule.)

Katze und Maus. Jakob, wo bist du? Haschen oder Zeck. Fangball. Wanderball. Kappen- oder Mützenball (an heißen Tagen). Wandernde Frösche. Ringschlangen. (Guten Morgen, Herr Fischer!) Bauer, treib die Schafe aus. Halloh, der Müller ist draußen. Ballraten. Die Jagd. Hinkspiele.

5. Schuljahr. (V. einer höheren Schule; 4. Kl. einer Mittelschule; 3. Kl. einer Bürgerschule.)

Den Dritten abschlagen. Schwarzer Mann. Hinkkampf. Stehball. Kreisball. Fuchs ins Loch. Kreuzhaschen. Burgball. Kreiswurfball. Kreisfußball. Diebschlagen. Schlaglaufen. (Dauerlauf.)

6. Schuljahr. (IV. einer höheren Schule; 3. Kl. einer Mittel-, 2. Kl. einer Bürgerschule.)

Bärenschlag (Urbär). Kettenreißen. Schlagball. Plumpsackverstecken. Wetthinken. Kriegsspiel. Kriegsspiel mit Stäben. (Dauerlauf.)

7. Schuljahr. (U. III. einer höheren Schule; 2. Kl. einer Mittel-, 1 Kl. einer Bürgerschule.)

Schlagball. Barrlaufen. Stoßball. Schleuderball. Zieh-, Schieb- und Ringkämpfe. Weitwerfen mit dem Ball. (Ringen, Schnellaufen.)

8. Schuljahr. (O. III. einer höheren Schule; 1. Kl. einer Mittelschule.)

Schlagball. Stoßball. Schleuderball. Barrlaufen und Fahnenbarrlauf. Fußball ohne Aufnehmen des Balles. (Dauerlauf, Schnellauf, Weitwerfen, Ringen).

9. bis 12. Schuljahr. (Sekunden und Primen einer höheren Schule.)

Wie in O. III. Dann auch: Weitstoßen mit dem Stoßball. Thorball (Cricket) namentlich an heißen Tagen. Steinstoßen. Gerwerfen. Diskuswerfen. (Laufen, Ringen). Fußball mit Aufnehmen des Balles.

Allgemeine Bestimmungen für die Turnspiele.

1. Die Spielstunden werden abgehalten:
   a) für alle Klassen der höheren Schulen von VI an aufwärts, sowie für die 4 obersten Jahrgänge der Mittel- und Bürgerschulen auf besonderen Spielplätzen;
   b) für den 3. und 4. Jahrgang der Mittel- und Bürgerschulen auf den Schulhöfen, sofern dieselben sich dazu eignen, andernfalls auf den allgemeinen Spielplätzen.

   Von der Beteiligung der Vorschulklassen der höheren Schulen und der beiden jüngsten Jahrgänge der übrigen Schulen wird Abstand genommen.
2. Die oberste Leitung der Turnspiele, auch hinsichtlich der Platzverteilung rc. ist dem städtischen Turninspektor übertragen.
3. Die auf den Spielplätzen, gleichwie die auf den Schulhöfen spielenden Kinder der einzelnen Schulen werden in Spielabteilungen von je ungefähr 100 Köpfen eingeteilt, welche wiederum in Gespielschaften von etwa 15 bis 30 Schülern mit selbstgewählten Führern zerfallen.
4. Jede Spielabteilung spielt wöchentlich einmal. Die allgemeinen Spielplätze stehen an den Wochentagen nachmittags von 4 Uhr ab zur Verfügung.
5. Die Spiele fallen während der Pfingst- und Sommerferien aus.
6. Eine Vermehrung der Spielabteilungen darf ohne Genehmigung nicht stattfinden. Bei erheblich verringerter Beteiligung der angemeldeten Schüler ist wegen Verminderung der Spielabteilungen an die Schulbehörden zu berichten.
7. Mit Schluß des Spielsemesters haben die Spielleiter einen Bericht über den Besuch der Turnspiele, sowie sämtliche Schlüssel und Spielbüchlein und zwar noch vor Beginn der Herbstferien an den Turninspektor abzuliefern.

Instruktion
inbetreff des Verfahrens bei Verletzungen.

1. Bei allen stärkeren Kontusionen, Verstauchungen &c. ohne Wunde sind Kompressen mit kaltem Wasser aufzulegen, event. mit Hochlagerung des verletzten Teiles.
2. Bei allen Hautverletzungen (Blutungen) ist ein Watteverband anzulegen. Ein Päckchen Bruns'scher Watte wird mit einer Sublimatlösung von 0,25%₀ ordentlich angefeuchtet auf die Wunde gelegt und mit einem dreieckigen Tuche festgebunden. Schwämme, Charpie &c. dürfen nie angewandt werden. Ist die Wunde verunreinigt, so soll sie bloß mit reinem Wasser oder mit Sublimatwasser abgespült, allenfalls mit einem reinen Tuche abgetupft werden. Ist es überhaupt nötig, eine Wunde zu berühren, so geschehe dies nur mit ganz reinen, frisch gewaschenen Händen. Bei stark blutenden Wunden ist vor Anlegung des Verbandes das Blut zu stillen. Feuerschwämme, Pflaster, Spinngewebe und Ähnliches darf unter keinen Umständen verwandt werden.
3. Bei Brüchen der Arme wird der Arm, im rechten Winkel gebogen (die linke Hand an die rechte Schulter bei Bruch des linken Armes, sonst umgekehrt), mit einem dreieckigen Tuch, das hinten am Hals geknüpft wird, fixiert; ist der Bruch am Oberarm, so wird außerdem der Oberarm mittels eines großen dreieckigen Tuches an den Körper fest angebunden. Bei Luxationen, die eine Beugung im Ellenbogengelenke nicht zulassen, wird der Arm gestreckt mit Tüchern an den Körper gebunden.
4. Bei Brüchen der Beine dient das gesunde Bein als Schiene für das gebrochene, das gebrochene Bein wird bei fixiertem Becken möglichst stark gerade angezogen, und dann werden die beiden gestreckten Beine mittels 3 dreieckiger Tücher, eins oben um die Oberschenkel, das andere um die Kniee, das 3. um die Fußgelenke, fest zusammengebunden. Sollten beide Beine gebrochen sein, so wird ein Lattenstück (ein Schlagholz, Cricketschläger, Malstab) zwischen die Beine geschoben, und die drei Tücher werden in gleicher Weise befestigt.
5. Bei allen schweren Verletzungen und bei Brüchen und Luxationen der Beine müssen die Kranken nicht sitzend, sondern auf einer Tragbahre liegend transportirt werden. Auch muß beim Fahren wie beim Tragen der verletzte Teil so gelagert werden, wie er am wenigsten schmerzt.
6. Bei Schwachwerden, Ohnmacht &c. muß der Betreffende platt hingelegt werden, mit tiefliegendem Kopfe; er erhält englisches Riechsalz zum Riechen, event. 20 Tropfen Hoffmannstropfen auf Zucker oder auch einen Schluck Cognac.

---

7. Die Jugendturnspiele in München.

Von Stadtschulrat und Königl. Stadtschul-Kommissär Dr. Rohmeder, München.

Die Einführung von geordneten Jugendturnspielen für die städtischen Volksschulen in München erfolgte im Jahre 1890. Sie sollte zunächst nur eine versuchsweise sein. Zur Durchführung der Versuche wurden die

Höfe bei den Schulen an der Klenzestraße Nr. 48 (im S.-O. der Stadt) und an der Luisenstraße Nr. 3 (im N.-W.) bestimmt. Die gemeindlichen Körperschaften bewilligten hiefür einen Betrag von 800 Mark aus Mitteln des Reservefonds.

Bei der Vorbereitung und Durchführung des Versuches wurde die Schulleitung in dankenswerter Weise unterstützt von dem „Münchener Turnlehrerverein", der schon früher in Eingaben an den Magistrat und an die Schulbehörde die Errichtung von Turnspielplätzen befürwortet hatte. Im Versuchsjahr sollte die Teilnehmerschaft auf Knaben beschränkt bleiben.

Für jeden der beiden Schulhöfe wurde die Errichtung von je 2 Spielgruppen ins Auge gefaßt: einer Gruppe für Schüler der ersten bis dritten Volksschulklasse (6. bis 9. Lebensjahr) und einer weiteren für Schüler der vierten bis siebenten Klassen (10. bis 13. Lebensjahr). Die Spiele wurden zunächst für die Schüler derjenigen Schulen eingerichtet, in deren Höfen gespielt wurde; Schüler benachbarter Schulen sollten je nach Maßgabe des Raumes zugelassen werden. Die Schüler, welche sich an den Spielen beteiligen wollten, mußten die Zustimmung der Eltern durch eine schriftliche Bestätigung derselben nachweisen. Die Anmeldungen wurden von den Schulvorständen entgegengenommen. Einem Spielleiter sollten gleichzeitig 100—120 Knaben unterstellt werden. Als Spielzeit wurden die schulfreien Nachmittage (Mittwoch und Samstag) angesetzt. Es meldeten sich ungefähr 2000 Schüler zur Teilnahme. Mit Rücksicht auf den zur Verfügung stehenden Raum konnte indes bloß ¼ aller Meldlinge (ungefähr 500) wirklich zugelassen werden.

Die Spiele begannen am 4. Juni und dauerten zunächst bis zum 26. Juli (Beginn der Ferien), wurden dann nach den Ferien (am 16. September) wieder aufgenommen und bis Mitte Oktober fortgesetzt. Es ergaben sich für die einzelnen Spielgruppen 23—26 Spielzeiten von je zwei Stunden, von denen 3—6 durch schlechtes Wetter, geringe Beteiligung oder andere Umstände verdorben wurden.

Die Spielleiter waren angewiesen, über die Zahl der an jedem Spieltag erschienenen Schüler, über das Verhalten der letzteren, über etwa vorkommende bemerkenswerte Einzelvorfälle und überhaupt über alle irgendwie beachtenswerten Vorgänge, sowie über die eigenen hierbei gemachten Erfahrungen tagebuchartig Aufschreibungen zu machen und dann auf grund derselben am Ende der Spielzeit eingehenden Bericht an den Magistrat zu erstatten, damit die gemachten Erfahrungen in der Folge verwertet werden könnten.

Da der Hof bei dem Schulhaus an der Luisenstraße Nr. 3. wegen der groben Beschotterung, der starken Staubentwickelung und der schattenlosen Lage für die fortdauernde Benutzung sich nicht als geeignet erwies, so wurden die dortigen Spielgruppen verlegt: die eine in den Hof des benachbarten Schulhauses Luisenstraße Nr. 13, die andere auf die Theresienwiese. Diese letzte Verlegung führte insofern zur Erweiterung des Teilnehmerkreises, als der hier zur Verfügung stehende größere Spielplatz (ungefähr 10000 qm = 1 ha) die Zulassung einer größeren Zahl von Teilnehmern gestattete und als an dieser Spielgruppe im Freien, außerhalb der Stadt, sich nun auch Fortbildungsschüler und Schüler höherer Lehranstalten freiwillig beteiligen konnten und beteiligten. Der Spielleiter half sich hierbei dadurch, daß er seine Spielgruppe nach Alter und Größe der Teilnehmer in Untergruppen teilte und für jede derselben besondere Spielleiter aus der Teilnehmerschaft aufstellte.

Die Summe der Spieler aus den sämtlichen Spieltagen betrug 4317; die größte Teilnehmerzahl (124) wurde in einer Spielgruppe an der Klenzestraße erreicht, am 25. Juni, die geringste Zahl (18) in einer Gruppe des Schulhofes an der Luisenstraße Nr. 13 am 1. Oktober. Überhaupt war die Beteiligung nach den Ferien eine geringere als vor denselben, und mit der Annäherung an den Beginn des Oktoberfestes nahm die Beteiligung in allen Gruppen, besonders aber in derjenigen auf der Theresienwiese, rasch ab. Im Durchschnitt betrug die Zahl der Spielteilnehmer aus allen Gruppen zusammen an einem Spieltage 54,2.

Die Kosten des Versuches beliefen sich auf 768 Mark ausschließlich persönlicher Ausgaben.

Die durchaus günstigen Erfahrungen, welche im ersten Versuchsjahr gemacht worden waren, ferner die freundliche, zustimmende und dankbare Aufnahme, welche die Sache bei der Bevölkerung gefunden hatte, veranlaßte die städtische Behörde, im darauffolgenden Jahre 1891 die getroffene Einrichtung nicht nur weiterzuführen, sondern auch zu erweitern. Der Spielraum im Hofe des Schulhauses an der Klenzestraße wurde durch Versetzung von Bäumen, Hecken und Geländern vergrößert und durch Festwalzen des Bodens für die Ausführung der Spiele geeigneter gemacht.

Den laut gewordenen Wünschen beteiligter Eltern entsprechend, wurde neben den Spielen an den schulfreien Mittwoch- und Samstag-Nachmittagen auch eine Spielgruppe im unmittelbaren Anschluß an den nachmittägigen Schulunterricht eingerichtet. Diese Spielgruppe konnte durch Entgegenkommen der Königl. Turnanstalt von dem zu engen Hofe des Schulhauses an der Luisenstraße 13 auf den Spielplatz der genannten Anstalt in Oberwiesenfeld verlegt werden. Und während im Vorjahre in dieser Gruppe nur Knaben vom 1. bis 3. Schuljahr Aufnahme gefunden hatten, durften nun auch solche von höheren Schulklassen in dieselbe eintreten. Der Spielleiter half sich durch Bildung von besonderen Untergruppen. Gespielt wurde zweimal wöchentlich je 1½ bis 2 Stunden.

Gleichzeitig wurden zwei Mädchen-Spielgruppen eingerichtet und zwar, den Wünschen der Eltern und den gemachten Erfahrungen entsprechend, gleichfalls im Anschluß an den nachmittägigen Schulunterricht: die eine Gruppe (1. bis 3. Schuljahr) spielte am Montag und Donnerstag, die andere (4. bis 7. Schuljahr) am Dienstag und Freitag von 4—5 Uhr. Beide Gruppen erhielten den Spielplatz im Schulhof an der Klenzestraße zugewiesen. In diesem Jahre bestanden somit sechs Spielgruppen, nämlich vier für Knaben und zwei für Mädchen.

Die Spielzeit dauerte vom 11. Mai bis zum 14. Juli vor und vom 15. September bis zum 24. Oktober nach den Ferien. Für die einzelnen Spielgruppen ergaben sich wieder je 25—26 Spieltage, von denen 2—10 durch verschiedene Umstände verdorben wurden; letzteres war namentlich in der Spielgruppe auf der Theresienwiese der Fall, wo die Annäherung ans Oktoberfest wieder ihren spielverderbenden Einfluß geltend machte.

Die Zahl der Spielteilnehmer an den sämtlichen Spieltagen betrug 13760. Die höchste Teilnehmerzahl (232) wurde erreicht am 15. Mai in einer Mädchen-Spielgruppe im Schulhof an der Klenzestraße; die geringste Teilnehmerzahl (7) auf dem gleichen Spielplatz in einer Knaben-Spielgruppe. Auch in diesem Jahr war die Beteiligung nach den Ferien geringer als vor denselben. Die Durchschnittsziffer aus den sämtlichen Gruppen und Spieltagen betrug für einen Spieltag in diesem Jahr 93,0. Im Laufe des Jahres wurde auch ein Teil der Spielplätze mit Spielgeräten ausgestattet.

Die Kosten für 1891 betrugen:

a. an persönlichen Ausgaben	Mark 829.—,
b. an sachlichen, d. i. für Anschaffung von Spielgeräten	„ 129.80,
	Mark 958.80.

Für die Spielzeit des Jahres 1892 wurde zunächst der Hof beim Schulhaus an der Luisenstraße Nr. 13 durch Versetzen der Bäume, Einebnen, Walzen ꝛc. erweitert und zur Ausführung der Spiele tauglicher gemacht.

Es konnten deshalb daselbst im Mai des Jahres 1892 zwei neue Spielgruppen eingerichtet werden; es waren dies 2 weitere Mädchen-Spielgruppen, die beide an Mittwoch- und Samstag-Nachmittagen — die eine von 4—5 Uhr, die andere von 5—6 Uhr — spielten.

Die Knaben-Spielgruppen und die beiden älteren Mädchen-Spielgruppen bestanden und spielten in der gleichen Weise weiter wie im Jahre 1891.

Die Spielzeit für die nunmehrigen acht Spielgruppen begann mit dem 30. Mai und dauerte bis zum 14. Juli vor, dann vom 3. September bis zum 31. Oktober nach den Ferien. Die Zahl der Spieltage für die einzelnen Spielgruppen betrug 22—32, wovon 2—14 verdorben wurden. Die Zahl der Spielteilnehmer aus den sämtlichen Spielgruppen und Spieltagen belief sich in diesem Jahre auf 16136 Kinder, die Durchschnittsziffer für eine Spielzeit auf 98,9. Die höchste Ziffer (700) wurde erreicht am 3. Juni in der Knaben-Spielgruppe in Oberwiesenfeld, die niedrigste (17) in einer Mädchen-Spielgruppe im Schulhof an der Luisenstraße am 5. Oktober.

Die Kosten für 1892 betrugen:

a. an persönlichen Ausgaben	Mark	1241.—,
b. an sachlichen Ausgaben	„	250.—,
	Mark	1491.—.

Unabhängig von den bisher behandelten Spielgruppen bestanden in den drei Berichtsjahren noch besondere Spielgruppen für die Zeit der großen sechswöchentlichen Ferien.

Im Jahre 1890 bestand eine Ferienspielgruppe, welche täglich, mit Ausnahme der Sonn- und Montage, abwechselnd auf der Theresienwiese oder auf dem Spielplatz in Oberwiesenfeld spielte. An den 19 wirklichen Spieltagen derselben — eine Anzahl von Tagen war durch Regenwetter verdorben worden — beteiligten sich im ganzen 362 Spieler (nur Knaben), so daß auf den Spieltag eine durchschnittliche Beteiligung von 19,0 Spielteilnehmern traf.

Stärker war die Beteiligung an den beiden Ferienspielgruppen des Jahres 1891, von denen die eine im Schulhofe an der Klenzestraße, die andere auf dem Spielplatz der Kgl. Turnanstalt in Oberwiesenfeld spielte. Beide zusammen hatten 34 Spieltage mit einer Gesamtbeteiligung von 1430 Teilnehmern (nur Knaben), so daß sich eine durchschnittliche Beteiligung von 42,1 für die Spielzeit ergiebt.

Im Jahre 1892 bestanden 4 Knaben- und 2 Mädchen-Spielgruppen für die Ferienzeit, die jedoch weder gleichzeitig noch über die ganze Dauer der Ferienzeit in Thätigkeit waren. Im ganzen ergaben sich für diese 6 Feriengruppen 63 Spielzeiten mit einer Beteiligung von 1902 Kindern, so daß also für den Spieltag eine Beteiligung von 30,2 Spielern entfällt. Beachtenswert erscheint hiebei der Umstand, daß sich für die Knaben-Spielgruppen eine durchschnittliche Beteiligung von 42, für die Mädchen nur von 18 Spielenden ergiebt.

Im Laufe des Jahres 1892 wurden weiter folgende Schulhöfe für Durchführung von Jugendturnspielen eingerichtet:

a. der Hof zwischen der städtischen Handelsschule (Herrenstraße Nr. 7) und der II. protestantischen Schule mit einem Kostenaufwand von 12000 Mark durch Auffüllung, Einebnung, Festwalzen des Bodens und teilweise Bepflanzung mit Bäumen;

b. der Hof bei der neuen Schule an der Tumblingerstraße;

c. der umgestaltete Schulhof bei der alten Schule in Haidhausen (Kirchenstraße Nr. 7).

Es stehen also in Zukunft der hauptstädtischen Jugend folgende Spielplätze zur Verfügung:

A. Schulhöfe:

1) an der Klenzestraße Nr. 48; Spielfläche: 2112 qm; Lage im SO. der Stadt;

2) an der Tumblingerstraße; Spielfläche: 2690 qm; Lage im S. der Stadt;

3) bei der Handelsschule; Spielfläche: 1312 qm; Lage inmitten der Stadt;

4) an der Luisenstraße Nr. 13; Spielfläche: 400 qm; Lage im NW. der Stadt;

5) bei der Schule Alt-Haidhausen; Spielfläche: 2580 qm; Lage im O. der Stadt;

B. Außerhalb der Stadt gelegene (begraste) Sammelspielplätze:

1) auf der Theresienwiese; Spielfläche: 10000 qm = 1 ha; Lage im SW. der Stadt;

2) Spielplatz der Königlichen Turnanstalt in Oberwiesenfeld; Spielplatz: 20000 qm = 2 ha; Lage im NW. der Stadt.

Die Schulhöfe sind gut geebnet, der Boden ist festgewalzt und wird während des Sommers von den im Hofe angebrachten Wasserpfosten aus besprengt. Ein Teil der Höfe ist mit schattengebenden Bäumen, namentlich mit Roßkastanien, bepflanzt. Die Schulhöfe werden auch für den stundenplanmäßig zu erteilenden Turnunterricht verwendet und während des

Winters in Eisbahnen umgewandelt, welche den Kindern unentgeltlich zur Verfügung stehen.

Der Vorteil der Verwendung von Schulhöfen liegt in der leichteren Beschaffbarkeit derselben und in der leichteren Erreichbarkeit seitens der spielenden Jugend, sowie in dem Umstande, daß die Schule selbst, zu welcher der Schulhof gehört, einen festen Stock von Spielenden abgiebt. Als Nachteile der Verwendung zeigten sich hier dieselben, wie sie sich überall ergeben und wie sie allen bekannt sind, die je mit der Frage der Jugendturnspiele sich befaßt haben.

Den gemeindlichen Körperschaften liegt gegenwärtig der Antrag vor, zwei weitere Sammelspielplätze mit berasten und teilweise beschatteten Flächen, Brunnenleitung, Umschrankung u. s. w. außerhalb der Stadt anzulegen; im Hinblick auf die bedeutenden Kosten, welche die Herstellung derselben verursachen würde, ist es indes noch fraglich, ob der Antrag in der vorliegenden Form Annahme finden werde.

Die Leitung der Spiele lag von Anfang an in den Händen von Volksschullehrern (Klassenlehrern), welche zugleich zur Erteilung von Turnunterricht verwendet werden. Um die Ausbildung geeigneter Lehrkräfte hat sich namentlich der hiesige Turnlehrerverein verdient gemacht. Auch die Mädchen-Spielgruppen im Schulhof an der Klenzestraße wurden 1891 und 1892 von einem hiezu ganz vorzüglich geeigneten Lehrer geleitet. Mit Beginn der Spielzeit 1892 stellte indes der hiesige Lehrerinnenverein an den Magistrat das Ansuchen, es möchten beim weiteren Ausbau der Mädchenturnspiele auch weibliche Lehrkräfte Verwendung finden. Da sich — durch besondere, an der Königlichen Zentral-Turnlehrerbildungsanstalt abgehaltene Vorbereitungskurse — geeignet vorgebildete weibliche Lehrkräfte in größerer Zahl zur Verfügung stellten, so konnte dem Ansuchen bereitwilligst entsprochen werden.

Das Entgelt für die Leitung der Turnspielklassen wird nach dem Einheitssatze von 72 Mark für die Wochenstunde im Jahr berechnet. Dies ist nämlich auch der Satz für die über das Pflichtmaß erteilten Unterrichtsstunden in den Volksschulen.

Im Jahre 1892 wurden zwei Lehrer auf Kosten der Gemeinde zur Teilnahme an einem Lehrerspielkurse in Görlitz entsandt. Der eine derselben, Herr August Mayer, ist Volksschullehrer und war bisher schon in besonderer Weise bei der Einrichtung und Leitung der Jugendturnspiele verwendet, der andere, Herr Karl Hagen, ist Turnlehrer der städtischen Handelsschule und war bisher bei der Leitung von Jugendturnspielen nicht beteiligt.

Gespielt wurden die meist auch anderwärts bekannten und geübten Ball-, Wurf-, Kampf- und Bewegungsspiele. Mit besonderer Vorliebe spielten die Knaben: Jagd, Urbär, Schwarzer Mann, Wett- und Barlauf, Katz und Maus, Fang- und Fußball und andere Ballspiele; die Mädchen dagegen: Dreischlag, der Fuchs geht um, Hinkefuß, Schlaglauf, Schwarzer Mann, Wettlauf, Has im Nest, Reifwerfen, Federballspiel u. s. w.

Die Ausstattung der Spielplätze, welche übrigens noch nicht vollendet ist, besteht in der Bereitstellung folgender Spielgeräte:

a. für die Knaben: ein großer Hohlball, mehrere große Vollbälle verschiedener Art, kleinere Hohl- und Vollbälle, Tamburine, eine Anzahl verschiedener Ballscheite;

b. für die Mädchen: Reifspiele, einige Federballspiele.

Bezüglich der Spielkenntnis stimmen die hier gemachten Beobachtungen mit den anderwärts gemachten Erfahrungen überein, daß zwar die Lust zum Spielen vorhanden ist, daß aber die Spielkenntnis und der rechte Spielgeist fehlen. Unsere städtische Jugend hat im großen und ganzen zu spielen verlernt. Es wird indessen allerseits ein großer Fortschritt von dem ersten zum dritten Spieljahr bestätigt.

Das Verhalten der Spielenden wird von den Spielleitern als ein durchaus lobenswertes bezeichnet. Ausbrüche von Roheit kamen nicht, solche von Ungezogenheit nur selten und nur am Anfang bei den Knaben vor. Erregten auch ab und zu, besonders anfangs, sogenannte „Spielverderber" den Unwillen der Beteiligten, indem sie durch Empfindlichkeit, Rechthaberei und Selbstsucht den Scherz in Ernst verkehrten und in launenhafter Willkür die Spielregeln mißachteten und so den Geist des Spieles verleugneten: so gelang es doch stets, den einzelnen Spielgruppen den Stempel strenger Einhaltung der Spielregeln, rücksichtsvollen, kameradschaftlichen und nachgiebigen Verhaltens gegen die Mitspielenden und heiteren, fröhlichen Sinnes aufzudrücken. Dies war auch da möglich, wo wegen der großen Zahl von Mitspielenden und wegen der großen Altersverschiedenheit die ganze Spielgruppe stets in mehrere Unterabteilungen geschieden werden mußte. Die jüngeren und unerfahrenen Spieler ordneten sich bald und willig den älteren und erfahrenen unter. Die eigentlichen „Gassenjungen" im schlimmen Sinne des Wortes hielten sich ohnehin von den Spielplätzen ferne; sie lieben ihre „Freiheit" in der schulfreien Zeit. Burschen, welche als „verroht" bezeichnet werden, lassen sich auch nicht zum Spiele herbeiziehen. Mischten sich hie und da derartige Elemente in störender Absicht unter die Spielenden, so wurde von den letzteren selbst dafür gesorgt, daß dieselben sich entweder der Spielordnung fügten, oder daß sie ausgeschlossen wurden.

Demnach kann auch von hier aus der wertvolle erzieherische Einfluß, den man sich von der Pflege des geordneten gemeinsamen Spieles erwartet, aus der Erfahrung heraus bestätigt werden.

Die Bevölkerung wendete den Jugendspielen eine erfreuliche Teilnahme zu. Den Spielleitern und -leiterinnen wurden vielfach Worte der Anerkennung zu teil, sowohl über die Spieleinrichtung, wie über ihre Thätigkeit. Es kann somit wohl gesagt werden, daß die Jugendturnspiele durch die seitens der Gemeinde geschaffenen Einrichtungen einen festen Boden in München gewonnen haben.

Für die Schüler höherer Lehranstalten bestehen gesondert Einrichtungen für die Jugendturnspiele nicht. Indes wird das Jugendturnspielen auch in der Königlichen Turnanstalt in Oberwiesenfeld gepflegt. Hieran nehmen Schüler verschiedener Schulen in freier Weise teil, ohne zu bestimmten Spielgruppen zusammengeschlossen zu sein. Auch in den von den einzelnen Turnvereinen errichteten Turnhallen und in den dazu gehörigen Gärten wird das Turnspiel von den Vereinsmitgliedern gepflegt.

Die besondere Überwachung und Leitung der von der Gemeinde eingerichteten Jugendturnspiele liegt in den Händen des Berichterstatters, der auch die auf Einrichtung und Ausgestaltung derselben gerichteten Anträge in der Königlichen Lokalschulkommission und im Magistrat gestellt und vertreten hat.

---

8. Die Jugendspiele am Königlichen Realgymnasium zu Reichenbach in Schlesien.

Von Direktor Professor Dr. Weck, Reichenbach in Schlesien.

Als ich Ostern 1880 die Leitung des hiesigen Realgymnasiums übernahm, war ich besonders erfreut, die örtlichen Bedingungen für eine schon längst ins Auge gefaßte nachdrücklichere Pflege der körperlichen Übungen erfüllt zu finden. Meinen bisherigen Schülern, die auf Mitbenutzung einer öffentlichen Turnhalle mit beschränktem Vorplatz angewiesen waren und nicht einmal einen ordentlichen Schulhof ihr eigen nannten, konnte in dieser Hinsicht wenig oder nichts geboten werden. In Reichenbach aber stieß der erst kürzlich angelegte Turnplatz unmittelbar an den geräumigen Hof des Hauptgebäudes selbst. Freilich war er nicht größer als 36 Ar, und auch von diesen war die eine Hälfte — je ein gleicher Streifen zu beiden Seiten — mit Bäumen bepflanzt und überdies mit Geräten für das Sommerturnen besetzt, so daß für eine ungehinderte Bewegung der Schüler nur die zweite Hälfte in Betracht kam. Aber trotzdem mußten die äußeren Verhältnisse zu ausgiebigerer Benutzung geradezu verpflichten, um so mehr, als der von den jungen Anpflanzungen mit der Zeit zu erwartende Schatten, die Nähe der den Platz am entgegengesetzten Ende abschließenden Turnhalle, wie anderseits die des Trinkbrunnens (an dessen Stelle seitdem die Wasserleitung getreten ist) weitere erhebliche Vorteile verhießen. Unpraktisch erschien nur die blanke Kiesschüttung, die den freiliegenden Teil des Turnplatzes bildete, da sie schon bei den gewöhnlichen Übungen dem Fuße nachgab und in trockenen Tagen einen unerträglichen Staub erzeugte. Ich habe den ganzen Platz in dieser Hinsicht sehr bald sich selbst und dem Walten der Naturkraft überlassen und so allmählich eine leidlich feste Rasendecke erzielt.

In der Bibliothek fand sich ein Exemplar der GutsMuths'schen „Spiele" (fünfte Auflage) und damit die zweifellos beste, damals vorhandene Quelle der Belehrung. Ein Plan war nun rasch entworfen und auch die Genehmigung der vorgesetzten Behörde zur Benutzung des Platzes und der Halle gewonnen. Und so traten die Jugendspiele, denen hier keinerlei zufällige Tradition oder anderweite Anregung vorgearbeitet hatte, bereits Ostern 1881 ins Leben.

Von vornherein handelte es sich für mich um eine organisch mit dem ganzen Schulbetrieb verbundene Einrichtung. Ein Gegengewicht gegen die Anstrengungen des wissenschaftlichen Unterrichts und der Hausarbeit zu schaffen und durch Wiedererwecken harmloser Jugendlust die verderbliche Neigung des Kneipenlaufens mit allen ihren Folgen einzudämmen, war der leitende Gedanke; im einzelnen sollten die beabsichtigten Übungen möglichst allen Fähigkeiten und Anlagen des jugendlichen Körpers zu gute kommen. Derartige Anschauungen sind heute pädagogisches Gemeingut geworden, aber ich darf wohl noch jetzt mit einer gewissen Befriedigung das neben den Spielplan des ersten Sommers gesetzte, an sich ja notizenhafte und auch sachlich nicht ganz zulängliche „Prinzip" anführen: „Abwechselung —: Muskelkraft, Gewandtheit des Armes und der Hand, Schnelligkeit des Laufes, Sicherheit des Augenmaßes."

Aus den allgemeinen Gesichtspunkten aber ergab sich von selbst das Besondere: Zusammenfassung der Klassen in mehrere größere Abteilungen, entsprechend dem vorhandenen Raum und dem Charakter der Spiele, wie anderseits Zerlegung derselben in kleinere Gruppen, die anfangs durchschnittlich 10—12 Schüler zählten, neuerdings aber noch etwas verkleinert worden sind. Und während die älteren Schüler in angemessener Reihenfolge Cricket, Gerwerfen, Boccia, Barlauf, Kegelwerfen zu treiben hatten, fielen den mittleren Klassen außer jeu de boules und Barlauf, die auch für diese Stufe passend erschienen, unter anderm Vollball (Roß- oder Grenzball), Prellball, Croquet, den unteren Schwungseil, Reifspringen, Reifwerfen, den Kleinsten außer den bekannten einfachen Bewegungsspielen, wie Drittenabschlagen, Räuber und Fänger, auch Federball und Armbrustschießen (nach einer sogenannten „Hurrahscheibe") zu. Daß im Laufe der Jahre diese Klassenpläne wiederholte Änderungen erfuhren, ist selbstverständlich; im ganzen aber handelte es sich weit öfter um Vermehrung der Spiele überhaupt, als um anderweite Verteilung auf Grund ungünstiger Erfahrungen.

In Bezug auf die Kosten traf es sich günstig, daß die mir damals gehörende, erst 1882 an den Staat abgetretene Vorschule nicht unbedeutende Überschüsse ergab, die ich zur Anschaffung der Spielgeräte bestimmte. Da von einer fabrikmäßigen Herstellung der letzteren noch nichts bekannt, wohl auch außer der Braunschweiger Firma v. Dolffs & Helle, mit der ich seit 1883 in ununterbrochener Verbindung geblieben bin, wirklich keine Bezugsquelle vorhanden war, so ließ ich die erforderlichen Utensilien nach den von GutsMuths gegebenen Anweisungen durch hiesige Handwerker anfertigen, was begreiflicherweise viel Zeit und Mühe kostete. Aber schließlich gelangen selbst die Cricketbälle leidlich; das Kegelspiel mit der fünflöcherigen eisenharten Kugel aus spanischer Eiche, die Bocciaspiele, die großen Vollbälle wurden in ganz befriedigender Weise geliefert. Einen eigentlichen (deutschen) Kegelschub bauen zu lassen, war mein besonderer Wunsch, aber die Kosten des Anschlags überstiegen doch die vorhandenen Mittel beträchtlich.

Daß die Schüler unmittelbar nach Eröffnung des Spielplatzes in hellen Haufen erschienen, vom Reize des Neuen gelockt, ließ noch keine weiteren Folgerungen zu. Aber bei vielen hielt die einmal erweckte Neigung vor, bei den jüngeren bis einschließlich Tertia dauernd und auch die älteren gaben den Einwirkungen träger oder blasierter Elemente, die sonst so leicht die Herrschaft behaupten, nur vorübergehend nach. Als aber Ostern 1883 der Fußball (der mir, wenn ich nicht irre, durch einen Artikel des „Daheim" über die verdienstlichen Braunschweiger Bestrebungen bekannt geworden war) zur Einführung gelangte, war die Sache des Jugendspiels bei der hiesigen Anstalt gewonnen. Es ist seitdem ein Lebenselement für uns geblieben.

Die Zeiteinteilung wurde von Anfang an so gehandhabt, daß um 6 Uhr abends zuerst die Kleinsten erschienen, an die sich dann in stündlichem Wechsel die Schüler der Quarta und Tertia, demnächst die der Sekunda und Prima anschlossen. Überhaupt aber standen Platz und Geräte, soweit das Tageslicht es gestattete, bis 9 Uhr zur Verfügung der Spielenden. Einübung und Aufsicht hatte ich an erster Stelle selbst übernommen; aber die Bereitwilligkeit, mit der meine Amtsgenossen sich fast ausnahmslos für die Sache gewinnen ließen, erleichterte mir beides bald erheblich. Schon für den ersten Sommer konnte so eine feste Inspektion eingerichtet werden, an der die wissenschaftlichen Lehrer mit Einschluß der älteren sich ebenso gut, wie die Vorschullehrer und der seminaristisch gebildete Turnlehrer beteiligten. Dieses allgemeine, auch den Schülern erkennbare Interesse ist natürlich ein großer Gewinn für die Sache.

Ich lasse noch einige Bemerkungen über den gegenwärtigen Zustand folgen. Der aus Etatsmitteln inzwischen reich vermehrte Spielapparat ist jetzt im Vorraum der Turnhalle in zwei großen Schränken untergebracht, die ich nach besonderem System, den einen für die älteren, den andern für die jüngeren Schüler, habe anfertigen lassen. Zu Beginn jeder Spielzeit (von 2—3 Stunden) wird an der Eingangsthür der Halle das schwarze Brett mit dem auf 2 Monate berechneten Plane ausgehängt, nach dem jeder Schüler in einem bestimmten Turnus, also durchschnittlich gleich oft, zu den wichtigsten Spielen gelangt. Die eben an der Reihe befindliche Abteilung tritt in Riegen an; die Riegenführer sorgen für das Abholen (wie später für das Zurückbringen) der Geräte, das unter den angeführten Umständen leicht und bequem vor sich geht, und das Spiel beginnt. Dabei verwenden indessen die Schüler der mittleren und oberen Klassen stets die Hälfte ihrer Stunde zum Fußball, der dann natürlich „auf Zeit", nicht auf „Mal" gespielt wird. Nach den ersten dreißig Minuten erfolgt auf das vom Inspizienten gegebene Zeichen ein Wechsel der Spiele; für die unterste Stufe tritt derselbe wohl auch früher und öfter ein, um die hier leichter mögliche Ermüdung zu verhindern.

Dieser Ordnung sind indessen nur die beiden für jede einzelne Klasse bestimmten „festen" Spieltage unterworfen. Seit Ostern vorigen Jahres verpflichten sich nämlich die Schüler zu Anfang des Semesters freiwillig für die Dauer desselben zur Teilnahme an wenigstens zwei Spielstunden in der Woche, die dann auch bezüglich der Dispensationen wie jede obligatorische Unterrichtsstunde behandelt werden. Der Gewinn dieser Einrichtung: die Möglichkeit, alle Spiele sicher einüben und ungehindert vornehmen zu können, ohne daß Nachzügler oder unregelmäßige Besucher die Eifrigen stören, liegt auf der Hand. Auch hat sich schon im vorigen Sommer nur eine sehr geringe Anzahl, für das Wintersemester fast keiner ausgeschlossen. An den übrigen Tagen findet, soweit der Platz nicht durch eine andere Abteilung rechtmäßigerweise besetzt ist, Kürspiel statt, wobei die Wahl in der kalten Jahreszeit, solange Eis und Schnee nicht das Spielen außerhalb der Halle verhindern, wieder mit Vorliebe auf den Fußball fällt. Seit letztem Oktober sind die beiden oberen Abteilungen, jede für sich natürlich, sogar in ein fortlaufendes Wettspiel eingetreten, das somit erst zu Ostern d. Js. seinen Abschluß finden wird. Und da ist es wohl nicht ohne Interesse, daß die älteren Schüler, unter denen sich verhältnismäßig viele gute Spieler befinden, auf 214 gegen 205 Points angekommen sind, beide Parteien also einander nahezu gleichstehen, während die mittleren Klassen in dem ungeheuren Abstande von 546 gegen 216 stehen.

Überhaupt aber hat das Programm sich begreiflicherweise seit 12 Jahren beträchtlich erweitert und verändert, wenn auch neben den neu eingeführten Übungen nicht wenige sich von Anfang an und bis heute bewährt haben. Zu nennen wären an erster Stelle zwei dem Anscheine nach sonst gar nicht betriebene, aber äußerst dankbare Spiele: das französische Kegelwerfen und das Klink- oder Klischspiel. Über ein drittes, von mir selbst erfundenes, werde ich demnächst an anderem Orte berichten. Besonderes Interesse bei den Schülern aber haben in den letzten Jahren die Kriegsspiele und Felddienstübungen erweckt. Im Frühjahr 1890 war zunächst in einer Ecke des Turnplatzes eine stattliche Schanze mit Graben erbaut worden, größtenteils von den Schülern selbst. Sie sollte den erforderlichen Vorübungen und im Winter den Schneeballkämpfen dienen. Im Herbst 1891 ging es dann zum ersten Mal mit dem gesamten Cötus hinaus ins Freie, nachdem Wald und Feld mir seitens der Besitzer bereitwillig zur Verfügung gestellt worden waren. Von den durch militärisch geschulte Mitglieder des Kollegiums kommandierten beiden Kriegsabteilungen hatte die eine sich irgendwo in dem reich coupierten Terrain einzunisten, während der andern der durch mancherlei Umgehungsmärsche und anderweite taktische Bewegungen vorzubereitende Angriff zufiel. Es war eine Freude, diese mit dem größten Eifer und mit zunehmendem Geschick in Vorposten-, Wacht- und Patrouillendienst marschierenden und kämpfenden Scharen zu führen oder zu begleiten und es war eine besondere Freude für den Direktor, die trotz halbtägiger Anstrengung in strammster Haltung vor das Schulgebäude rückende Jugend mit einem

Worte verdienter Anerkennung zu verabschieden. Die Rolle des Siegers wechselte natürlich. Aber auch bei den Unterliegenden war es wohl zu „liebeswerten Thatn" gekommen, wie der jenes wackern Fahnenträgers, der von steiler, vergeblich gegen eine Übermacht verteidigten Höhe, zwar nicht in die Tiefe der Fluten, aber doch in die des Brachackers sich hinabstürzte, das Palladium unter sich begrabend, von dem die andringenden Feinde ihm nur einen Teil der zerschmetterten Stange zu entreißen vermochten.

Den Schluß dieser Skizze mögen nun noch einige Wünsche bilden, wie sie im Laufe der Jahre sich mir immer stärker aufgedrängt haben, zum Teil aber auch von andrer Seite (wie im vorigen Jahrgang dieser „Mitteilungen" vom Herrn Kollegen Eitner) ausgesprochen worden sind. Wenn die Jugendspiele den von ihnen mit Recht erwarteten Segen in vollem Umfange bringen sollen, so müssen sie 1. obligatorisch für jeden nicht durch körperliche Mängel behinderten Schüler werden; 2. wie andere Unterrichtsfächer auf den Vierteljahrscensuren mindestens als Unterabteilung des Turnens erscheinen und mit diesem auch Einfluß auf die Beurteilung des Schülers, selbst in den Fragen der Rangordnung und Versetzung, ausüben. Entweder wir lassen den Grundsatz der Gleichberechtigung körperlicher und geistiger Ausbildung wieder fallen, oder wir ziehen auch die für jeden logisch Denkenden selbstverständlichen Konsequenzen!

---

9. Die Jugendspiele in Straßburg.*)

Von den Vorsitzenden des Vereins für Förderung und Pflege der Jugend- und Volksspiele im Freien, Professor J. Euting und Redakteur Alfred Klaite, Straßburg im Elsaß.

Die durch den kaiserlichen Statthalter Feldmarschall Freiherr v. Manteuffel zu Anfang der 80er Jahre angestrebte Reform der höheren Schulen brachte auch die Ausübung der Jugendspiele. Die sämtlichen hiesigen

*) In dem Überreichungsschreiben dieses Berichtes bemerkt das Bürgermeisteramt in Straßburg: Obgleich die klassenweise Benutzung des Spielplatzes Le Nôtre seitens der höheren Schulen abgenommen hat, wird in denselben, da größere Höfe zur Verfügung stehen, das Spiel in Verbindung mit dem Turnunterricht eifrig betrieben. In der höheren städtischen Mädchenschule und in den Elementarschulen wird, soweit der Platz vorhanden ist und die Witterung dies erlaubt, auf die Veranstaltung von Spielen im Freien zunehmend Bedacht genommen werden.

höheren Schulen führten die Jugendspiele in den Lehrplan ein und abteilungsweise zogen stets mehrere Klassen zusammen zu dem Platz „Le Nôtre“, wo sie an mehreren Tagen der Woche, unter der Leitung der Turnlehrer, Fang- und Ballspiele ausübten. Der von Bäumen umstandene und durch eine Allee durchzogene Rasenplatz Le Nôtre liegt am nördlichen Ende der Stadt und wurde von der Stadtverwaltung bereitwilligst zur Verfügung gestellt.

Anfangs wurden die Spiele von den Schülern mit einer gewissen Freudigkeit ausgeübt. Dieselben konnten kaum die Zeit erwarten, zu welcher die Spiele begannen, und man konnte oft 500 bis 600 Knaben auf einmal spielen sehen. Allmählig aber versiegte in der Schuljugend die Lust, viele Schüler blieben vom Platze fort und trotz Ermahnungen wurde die Beteiligung immer geringer. Nur eine Schule, die Realschule bei St. Johann, machte eine Ausnahme. Der rührige Lehrer Nußhag setzte es durch, daß zweimal wöchentlich sämtliche Schüler zum Spielplatz kamen und noch im August des vorigen Jahres übten die Schüler dieser Schule die Lauf-, Ball- und Fangspiele aus. Auch das katholische Gymnasium hat in der letzten Zeit die Jugendspiele wieder eingeführt. In den Elementarschulen und den höheren Töchterschulen kamen die Jugendspiele noch nicht ausreichend in Betracht.

Im März vorigen Jahres wurde hier ein Aufruf zur Begründung eines Vereins erlassen, der sich die Förderung und Pflege der Jugend- und Volksspiele im Freien zur Aufgabe machen sollte. Dieser Aufruf hatte einen überraschenden Erfolg und binnen weniger Wochen waren über 400 Familien mit 1500 Angehörigen demselben beigetreten. Die beiden Leiter des Vereins glaubten mit Rücksicht auf die Eigenart der Bevölkerungszusammensetzung (Eingeborene und Altdeutsche) von der Berufung eines mehrere Personen umfassenden Vorstandes Abstand nehmen zu sollen, teilten sich aber in die Besorgung der Geschäfte des Vereins und gingen sofort zur Errichtung eines Spielplatzes über. Die Stadtverwaltung überwies uns sofort den nördlichen Teil des Spielplatzes „Le Nôtre“, den wir einfriedigen ließen. Mitglied des Vereins konnte jeder unbescholtene Bürger werden, der sich verpflichtete, 3 Mark (für Familie) bezw. 2 Mark (für Einzelne) zu bezahlen. Von der Stadt wurden uns, außer den Kosten für Herrichtung des Platzes und eines Unterkunftsraumes, 500 Mark Barzuschuß und von dem kaiserlichen Statthalter Fürsten Hohenlohe 2000 Mark zu den Einrichtungskosten überwiesen. Dank dieser Hochherzigkeit konnten wir mit Freude unser Werk beginnen. Wir errichteten ein Klettergerüst und eine Kegelbahn, schufen Vorrichtungen für

Schaukeln, Ringelspiele, Springspiele und Ringspiele, wir beschafften Reck, Barren, Pferd, Klettergerüst, Gere, Bogen zum Bolzenschießen, Reifen, Bälle und Federbälle, Fuß- und Wurfball, Seile zum Ziehen, Kroquets, Kriquets und legten zwei Lawn Tennis-Plätze an. Auch für Kroquets wurden zwei besondere Plätze besandet und bekiest. Für die kleinere Welt wurden mehrere große Haufen Sand angefahren und Wagen, Schubkarren, Eimerchen und Schaufeln von Holz und Eisenblech beschafft.

Bald hatten wir die Freude und die Genugthuung, von diesen Einrichtungen den besten Gebrauch gemacht zu sehen. Nicht allein Schüler, sondern auch kleinere Kinder von 2 Jahren an, sodann Erwachsene: Professoren, Offiziere, Beamte und Bürger, weiter jüngere und ältere Damen besuchten den Spielplatz. Außer Kroquet und Lawn Tennis waren Federball- und Reifspiel sehr beliebt. Was früher nicht erreicht worden war, sah man jetzt. Auch junge Mädchen in jedem Lebensalter beteiligten sich an den Spielen und es war eine Lust, dem regen, bunten Treiben zuzuschauen. Unter der Baumallee hatten wir 10 Bänke anbringen lassen, die zum Ausruhen dienten und stets benutzt wurden. Besondere Spielstunden waren nicht angesetzt und so kam es, daß der Platz von Morgens 9 Uhr bis spät Abends dauernd von Spielenden eingenommen war. An den Nachmittagen nach 5 Uhr wurden durchschnittlich 500 Personen auf dem Platze bemerkt, auf dem ständig ein Verwalter und in den Nachmittagstunden auch die beiden Leiter des Vereins anwesend waren. Spielwechsel fand alle halbe Stunde statt, d. h. nur von einer zur anderen halben Stunde wurden Spielgeräte ausgegeben. Dem starken Zudrang zum Lawn Tennis suchten wir durch Erhebung einer Gebühr von 1 Mark für jede Spielstunde einzudämmen.

Was nun die Spielweise und die Einrichtungen der Spiele überhaupt betrafen, so glaubten wir, im Gegensatz zu den anderwärts wohl meist eingeführten Massenspielen, die auf Kommando ausgeführt werden, eben deshalb aber auch leicht den Stempel des Zwangs und der verminderten Spielfreudigkeit an sich tragen, einen davon abweichenden Versuch unternehmen zu sollen und wir haben demnach von allem Zwang abgesehen, die freie Gruppierung den Teilnehmern gänzlich selbst überlassen und dabei die Erfahrung gemacht, daß die Spiele gewiß ebenso stark besucht und jedenfalls mit ungezwungenerer Lebhaftigkeit ausgeführt wurden. So können wir denn von unserem Unternehmen nur Gutes berichten und der starke Zuspruch, der für den kommenden Sommer bevorsteht und der sich jetzt schon durch vielfaches Nachfragen kennzeichnet, wird uns zwingen, den Spielplatz vergrößern, bezw. noch einen zweiten Spielplatz einrichten zu müssen. Den jetzigen Spielplatz werden wir, falls die Witterung es erlaubt, am 25. März nächsthin wieder eröffnen.

---

10. Das Paulinum des Rauhen Hauses in Hamburg-Horn.

Eine Musterstätte für „einen gesunden Geist in einem gesunden Körper.“

Von H. Raydt, Lauenburg a/Elbe.

Als ich vor einigen Jahren von einer Schulstudienreise durch Schottland und England zurückkehrte und in meinem Buche „Ein gesunder Geist in einem gesunden Körper!“ die dortigen höheren Knabenlehranstalten mit den unsrigen verglich, sprach ich die Ansicht aus, daß es überaus wertvoll wäre, wenn irgendwo im deutschen Reiche an geeigneter Stelle eine deutsch-englische Musterschule entstünde. Wenn sich in einer solchen deutsche Idealität, deutsches Gemütsleben, deutsche wissenschaftliche Gründlichkeit mit englischer Charakterbildung und kräftiger körperlicher wie geistiger Erziehung verbände, so könnte, meinte ich, damit eine Musteranstalt für alle Länder geschaffen werden.

Dieser Wunsch ist nicht in Erfüllung gegangen. Wohl aber habe ich eine deutsche Anstalt kennen gelernt, welche, ohne einen irgendwie spezifisch englischen Anstrich zu haben, die Vorzüge der deutschen und englischen Erziehung in sich vereinigt, das ist das Paulinum des Rauhen Hauses in Hamburg-Horn.

Es dürfte überflüssig sein, über das Rauhe Haus, seinen Begründer Dr. Wichern und dessen Sohn Direktor J. Wichern, den augenblicklichen Leiter der weitverzweigten Anstalt, etwas Erläuterndes zu sagen. Ihr Ruf und Ruhm ist in der ganzen gebildeten Welt sattsam bekannt. Weniger ist es das Paulinum, eine der wichtigsten Zweiganstalten des Rauhen Hauses. Dasselbe ist ein in einzelne „Familien“ gegliedertes Knabenalumnat und berechtigte Realschule, auf welcher die Zöglinge bis zur Freiwilligenberechtigung gebracht werden.

Bei der Ausbildung dieser Anstalt hat Direktor Wichern in konsequenter Durchführung an folgenden drei Prinzipien festgehalten. Erstens bedürfen die Knaben täglich einer kräftigen Bewegung in freier Luft als Erholung von geistiger Anstrengung, auf daß „die Lungen sich weiten und die Wangen sich röten“; zweitens muß „neben der mehr ideell gerichteten Schularbeit der Sinn fürs Praktische schon in dem Knaben erzogen werden“ und drittens „sollen die zur Erholung gebotenen Beschäftigungen dem Knaben lieb sein, seinem Gemüt eine Befriedigung und seiner Phantasie ein Feld zu reger Bethätigung geben.“

Um diese Prinzipien in die Wirklichkeit zu übersetzen, dienen Turnen und Exerzieren, kleinere und größere Wanderfahrten, Baden und Rudern im Sommer, Schlittschuhlaufen im Winter, körperliche Spiele in freier Luft zu jeder Jahreszeit und endlich Beschäftigung im Schulgarten und in den verschiedenen Zweigen der Knabenhandarbeit.

In der mit den besten Geräten ausgerüsteten 100′ langen und 35′ breiten Turnhalle fällt eine lange Reihe von blankgeputzten Zündnadelgewehren auf. Dieselben sind dem Paulinum vom Königlichen Kriegsministerium in Berlin überwiesen und werden zu straffer militärischer Schulung der Zöglinge fleißig benutzt. Auf meine Bitte wurde mir die ganze Schule im Gewehrexerzieren vorgeführt. Die Übungen wurden exakt und, was mehr ist, offenbar mit Lust und Liebe ausgeführt. Gelegentlich macht das Paulinum auch Übungsmärsche mit Gewehr und Felddienstübungen auf Berg und Haide. Man ist ja über den Wert solcher Gewehrexerzitien verschiedener Ansicht und ich will mich hier eines Urteils darüber enthalten. Das eine will ich aber doch hervorheben, daß eine deutsch-patriotische Begeisterung sich durch diese Gewehrübungen der Pauliner hindurchzieht und daß für sie die Inschrift ihrer Kompagniefahne:

„Der Jugend Heer in Mannes Wehr,
In Mannes Zucht, in Mannes Ehr,
Gestählt den Mut, geübt die Hand:
Magst ruhig sein, lieb Vaterland!“

eine große Bedeutung hat.

Das regelmäßige Schulturnen wird jährlich am Sedantage, wie es m. E. überall sein sollte, von einem Turnfeste gekrönt. Über eine solche Feier berichten die „Marksteine“ (1891, Verlag der Agentur des Rauhen Hauses in Horn bei Hamburg) folgendermaßen.

„Stab- und Freiübungen machen heut den Anfang. Kommando folgt auf Kommando. Wie die Jungen ihre Glieder biegen, recken, strecken! Nun folgt mit festem Tritt und Takt Marschübung und Reigenlauf. Plötzlich ertönt das Kommando: „halt“, „an die Geräthe — marsch marsch“; das Wetturnen beginnt. Wird sonst auch riegenweise geturnt, heut wird zunächst familienweise um den Preis gekämpft. Jeder eifert, daß seine Familie den Preis erringe. Darauf treten die besten Turner aus sämtlichen Familien zum Wettkampf vor. Am Barren, am Reck, am Pferde, im Sprung wagt es einer gegen den anderen. Endlich wird Waffenstillstand geboten. Der Turnlehrer mit den Familieneltern tritt zu einer Berathung zusammen, welches heut die Würdigsten waren, und nun werden die Preise verkündet. Laut aber erschallt der Beifallsruf der Familiengenossen, wenn ihr Ältester vortritt, um ein Bild, eine Büste, ein Spiel zu empfangen. Dann folgen die Einzelpreise in Gestalt schwarz-weiß-roter Schleifen. Nur einer, der sich besondere Verdienste um das Turnen und seine Pflege unter den Kameraden erworben hat, erhält einen mächtigen Eichenkranz. Solcher Siegespreis gilt hoch vor allen anderen, und des Siegers Name wird treu bewahrt von Geschlecht zu Geschlecht. Des Feierns ist noch kein Ende. Rege Gemüter, die auch am Abend noch feiern wollten, hatten ein vaterländisches Festspiel eingeübt, das sie, nachdem die Sonne geschieden, zur Aufführung brachten. Zu aller Freude gelang es ihnen auf das beste, und nun konnte jeder hoch befriedigt, aber auch müde vom Turnen, Hören und Sehen, der Ruhe pflegen."

Über die Wanderfahrten des Paulinums möchte ich ebenfalls das Rauhe Haus selber sprechen lassen (Marksteine p. 36).

„Alljährlich, wenn's in Feld und Wald am schönsten ist, legen wir Papier und Tintenfaß, Feder und Zirkel beiseite, stellen französische und englische Schriftsteller zur von Herzen gegönnten Ruhe aufs Bücherbrett, und hinaus geht's in die weite, weite Welt — in die verlassenen Räume aber zieht das Regiment von Besen, Bürste und Seife ein, glücklich, seine Herrschaft einmal für einige Tage ungestört behaupten zu können. „Brüder auf, durch die Welt!" jubelt die frohe Schar, denn „Über Reisen kein Vergnügen", und mehr noch als der Herr Urian unseres Wandsbecker Nachbarn Claudius hätten wir zu erzählen von den Reisen, die wir gethan, von der stillen Fahrt über das leuchtende Meer von Kiel nach Alsen und jener Sturmfahrt nach Travemünde, wo „mit grimm'gen Unverstand Wellen sich bewegten" und nur wenige Heldenseelen der feindlichen Gewalt der Elemente nicht erlagen, von der Gastfreundschaft in der Mühle zu Wismar, wo selbst der Appetit unserer Jungen die Gaben nicht zu bewältigen vermochte (und was das sagen will, muß man erlebt haben), und wo das den Gästen geopferte fetteste der weißzahnigen Schweine den klassisch gebildeten Sekundaner direkt in homerische Zeiten versetzte, — von dem Marsch durchs öde Land, wo's viele Steine gab und wenig Brot, und wo Mancher verzagt wäre, hätten sich nicht Herz und Auge weiden dürfen an dem saftigen Schinken, der an langer Stange verheißungsvoll in der Mitte des Zuges getragen wurde — von dem hellen Liederklang, mit dem wir die fürstlichen Freunde unseres Hauses in Schwerin begrüßen und nicht weniger die alten Männlein und Weiblein im Lübecker Heiligengeist-Spital erquicken durften, und von den Kirchenkonzerten im hohen Dom zu Flensburg und im schlichten Dorfkirchlein zu Gettorf — von der Morgenandacht bei der Waldquelle am Ratzeburger See und von dem „Nun danket Alle Gott“, das von Düppels Höhen wie einst an jenem blutigen Tage mit Posaunenschall weit hinausklang über das meerumschlungene deutsche Land. Und doch bleibt das Schönste vom Schönen die Rückkehr in die alten Räume und das alte Leben, das nach der kurzen Wanderung durch die Fremde uns doppelt traut und heimatlich anmutet, und behaglich streckt man sich auf dem gewohnten Lager mit einem glücklichen ‚Gottlob wieder daheim, daheim im lieben Rauhen Haus‘.“

Wo sich Gelegenheit dazu bietet, wie z. B. bei einer Wanderfahrt durch den Harz oder ins Riesengebirge und den Teutoburger Wald, werden diese Märsche auch dem Unterricht in geographischer, historischer und naturwissenschaftlicher Beziehung nutzbar gemacht; im besonderen dienen hierzu kleinere „Ausflüge zu belehrenden Zwecken.“ Solche waren beispielsweise die Besichtigung einer Glasfabrik in dem benachbarten Ottensen, einer großen Schiffswerft auf Wilhelmsburg, eines Dampfers der Hamburg-Amerikanischen Packetfahrtaktiengesellschaft, Besteigung des Turmes der Michaeliskirche, Gänge durch den zoologischen und botanischen Garten Hamburgs, Besichtigung der Wasserwerke, der Museen u. s. w. Die Erfahrung mit derartigen Ausflügen, welche das Alumnatsleben in angenehmster Weise unterbrechen, hat gezeigt, daß dieselben ihren dreifachen Zweck ausgezeichnet erfüllen, daß sie nämlich einmal zur körperlichen Erfrischung der Knaben dienen, daß sie zweitens den Geist bilden im Einklang mit dem großen gewerblichen und Handelsleben unseres Volkes, und daß sie drittens das Gemüt und die Phantasie der Schüler in wohlthuendster Art anregen.

Im Sommer dient ein nahe bei der Anstalt vorbeifließender kleiner Fluß, die Bille, den Knaben zum Baden, Schwimmen und Rudern. Für letztere in Deutschland leider noch viel zu wenig geübte Bewegung, welche so ganz besonders imstande ist, Gesundheit, Jugendlust und Manneskraft zu fördern, stehen den älteren Schülern des Paulinums mehrere Ruderboote zur Verfügung. Munterer Gesang, welcher im Takte den Ruderschlag begleitet, belebt das schöne und heilsame Vergnügen. Im Winter bietet die Bille mit ihren vielen durch das Land sich hinziehenden Gräben eine gute Eisbahn zum Schlittschuhlaufen, der besten Jugendvergnügung in kalter Zeit.

Von den Spielen in freier Luft hat sich zunächst auch hier, wie an so vielen andern deutschen Schulen, „Fußball“ einen herrschenden Platz erobert. Ein Spielplatz, rings von Bäumen und Gebüsch umgeben, bietet auf dem eigenen Gebiete des Rauhen Hauses den Paulinern einen leicht erreichbaren, schattigen und vor rauhen Winden geschützten Tummelplatz. In zwei Parteien zu je 15 Mann geteilt, treiben die Knaben das kräftige Spiel mit großem Eifer und wahrlich, auch dem Zuschauer pocht das Herz freudig in der Brust, wenn er den von den flinken Jungen gestoßenen riesigen Ball bald hoch durch die Luft sausen, bald über den Boden hin getrieben sieht, bis er endlich unter einem besonders starken Stoß durch das gegnerische Mal hindurchfliegt, mit lautem Jubel begrüßt von der siegenden Schar. Außer Fußball werden hauptsächlich Schlagball und Barlauf gespielt, außerdem von den Kleinen Urbär und Fang'schon. Direktor und Lehrer sind einig über die guten Wirkungen der körperlichen Spiele in freier Luft. Als solche werden genannt „freier, offener Sinn, jugendlich heiteres Wesen, Ausdauer und Tapferkeit.“ Ferner fördert nach den dortigen Erfahrungen das Spiel „den unbefangenen Verkehr zwischen Lehrern und Schülern, Offenheit und Vertrauen, die beiden Tugenden, über deren Fehlen sonst in der Schülerwelt viel geklagt wird, weil sich Lehrer und Schüler häufig zu fern und fremd gegenüberstehen.“

Die harmonische Ausbildung des Kindes wird aber durch Unterricht, Turnen, Jugendspiele und sonstige Leibesübungen noch nicht vollständig erreicht, es fehlt hierbei die Ausbildung der Sinne durch die Handarbeit. Direktor Wichern ist meines Wissens der erste im neuen deutschen Reich gewesen, welcher dieser Erkenntnis praktische Anwendung in der Schule gegeben hat. Im Anschluß an die Bestrebungen des dänischen Rittmeisters Klauson-Kaas wurden in den siebziger Jahren mancherlei Beschäftigungen für die Ausnutzung der schulfreien Zeit, wie Tischlerei und Holzschnitzen, Buch- und Bürstenbinden, Fournieren und Flechten eingeführt. In der weiteren Entwickelung sind einige von den Klauson-Kaasschen „Hausfleiß“-Arbeiten fortgefallen. Dafür sind in Übereinstimmung mit den Bestrebungen der Herren von Schenckendorff-Görlitz und Dr. W. Goetze-Leipzig, den eigentlichen Begründern der erziehlichen Knabenhandarbeit in Deutschland, mehr künstlerische Übungen eingetreten. Ganz besonders hat der „Kerbschnitt“ seine erste Heimatstätte im Rauhen Hause gefunden und hat von dort aus sich weithin über Deutschland verbreitet. Außerdem beschäftigen sich die Schüler des Paulinums mit Aquarellmalerei, Modellieren und Metallarbeiten mannichfacher Art. Den Besuchern der Hamburger Industrie-Ausstellung von 1890 wird das nachher von der

Jury mit der silbernen Medaille prämiierte Zimmer des Rauhen Hauses in Erinnerung sein, in welchem wahrhaft künstlerische und außerordentlich fleißige Schülerleistungen die frohe Verwunderung Sachkundiger erregten.

Außer diesen mehr künstlerischen Handarbeiten wird im Paulinum die Arbeit im Schulgarten gepflegt. Jeder Zögling hat ein eigenes Beet, für welches namentlich die kleineren Knaben meist mit rührender Liebe sorgen. Außer dem gesundheitlichen Vorteile dürfte hier die treffliche erziehliche Wirkung von Nutzen sein, welche die Pflege der Pflanzen auf das Gemüt auch des wilden Knaben unstreitbar ausübt.

Der Pflege des Gemüts wird überhaupt, als einer überaus wichtigen Seite der Erziehung, im Paulinum die größte Sorgfalt gewidmet. Mit Rücksicht hierauf finden wir im dortigen Schulleben eine besonders starke Pflege der Musik und Kunst. Ihren Gipfelpunkt finden diese Bestrebungen in den „fröhlichen Abenden", welche durch theatralische Aufführungen, Deklamationen und musikalische Vorträge zu erhebenden Momenten im Leben der Schule werden. Hierdurch, wie durch die fröhlichen Spiele in freier Luft, die Ruder- und Wanderfahrten und was sonst dahin gehört, kommt in das Schulleben Freude und Frohsinn hinein, ohne welche das Menschenreis so wenig gedeihen kann, wie eine Blume ohne Sonnenschein.

Die eigentliche Grundlage des Paulinums liegt aber, das sei zum Schluß bemerkt, tiefer, als alles vorher Besprochene. Ohne daß viel Worte darüber gemacht wurden, fühlt der aufmerksame Beobachter den Geist christlicher Liebe, welcher das ganze Schulleben erleuchtend und erwärmend durchstrahlt. Das ist aber auch der einzige Boden, auf welchen die Erziehung unserer Zeit sich gründen muß. Auf diesem kann allein in Wahrheit erwachsen

„Ein gesunder Geist in einem gesunden Körper."

---

11. Ein Tag im Seminar zu Oranienburg.

Von H. Raydt, Lauenburg (Elbe).

„Le grand secret de l'éducation est, de faire, que les exercices du corps et ceux de l'esprit servent toujours de délassement les uns aux autres." Rousseau.

Im vorigen Sommer wurde der Vorsitzende unseres Zentralausschusses von Herrn Seminardirektor Mühlmann, Oranienburg, aufgefordert, auf der dortigen Volksschullehrerkonferenz einen Vortrag über

Jugend- und Volksspiele zu halten. Da Herr von Schenckendorff verhindert war, dieser Aufforderung nachzukommen, es aber anderseits wichtig schien, vor einer großen Anzahl von Volksschul- und Seminarlehrern, Orts- und Kreisschulinspektoren über unsere Ziele zu reden, so veranlaßte er den Schreiber dieser Zeilen, den gewünschten Vortrag zu übernehmen.

Der zu diesem Zwecke in Oranienburg verlebte Tag wurde mir zu einem Tage hoher Freude. Einmal fand ich unter den etwa 400 mit der Erziehung der Jugend der Mark zusammenhängenden Persönlichkeiten große Sympathie mit der von unserem Zentralausschuß vertretenen Sache und anerkennendes Verständnis für die große Bedeutung der Jugend- und Volksspiele für das deutsche Schul- und Volksleben. Andererseits war es mir sehr erfreulich, in dem Oranienburger Seminar eine Stätte zu sehen, auf welcher die Gymnastik gemäß dem bekannten GutsMuths'schen Worte eine „Arbeit im Gewande der Freude ist“ und zu beobachten, wie eine solche Behandlung der körperlichen Übungen die Jugend frisch, froh und kräftig macht und auf geistigem und sittlichem Gebiete die besten Früchte zeitigt. Weiterhin war es mir außerordentlich wertvoll, in Herrn Seminardirektor Mühlmann einen Mann kennen zu lernen, der voll erkannt hat, daß kräftige Leibesübungen zur Gesundung unserer vielfach gefährdeten Jugend außerordentlich beitragen können und der diese seine Erkenntnis in trefflicher Weise bei den seiner Leitung anvertrauten Seminaristen in die Praxis übersetzt hat.

Das am 15. Oktober 1861 eröffnete Königliche Lehrerseminar zu Oranienburg erfreut sich ausgezeichneter äußerer Verhältnisse. Es ist ein vollständiges Alumnat und befindet sich in dem Schlosse, welches die Gemahlin des großen Kurfürsten, Luise Henriette aus dem Hause Oranien, in dem ihr von ihrem Gemahl geschenkten damaligen Amte Bötzow a. d. Havel erbaute. Bieten die an historischen Erinnerungen reichen Räume einen zugleich erhebenden und gesunden Aufenthalt, so ist es vor allem der schöne Schloßplatz mit einem Turnplatz und einem beinahe idealen, an englische Verhältnisse erinnernden Spielplatz in seiner Mitte, welcher ausgezeichnete Gelegenheit zur Erholung und zu kräftigem Spiel in freier Luft giebt. Ferner kann die vorbeifließende Havel mit ihrem klaren Wasser leicht zu einer guten Bade- und Schwimmanstalt benutzt werden. Wie ich hörte, werden die Seminaristen im Sommer zu eifrigem Baden und Schwimmen angehalten, und es wird anstaltsseitig darauf gesehen, daß kein Zögling, ohne gut schwimmen gelernt zu haben, die Anstalt verläßt. Im Winter überschwemmt die Havel meistens die benachbarten Wiesen und giebt dadurch bei Frostwetter eine gute Gelegenheit zum Schlittschuhlaufen, das fleißig betrieben wird. Findet ausnahmsweise keine hinreichende Überschwemmung statt, so wird der etwa 2½ km entfernte, herrlich im Walde gelegene Lehnitzsee zu dem Herz und Leib erfrischenden Eislauf benutzt.

Selbstverständlich wird außer solchen Übungen das eigentliche Schulturnen nicht vernachlässigt. Ordnungs-, Stab-, Hantel-, Frei-, Marsch- und Laufübungen wechseln mit den gebräuchlichen Gerätübungen ab. Auch in den Freistunden steht die Turnhalle den Zöglingen zur Verfügung, welche von dieser Erlaubnis, namentlich im Winter, zum Kürturnen reichlich Gebrauch machen.

Bei solchen trefflichen Einrichtungen und dem einsichtsvollen Wirken des Direktors, der gemäß dem Motto dieses Artikels unausgesetzt darauf achtet, daß durch fleißigen Betrieb der Leibesübungen ein gutes Gegengewicht gegen die geistigen Anstrengungen gegeben wird, konnte es nicht ausbleiben, daß auch auf den Beobachter nur eines Tages die Seminaristen Oranienburgs einen außerordentlichen günstigen Eindruck machten.

Nach dem Eingangs erwähnten Vortrage und einer stattgehabten Besichtigung des Seminars und einer Lehrmittelausstellung traten die Seminaristen mit militärischer Präzision an, ordneten sich rasch und marschierten in schneidigem, straffem Schritt mit kernigem, hell aus den jugendlichen Kehlen klingendem Marschgesang durch den Park zum Spielplatz.

Dort wurde von den Zöglingen der Präparandenanstalt unter der Leitung des Präparandenlehrers Paehell der Reigen „Deutschland, Deutschland über alles“ so gut und taktfest geschritten, wie ich besser noch keinen Reigen habe ausführen sehen.

Dann spielte eine andere Abteilung der Seminaristen, unter Führung des Seminarhilfslehrers Moll, Fußball. Trotz der herrschenden Mittagshitze, die durch die umstehenden Bäume nur wenig gemildert wurde, kam das kräftige Spiel auf dem grünen Rasen gut zur Ausführung. Man sah es dem lebhaften Treiben an, daß Fußball auch hier, wie an so vielen anderen Orten in Deutschland, zum Lieblingsspiel geworden ist. Auf die Hunderte von Zuschauern, die mit regstem Interesse dem großen Ball folgten, machte das Spiel, welches viele noch nie gesehen hatten, offenbar großen Eindruck.

Hierauf wurde von einer anderen Abteilung Schleuderball gespielt. Auch hier sah man große Gewandtheit und Kraft im Schleudern, wie sie nur durch viel Übung erworben werden kann. Im übrigen wird auf dem Seminar außer Fußball und Schleuderball hauptsächlich Kreisball und Barlauf getrieben. Es war mir sehr interessant, zu hören, daß bis zum Tage der Abgangsprüfung hin die Seminaristen veranlaßt werden, an den körperlichen Spielen in freier Luft teilzunehmen, und daß seit dieser Einrichtung die jungen Leute wesentlich frischer in die Prüfung kommen als früher, wo sie die Freistunden in den letzten Wochen auch zu Examensvorbereitungen benutzten.

Auf einer anderen Abteilung des geräumigen Platzes spielten die Zöglinge des Oranienburger Waisenhauses, unter der Leitung des Königlichen Waisenhaus-Inspektors Arendsee, Sautreiben, Wanderball und Kreisball. Die Knaben sahen in ihren weißen Drillichanzügen nett aus und machten in ihrem frischen, lebendigen Treiben einen angenehmen Eindruck. Allen blitzte die helle Spielfreude aus den Augen.

Nach vollendetem Spiel wurde rasch wieder angetreten und in schnellem Marschtempo ging es mit munterem Gesange zum Seminar zurück.

Allen Zuschauern hatte das frische Treiben auf dem schönen Spielplatze außerordentlich gefallen. Viele sprachen es mir gegenüber aus, daß durch den theoretischen Vortrag und die praktische Vorführung ihre Vorurteile gegen die Spiele zerstreut und der Wunsch rege geworden sei, Ähnliches bei sich einzuführen.

Ich bin fest überzeugt, daß die Anregungen des Tages von Oranienburg für unsere Ziele in der Mark gut gewirkt haben und daß Herr Seminardirektor Mühlmann sich durch die Einrichtung desselben ein Verdienst erworben hat. Damit diese Anregungen auch für weitere Kreise wirksam sein mögen, habe ich den Oranienburger Tag in diesen Blättern beschrieben.

Gerade die Seminare sind für die Verbreitung der Jugendspiele in den weitesten Kreisen unsers Volkes von der allergrößten Bedeutung. Möchten alle deutschen Seminare in ähnlichem Geiste wirken, wie das Seminar zu Oranienburg!

12. Die Volksspiele in Magdeburg.

Von Stadtschulrat Platen, Magdeburg.

Die mannigfachen Anregungen, welche der Zentralausschuß zur Förderung der Volks- und Jugendspiele in Deutschland in ununterbrochener Folge gegeben hat, konnten auch in Magdeburg, einer Stadt, welche alle Bestrebungen, die auf körperliche wie sittliche Förderung der Jugend hinauslaufen, aufmerksam verfolgt, nicht unbeachtet bleiben.

Es wurde auch hier wie in vielen anderen Städten des Reiches erkannt, daß jener Zentralausschuß, indem er die Frage der Volks- und Jugendspiele auf die Tagesordnung setzte, einen außerordentlich glücklichen Wurf gethan.

Gegenüber der materiellen Richtung der Zeit, dem Haschen nach Genuß, welches unsere Jugend so gut wie die Erwachsenen ergriffen hat, sollen die Spielplätze der Sammelpunkt für diejenigen jungen Leute werden, denen ihre körperliche und geistige, damit auch sittliche Ausbildung am Herzen liegt. Veranlaßt durch einen strebsamen Turnlehrer des städtischen Gymnasiums, welcher schon seit Jahren die turnende Jugend seiner Anstalt an jedem Sonnabend Nachmittag zu fröhlichem Spiel um sich geschaart hatte, berief Schreiber dieser Zeilen im März 1892 die hervorragenden Turnlehrer der städtischen wie königlichen Schulanstalten, um die Frage der Einführung der Volksspiele in Magdeburg mit ihnen zu erörtern.

Nicht genug kann die Bereitwilligkeit anerkannt werden, mit der sich die Erschienenen sofort für den Dienst des geplanten neuen guten Werkes zur Verfügung stellten. Von vornherein wurde allseitig als notwendig anerkannt, daß die Bewegung sich völlig frei entwickeln, daher frei von jeder behördlichen Kontrolle bleiben müsse, so wie daß sie von Anfang an auf breitester Grundlage sich aufzubauen habe. Es war klar, daß die Turnlehrer der Stadt vor Allem dazu berufen seien, die Leitung und Weiterentwicklung der Volksspiele zu übernehmen; ebenso selbstverständlich erschien es aber auch, daß die blühenden Turnvereine der Stadt zur Mitarbeit heranzuziehen sein würden. Demzufolge trat unter dem 6. April 1892 ein Ausschuß für die Volksspiele zusammen, welcher sämtliche Turnlehrer sowie sämtliche Vorstandsmitglieder der Turnvereine in sich schloß. Zur einheitlichen Leitung ernannte dieser einen Hauptvorstand aus 5 Mitgliedern nebst den Hauptleitern der verschiedenen Spielplätze. Die Grundzüge der Spielordnung wurden festgestellt, die notwendigen Verhandlungen wegen der Spielplätze sowie der zur Verwendung kommenden Geräte wurden zum Abschluß gebracht.

Dem Antrage des Vorstandes gemäß stellte die Stadt in richtiger Erkenntnis der hohen Bedeutung der Sache Spielplätze sowie die geforderte Summe von 500 Mark zur Beschaffung von Geräten zur Verfügung, und so begannen mit dem 15. Mai 1892 die Volksspiele in Magdeburg. Die Leitung der Plätze lag von Anfang an in festen Händen, dem einzelnen Leiter standen stets mehrere Gehilfen zur Verfügung, so daß mit Recht gesagt werden kann: mit Umsicht und unter vollem Verständnis der Verhältnisse sind die Spiele in geregelte, feste Bahnen gebracht worden. So konnte denn der Erfolg für die aufgewandte Mühe auch nicht ausbleiben: Gespielt wurde an jedem Sonntage, im ganzen an 22 Sonntagen auf 81 Plätzen mit gegen 4500 Spielern, d. h. durchschnittlich an jedem Sonntage auf 4 Spielplätzen mit 200 Mann. Die Beteiligung war schwankend; sie war im Mai und Juni am stärksten, durchschnittlich 400 Spieler, sie sank in den Sommerferien, weil viele Turnlehrer abwesend waren und blieb dann in Folge der ungewöhnlich starken Hitze sowie der vorübergehenden Aufgabe zweier Spielplätze bis Mitte September auf der durchschnittlichen Höhe von 120 Mann, um trotz teilweise bereits unfreundlicher Witterung sich bis zum Schlusse des Sommers wieder auf 140 Spieler durchschnittlich zu heben. Der Vorstand äußerte sich auf Grund dieser Daten wie folgt:

„Wenn sich also trotz mehrfacher Störungen und trotz ungünstiger Witterung auf den benutzten Spielplätzen schon im ersten Jahre ein Stamm von je 30—50 Spielern herausgebildet hat, welche fast regelmäßig jeden Sonntag ihre Erholung im Spiel suchen und finden, so darf man wohl behaupten, daß die Lebensfähigkeit der Volksspiele für unsere Stadt nachgewiesen ist, zumal der größere Teil der Spielenden aus Leuten besteht, die nicht bereits durch einen Turnverein an körperliche Übungen gewöhnt sind.“

Wir können diesem Urteile voll zustimmen und nur den Wunsch aussprechen, daß die Leiter und Helfer bei der Arbeit, welche sie ohne jedwede Entschädigung zu leisten haben, in derselben nicht erlahmen möchten! Dann wird auch der Übelstand, daß aus den höheren Schichten der Bevölkerung die Beteiligung von jungen Leuten bisher sehr schwach gewesen, allmälig schwinden. Bürgert sich das Volksspiel erst ein, wird sein Wert mehr und mehr anerkannt, so erfolgt die Ausdehnung desselben auf die jüngeren Leute besserer Stände ganz von selbst. Erfreulich ist, daß der Ton unter den Spielenden als ein guter bezeichnet werden kann, und daß Ungehörigkeiten irgend welcher Art nicht vorgekommen sind. Man erkennt hieraus den erziehenden veredelnden Einfluß, welchen die Volksspiele auszuüben die innere Kraft haben.

Nach Abschluß der Sommerspielkurse lenkte der Hauptvorstand seine Blicke sofort auf den Winter und erbat vom Magistrate Wasserflächen, welche zum Eislaufe der heranwachsenden Jugend dienstbar gemacht werden sollten. Gern wurde diesem Ansuchen entsprochen, und so wird denn von dem Volksspiel-Ausschuß hier der erste Versuch mit der Ausdehnung seiner Thätigkeit auch auf den Winter — hoffen wir mit Glück — gemacht.

Endlich dürfen wir nicht unerwähnt lassen, daß in Magdeburg für den nächsten Sommer ein Kursus zur Ausbildung von Lehrern für die Volks- und Jugendspiele bereits gesichert ist, während über die Einrichtung eines solchen zur Ausbildung von Lehrerinnen die Erwägungen augenblicklich noch nicht abgeschlossen sind.

So dürfen wir wohl mit Recht sagen: im Jahre 1892 ist für die Sache der Volksspiele in Magdeburg recht viel erreicht. Sie wird aber bei dem fruchtbaren Boden, den sie hier gefunden, bei dem regen Eifer, mit welchem vor Allem die Turnlehrer der Stadt für sie eingetreten sind, bei der wertvollen Unterstützung, welche die hiesige Presse in dankenswerter Weise geleistet hat, sowie dem opferwilligen Entgegenkommen der städtischen Behörden gewiß schon im nächsten Jahre nach außen sich bedeutend erweitern, nach innen vertiefen und so mehr und mehr auch in Magdeburg ein „Hilfsmittel werden zur Milderung der sozialen Gegensätze der verschiedenen Bevölkerungsschichten, zur Hebung der Sittlichkeit und Volkskraft!"

---

13. Der akademische Turnverein zu Berlin und seine Spiele in Schönholz.

Von Dr. O. Reinhardt, Privatdozent an der Universität zu Berlin.

I.

Wie der A. T. V. nach Schönholz kam.

Das Jahrbuch „Über Jugend- und Volksspiele" für 1892 bringt unter „Geschichtlicher Teil" einiges über Spiele vor der sogenannten Spielbewegung. Auch die Geschichte des A. T. V. (Abkürzung für Akademischer-Turn-Verein) bietet hierzu einige Beiträge, die weitere Kreise interessieren dürften, und die daher hier eine kurze einleitende Erwähnung finden mögen, und um so mehr auch verdienen, als aus dieser Anregung sich die lebhaft betriebenen Turnspiele in Schönholz entwickelt haben.

Der A. T. V. zu Berlin ist 1860 gegründet worden als ein freier Turnverein, zu dem jedem turnfrohen Studenten und Studierten der Eintritt frei stand. Ende der siebziger Jahre, bei dem ganz allgemein in der Studentenschaft auftretenden Bestreben nach korporativerer Gestaltung, sind auch im A. T. V. die Aufnahmebedingungen und die Anforderungen an die Mitglieder etwas verschärft worden. Die Mitgliederzahl bewegt sich seit 30 Jahren stets in der Höhe von etwa 150. Seit 2 Jahren bestehen in Berlin 2 freie, in engster Verbindung mit einander stehende akademische

Turnvereine; der alte A. T. V. hat in diesem Semester 107 Mitglieder, der aus ihm und durch ihn gegründete A. T. V. Arminia 75 Mitglieder.

Neben dem Turnen hat im A. T. V. immer das Spiel und das Wandern eine Stätte gefunden. Im Sommer 1862 siedelte der A. T. V. von seiner ersten Turnhalle (Kluge-Lindenstraße) nach der Ballot'schen Turnanstalt in der Dorotheenstraße über. 1872 wurde eine zweite Turnabteilung eingerichtet in der Turnhalle des Köllnischen Gymnasiums. Auf dem kleinen Platze neben dieser Halle, ja auch im Saale des Werderschen Gymnasiums, in das der Verein 1875 einzog, ist zu allen Zeiten auch gespielt worden. Das rechte Turnspiel aber gedeiht nur im Freien. Auf den Turnfahrten wurden Turnspiele gepflegt: Wettlauf, Drittenabschlagen und vor allem Barlauf; in diesem letzten Spiele sind die A. T. V. immer Meister gewesen. Die Pflege des Barlaufs scheint seit der Jahn'schen Zeit in Berlin nie ganz erloschen zu sein, jedenfalls ist es seit den vierziger Jahren von Schülern und Vereinsturnern eifrig geübt worden; die ersten Lehrer dieses Spieles im A. T. V. waren Berliner, die ihre Vorliebe für dieses Spiel auf die anderen übertragen haben. So zogen schon 1863 an Sonntagen die A. T. V.-er nach der Hasenhaide, und unsere Vereinschronik verkündet sogar die Namen der besten Barlaufspieler jener Zeit. Zusammen mit Mitgliedern der befreundeten Turngemeinde wurden 1872 Turnspiele auf dem Hippodrom abgehalten. Kein zweiter Ort dürfte auch wohl so günstige Spielgelegenheit bieten, als der sandige Boden der Umgegend Berlins. Nach dem Grunewald, nach Köpenick, Tegel, Oranienburg, Spandau zu sind wir gewandert, um Barlauf zu spielen, an meist schon durch die Tradition bekannten Orten. Manchmal mußte ein breiterer Feld- oder Waldweg genügen; schöne Plätze boten die Umgegend von Schildhorn, Beelitzhof, des Charlottenburger und Köpenicker Schützenhauses u. a.

Wie seiner Zeit das Leipziger, so hat auch das 5. allgemeine deutsche Turnfest zu Frankfurt a. M. 1880 des turnerisch Anregenden gar vieles geboten. Durch die neue, 1879 in Berlin festgestellte Volksturnordnung wurde den sogenannten volkstümlichen Übungen ein besonderer Wert beigelegt, und bei den Vorbereitungen zum Feste nahmen zum erstenmale Wettübungen dieser Art einen hervorragenden Platz ein. Die Vereine, welche neben der Halle keinen Platz hatten, mußten ins Freie ziehen, und in dieser Lage befanden sich fast alle Berliner Vereine, auch der A. T. V. Am Anfang Juni vereinigten sich die Vereine des Turnrats beim Schützenhause in Charlottenburg zu einem Wettkampf in Hoch-, Weit- und Stabspringen, Steinstoßen und Wettlaufen. Stabspringen war vielen noch von der Schule her bekannt, doch fehlte die Übung; im Steinstoßen waren alle Laien. Den Wettübungen schlossen sich einige Spiele an; im Barlauf konnten A. T. V.er. als Lehrmeister auftreten; in Ballspielen herrschte fast allgemeine Unkenntnis.

Der schon oft geäußerte Wunsch nach einem Platze, der leicht zu erreichen sei, wo möglich ein Unterkommen böte und Gelegenheit gewähre, Kleider und Spielgeräte aufzubewahren, trat damals so lebhaft hervor, und so viele sehnten sich, Spiele und volkstümliche Übungen regelmäßig zu betreiben, daß wir eifrig nach einem solchen Ort forschten und auch bald einen allen Anforderungen genügenden im Park des Schlosses Schönholz fanden. Der Zufall kam uns zu Hilfe. Die Eltern eines Vereinsgenossen wohnten bei Pankow zur Sommerfrische; durch ihn lernten wir die schönen Wiesenflächen von Schönholz kennen. Schönholz liegt direkt nördlich von Berlin, westlich vom Dorfe Pankow, von letzterem durch die Panke, die hier krystallklares Wasser hat, getrennt, inmitten des Kiefernwaldes, ein alter Hohenzollernsitz. Schon Johann Cicero hatte hier ein schönes Haus; an dessen Stelle wurde unter Joachim II. das noch jetzt erhaltene Schloß gebaut, seine erste Bewohnerin war Frau Anna Sydow, die schöne Gießerin. König Friedrich I. verkaufte Park und Schloß, welche seitdem öfter den Besitzer gewechselt haben, bis sie 1882 in den Besitz der Berliner Schützengilde übergingen. Mitten im Parke, von hohen Bäumen umgeben, liegt ein großer freier Platz, mehr als 200 m lang und etwa ebenso breit, auf ihm tummelten sich am 20. Juni 1880 zum erstenmale etwa ein Dutzend A. T. V.er. Seit jener Zeit ist dort an Sonntag- und Donnerstag-Nachmittagen, auch während der Ferien von A. T. V.ern gespielt worden, und zwar im Winter wie im Sommer. Nach dem anhaltendsten Regen ist der Boden nach kurzer Zeit wieder so trocken, daß er gewisse Spiele gestattet; im Winter hat zwar der oft Fuß hohe Schnee das Spiel unterbrochen, wohl aber eine gemeinsame Schlittschuhpartie an anderer Stelle Ersatz geboten.

Die Spiele sind immer zwanglos betrieben worden. Eine eigentliche Spielleitung oder auch nur Spielordnung hat nie bestanden, wohl aber haben sich allmählich ein fester Gebrauch und erprobte Regeln herausgebildet, denen sich jeder gern freiwillig fügt. Zu Massenspielen findet sich immer die passende Schar zusammen, und sind Spieler in genügender Anzahl anwesend, so können sich einzelne abspalten, um ein Lieblingsspiel zu treiben, oder sich in einer ihnen noch mangelnden Fertigkeit zu üben. Eine Trennung in Gruppen muß sogar eintreten, wenn die Anzahl zu groß sein würde, um eine genügende Bethätigung der einzelnen zu zulassen; und auch dann, wenn die Schwierigkeit des Spiels eine Trennung in geübtere und weniger geübte forderte. Es wurden gespielt: Barlauf, Drittenabschlagen, Schleuderball, Kreisball, Wanderball und einige Schlagballspiele; von den volkstümlichen Übungen: Steinstoßen, Stabspringen, Freispringen, Dauerlauf, an einzelnen Tagen auch Wettlauf, sowie Gerwerfen und Diskuswurf. Die Spiele werden in folgender Ordnung betrieben, von welcher nur im Notfall abgewichen wird, und die an kurzen Wintertagen streng innegehalten werden muß, sollen einzelne Spiele nicht zu kurz kommen. Zunächst, bevor sich alle versammelt haben, werden einige vorbereitende Übungen: Steinstoßen, Gerwerfen, Stabspringen, Freispringen, Fangen mit dem kleinen Schlagball u. A. gepflegt. Dann folgt als gemeinsames Spiel: Schlagball, auch Partieball oder Kaiserball genannt, ein Spiel, das unter Umständen sehr ermüden kann, ihm folgen daher Spiele weniger anstrengender Art, wie: Kreisball und Drittenabschlagen. Die Mitte der Spiele nimmt das anstrengendste, der Schleuderball oder Sauball ein; hieran schließt sich Diskuswerfen, bei dem der Einzelne Zeit findet, sich zu erholen; und den Schluß aller Spiele bildet der gemeinsame Barlauf, dem erst die beginnende Dunkelheit ein Ende setzt. Diese Ordnung und Reihenfolge der Übungen hat sich bewährt, wird allgemein befolgt, aber doch nicht so, daß Abweichungen nicht vorkämen; schon die Wettläufe bedingen solche, da sie, wenn auch nicht völlig ausgeruhte, so doch nicht ermüdete Kräfte voraussetzen; oft wird auch Übungen wie Stabspringen, Diskuswerfen eine größere Zeit gewidmet. Ungeübte üben sich auch wohl andauernd allein oder zu zwei und vier einander gegenüber gestellt, im Ballschlagen, für das die meisten Studenten gar keine Übung mitbringen und das für gänzlich Unerfahrene viel Zeit zur Einübung verlangt. Die Knaben auf den Berliner Straßen zeigen weit mehr Geschick im Ballschlagen, als die meisten Studenten, die in Schönholz das Ballschlagen erst erlernen müssen. Ist es zum Barlauf zu dunkel, was in den kurzen Wintertagen nur zu bald eintritt, so vereinigen sich die feindlichen Parteien zu einem Dauerlauf, der gar häufig zwischen den Bäumen hindurch, auf schmalen Parkwegen die Hügel hinauf und hinabführt.

Der Zeitersparnis wegen erreichen wir jetzt Schönholz gewöhnlich mit der Stettiner oder der Nordbahn, bis Haltepunkt Pankow, beziehentlich Schönholz fahrend. In den ersten Jahren wanderten wir die Schönhauser Allee entlang oder durch den Humboldthain und ebenso zurück; damals legten wir die Strecken außerhalb Berlins und Pankows im Dauerlauf zurück, der nur durch kurze Marschstrecken unterbrochen wurde, auf denen dann ein heiteres Turnerlied erklang. Lauf und Gesang endeten erst vor den Straßen Berlins. Auch jetzt noch marschieren rüstige Schönholzer, denen es nicht an Zeit fehlt, die Eisenbahn verschmähend, zu Fuß den etwa eine Meile langen Weg.

Über den Besuch von Schönholz ist eine Statistik geführt und zum Teil in den jährlichen Berichten des Vereins veröffentlicht worden. Aus ihnen mögen einige Zahlen genannt werden:

	1883	an	79	Tagen	770	Spieler
	1884	„	80	„	1195	„
W. S.*)	1888/89	„	47	„	608	„
W. S.	1889/90	„	39	„	703	„
S. S.	1890	„	47	„	1384	„
W. S.	1890/91	„	52	„	866	„

Bei guter Witterung sind Sonntags 20—30 Spieler anwesend. In den 12 Jahren haben, wie an den Hochschulen, die spielenden Personen selbstverständlich gewechselt; mancher hat nur ein Jahr oder nur ein Semester in Schönholz gespielt. Viele waren, solange bis sie Berlin verlassen mußten, auch im Philisterium Schönholz treu geblieben, spielten wie früher als Studenten, so später als Arzt, Referendar, Assessor, Amtsrichter, Bauführer, Baumeister, Dozent, Oberlehrer, Pastor u. a. Einige, die 1880 als die ersten mit nach Schönholz gingen, spielen auch jetzt noch.

II.

Die Spiele in Schönholz.

Nun mögen einige Spiele selbst beschrieben werden, die sich in Schönholz eigenartig ausgebildet haben. Der Barlauf wird nach den bekannten Gesetzen gespielt. 3 Meter vor der Mallinie, auf der rechten Grenzlinie, befindet sich das Gefangenenmal, auf welchem der Gefangene mit dem linken Fuße zu stehen hat, mit dem rechten im Ausfall liegend, die rechte Hand seiner Partei entgegengestreckt. Der zweite Gefangene tritt in derselben Weise an die Stelle des ersten, welcher zu seiner Partei zurückkehrt, um am Spiele wieder teilzunehmen; der dritte Gefangene entscheidet die Partie. Als Gefangener hat sich jeder zu stellen, der nach den bestehenden Regeln geschlagen wird, und jeder, der seitlich über die gesteckten Grenzen hinausläuft. Bei dem Schlag erfolgt der Ruf „Halt“ von dem Schlagenden, und nur von diesem; bei dem Seitlichhinauslaufen der Ruf „Raus“ von

*) W. S. = Wintersemester. S. S. = Sommersemester.

jedem Spieler der Gegenpartei, der es bemerkt. Jeder, der falsch „Halt" oder „Raus" ruft, hat sich ebenfalls als Gefangener zu stellen. Werden zwei gleichzeitig geschlagen, so entscheidet das frühere Halt. Bei Meinungsverschiedenheiten, ob Jemand getroffen sei oder nicht, entscheidet der Schläger allein und unbedingt; in anderen Streitfällen „geht es auf" oder ein Unparteiischer entscheidet. Jedes „Halt" und „Raus" stoppt das Spiel, gleichviel, ob ein Gefangener sich zu stellen hat oder nicht, und die Ausgelaufenen kehren zu ihrer Mallinie zurück, jedenfalls verlieren sie ihren „Schlag", d. h. das Recht, früher herausgelaufenen Gegner zu schlagen, während sie selbst nach Wiederbeginn des Spieles von jedem neu auslaufenden Gegner geschlagen werden können. Ein Hindurchlaufen über den ganzen Barlaufplatz und durch die feindliche Mallinie, ohne daß ein Schlagen erfolgt wäre, ändert am Fortgang des Spieles nichts, der Spieler aber muß außerhalb der Grenzen zu seiner Mallinie zurückkehren, widrigenfalls er beim Zurückgehen von auf ihn Auslaufenden geschlagen werden kann. So einfach die Grundregeln des Barlaufs sind und so nüchtern das Spiel unter Anfängern verlaufen wird und seiner Natur nach verlaufen muß, einen so großen Reiz bietet es und so vielseitig ist es, daß es von Kennern mit Recht als die Krone aller Spiele hingestellt wird, sobald geübte Spieler einander gegenüber stehen, und der Höhepunkt wird erreicht, wenn außerdem die Spieler einander in ihren Eigenarten kennen. So ist es in Schönholz. Einige Winke für geübte Barlaufspieler mögen hier gegeben werden: Man sondert 3 bis 4 auf der rechten Seite ab, welche den Gefangenen decken und seine Befreiung hindern; diese laufen streng in der Reihenfolge derart hinaus, daß der am meisten rechts stehende zuerst läuft, dann rückt der zweite in die Ecke und so fort; der Hinausgelaufene kehrt nicht direkt zurück, sondern in kurzem Bogen nach links und schließt sich wieder als letzter an die Reihe an. Auf der linken Seite, dem feindlichen Gefangenenmale gegenüber, sondert sich eine größere Anzahl ab, um den Gefangenen zu befreien; der Weg für die Befreier ist länger, als für die deckenden; die Spieler, welche befreien sollen, müssen schnellere und geübtere sein, wenn sie Erfolg haben wollen; sie gehen in ähnlicher Ordnung und Weise vor und zurück, doch so, daß der am meisten links stehende beginnt. Die Spieler in der Mitte müssen nach allen Seiten spielen, das Spiel der Ecken unterstützend; auch sie thun gut, in kleinen Gruppen zu drei und vier gemeinsam zu spielen, etwa so, daß der erste lockt, der zweite ihn deckt, der dritte den schwächsten der Gegenspieler aufs Korn nimmt und schlägt, während der vierte in Reserve bleibt oder vorgeht zum Schutze des dritten, falls der Schlag nicht gelungen, oder auch selbst den Gegner schlägt, der dem dritten durch geschickte Biegungen entgangen ist. Die Spieler der Ecke, welche zu befreien suchen, geben dies auf, sobald sie merken, daß die feindliche Mitte kaum noch das Spiel halten kann, einer nach dem anderen, der nachfolgende, immer den vorherlaufenden deckend, läuft schnell quer durch das Mal vor, möglichst nahe an die feindliche Mallinie hinan, dann schnell umkehrend; meist schlägt schon der dritte einen der auch schnell vorgehenden Gegner, die bei dem geschickt Querlaufenden vorbeischießen, um so leichter vorbeischießen, wenn er sich recht plötzlich zur Erde wirft. Doch genug! Der Möglichkeiten sind so viele und mannigfaltige, daß jedes Spiel deren neue bringt. Unser Barlaufmal ist 25 m breit und 30 m lang.

Der Schleuderball oder Sanball. Wir benutzen etwa 1½ Kilo schwere Lederbälle, von ¾ Fuß Durchmesser, mit kurzem Lederhenkel, so, daß die Hand gerade bequem den Griff halten kann, also ohne lange Schleife. Es werden zwei Parteien gebildet, die den Ball einander zuwerfen. Von dem Platze, wo der Ball zur Erde gefallen oder gefangen worden ist, muß er wieder zurückgeworfen werden. Die Partei hat gesiegt, welche die andere über ein bestimmtes Ziel hinausgedrängt hat. Besondere Regeln sind diese: Zum Wurfe darf ein Anlauf genommen werden von drei Sprungschritten oder sechs gewöhnlichen Schritten, von der Abwurfstelle aus vorwärts. Ein vorheriges Zurückgehen um die gleiche Strecke hält nur das Spiel auf, da ja auf beiden Seiten vorgegangen wird, und kleine Abweichungen im Anlauf sich ausgleichen. Wird der Ball gefangen, so darf der Fänger drei Sprungschritte außerdem vorgehen, denen sich also dann noch der gestattete Anlauf anschließt. Wird der Ball aus der Luft, bevor er die Erde berührt hat, zurückgestoßen, pariert, so wird geworfen von dem Punkte, wo er im Zurückrollen zur Ruhe gekommen ist. Anfänger werfen den Ball durch Kreisen des Armes, geübtere verstärken den Wurf durch Vorbeugen und darauf folgendem Strecken des Rumpfes; große Übung verlangt der vollendete Wurf, bei dem die Schenkel die Hauptthätigkeit übernehmen. In Sprungschritten stürmt der Schleudernde vor, die ganze Kraft in den letzten Sprung legend, tief gebeugt sind die Beine, die Schenkel berühren die Wade, die Brust ist weit nach vorn geneigt, der Arm ist völlig gestreckt und der im Rückschwunge kreisende Ball berührt fast die Erde; dann plötzlich wird der Oberkörper gestreckt, die Beine schnellen gerade in die Höhe, kräftig schwingt der Arm aus der Schulter nach vorn und der Ball entfliegt. Nicht richtig ist die verbreitete Meinung, das Schleuderballspiel stärke vor allem Schulter und

Arme; der geübte Spieler fühlt bei anhaltendem Spiel die Ermüdung zuerst in den Schenkeln, die bei keinem anderen Spiele, auch nicht dem Barlauf, in ähnlicher Weise angestrengt werden. Die einfachste Art, den Ball aufzuhalten, ist, ihm irgendeinen festen Körpertheil entgegenzustellen, am am ungefährlichsten natürlich nach dem Auffallen auf die Erde; für den Ungeübten ist es keineswegs ohne Gefahr, Brust, Arm oder Bein einem kräftig geworfenen Ball darzubieten. Wessen Auge einigermaßen geschult ist, versucht zunächst den Ball zu fangen, dies geschieht am leichtesten so, daß man nach vorn geneigt den Ball zwischen der Brust, beiden Armen und den Oberschenkeln auffängt, schwieriger schon ist es, ihn gerade stehend zwischen Oberarmen und Brust zu fangen. Die meiste Übung erfordert das Parieren; man läuft dem Balle entgegen und stößt ihn mit den Armen, der Brust, den Oberschenkeln, oder zugleich mit Arm und Schenkel zurück; hierbei gilt es, genau den passenden Augenblick zu wählen, um nicht Fuß-, Knie-, oder Handgelenk, Magen oder Gesicht zu gefährden. Die Weite der Würfe beträgt etwa 30—40 m, ihre Höhe 10—15 m; zu flache und zu hohe sind gleich nachteilig, letztere mehr für den Werfer, erstere für den Fangenden oder Parierenden, ist es doch ein Spiel und kein Ernstkampf. Als Vorübung, und vor allem, um ein Schleudern mit gestrecktem Arme zu lernen, werfe man zunächst aus dem Stande, der Wurf wird dann weniger kräftig und kann der Ball auch leichter aufgehalten, gefangen und pariert werden.

Mit demselben Balle wird **Kreisball** gespielt. Eine Anzahl Spieler, nicht mehr als 12, stellen sich im Kreise, das Gesicht nach innen, je zwei Schritte von einander entfernt auf und werfen den Ball einander zu, mit der Beschränkung, daß der Ball nur zum Nachbar gegeben werden darf, aber sowohl nach rechts wie links, so, daß zwei Nachbarn ihn sich gegenseitig wiederholt zuwerfen können. Ein Spieler, der sich nur außerhalb des Kreises bewegen darf, sucht den Ball zu haschen, es genügt, daß er ihn mit der Hand berührt, sei es im Wurfe oder in den Händen eines der Spieler und er tritt an dessen Stelle, und letzterer muß haschen. „Es scheint ja so leicht! Dicht stellt er sich jetzt neben einen Genossen, der noch dazu herausfordernd ihm den Ball fast unter die Nase hält. Der „Daranseiende“ tappt auch darauf zu und — greift ins Leere.“ Bei keinem Spiele sind so viele Finten möglich und auch ausgebildet als beim Kreisball, daher erregt es auch immer von neuem das Interesse der Zuschauer, die nicht müde werden zu sehen, wie in immer anderer Weise der Haschende getäuscht wird, oder wie seine Gewandtheit über alle List siegt. Das Spiel ist völlig ungefährlich und daher besonders geeignet, weniger geschickte oder schläfrige Spieler turnerisch zu erziehen. Die schnellen, völlig unerwarteten Bewegungen guter Spieler üben das Auge der Anfänger und erziehen zu Geistesgegenwart, Unerschrockenheit und Entschlossenheit. Nicht nur der Haschende hat acht zu geben, auch jeder im Kreise stehende hat beständig aufzumerken: Der Ball wandert oft schnell von Hand zu Hand, dabei nicht immer in gleicher Höhe, gilt es doch, bei fast jedem Wurfe oder Weitergeben den Haschenden zu täuschen, bückt er sich, nach dem niedrig gehaltenen Balle schlagend, so wird dieser hoch weiter geworfen, manchmal so hoch, daß der Fangende ihn nur durch einen Sprung erreichen kann, schnell heißt es dann weitergeben, meist mehr weiterstoßen, zum Nachbar, denn der Haschende ist nahe und eben so schnell. Dann wiederum, der Haschende ist ein langer Spieler, weithin reichen seine schnellen Hände, dicht über der Erde hin fliegt der Ball, geschickt gefangen wird er weit nach vorn gehalten, schon schlägt er nach ihm, da plötzlich — hinter seinen Rücken fliegt der Ball zum Nachbar, auch wohl durch die gespreizten Beine hindurch.

Der **Kaiserball** oder **Partieball** ist das erste gemeinsame Spiel jeden Nachmittags. Die Regeln finden sich in jedem Spielbuch. Das Spielmal ist in Schönholz etwa 30 m breit und 90 m lang. Der Ball ist ein kleiner, fester Lederball von 2 Zoll Durchmesser; das Schlagholz, aus Kiefern- oder Eschenholz gefertigt, ist 1 m lang, von einem Zoll Durchmesser, völlig rund und sich ein wenig nach unten verjüngend. Das Spiel flott betrieben, übt Geschick, Geistesgegenwart und Kraft. Die Läufe von 90 m, welche in kurzen Pausen wiederholt werden, sind ebensoviele eigenartige Wettläufe, zum teil mit Hindernissen, und als solche sehr übend, ohne doch so große Anforderungen zu stellen, wie der wirkliche Wettlauf. Sechs Punkte veranlassen ein Wechseln der Parteien.*)

Das Ballschlagen wird zur Übung, um Treffsicherheit im Schlage zu erzielen, auch als Sonderübung von Einzelnen getrieben, die sich zu 2 oder 4 einander gegenüberstellen und sich den Ball zuschlagen. Ebenso verdient auch das Fangen als Sonderübung empfohlen zu werden. Zwei geübtere Spieler stehen auf 15—30 Schritt, je näher, desto schwieriger,

*) **Anmerkung.** In den beiden ersten Jahren wechselten wir nach jedem Punkte. Fritz Schroeder, Bonn (Euler u. Eckler Monatsschrift, Jahrgang XI, Seite 168. Berlin 1892) vermutet, daß diese Spielart, bei der auf dem Rufe „Herein" sämtliche Spieler der dienenden Partei in das Schlagmal zu laufen haben, aus dem englischen Spiel „Rounders" übernommen sei. Wir haben nach dieser Regel schon 1885 als Schüler in Mageburg gespielt und wird sie beim Ballspiel auf den Dörfern in der Magdeburger Börde seit noch älterer Zeit befolgt.

einander gegenüber und werfen sich den kleinen Ball im Kernwurf zu, nach dem Gesichte zielend; der Fang geschieht mit beiden Händen, wie beim Cricket.

Von den volkstümlichen Übungen werden freier Weit- und Hochsprung mit und ohne Sprungbrett geübt, ebenso der Stabsprung, der letztere auch in die Weite. Zum Steinstoßen wird ein 17 Kilo schwerer Granitstein und eine 15 Kilo schwere Kugel benutzt. Die Gere sind aus Kiefern- oder Eschenholz gefertigt, 1,80 m lang. Der Diskus aus Schmiedeeisen wiegt — bei 200 mm Durchmesser und 9 mm Dicke — 2 Kilo. Die besten Würfe betrugen 30 m.

III.

Über den Wert der Schönholzer Spiele.

Welchen Nutzen haben diese Spiele zunächst für die Spieler selbst gebracht? Es ist kaum nötig, hier auf ihre günstige Einwirkung auf die Gesundheit hinzuweisen, das ist von berufener Seite, von Ärzten und Erziehern geschehen, wie ich glaube in überzeugender Weise. Spricht nicht auch hierfür, wie treu alle den Spielen in Schönholz geblieben sind, ja daß sie mehr als einem zum Bedürfnis geworden sind!

Lohnt das Spiel aber auch den Aufwand an Zeit? Oftmals bin ich danach gefragt worden und unbedenklich antworte ich „ja"! Selten wird die Zeit notwendiger Arbeit entzogen, meist ja doch, und nicht nur bei Studenten, anderen Vergnügungen, wenn nicht gerade weniger edlen, so doch jedenfalls für Körper und Geist nicht in gleichem Maße heilsamen. Und wird wirklich eine Stunde der Arbeit entzogen: wie nach dem Turnen, so auch nach dem Spiel, holt der erfrischte und gestärkte Körper und Geist das Versäumte leicht nach. Mehr als einen könnte ich nennen, der nie auf dem Turnsaal, nie in Schönholz fehlte, auch sonst ein fröhlicher Student war und seine Examina in der kürzesten zulässigen Zeit und mit Auszeichnung bestand.

Nach außen hat Schönholz vielfach vorbildlich gewirkt. Über ganz Deutschland verbreitet leben als Richter, Lehrer, Ärzte, Pfarrer, Baumeister, Ingenieure und Chemiker eifrige Turner, die in Schönholz gespielt, und Lust und Liebe, und vor allem Kenntnis der Spiele in weitere Kreise verbreitet haben und weiter verbreiten werden. Nach unserem Vorgange haben viele Berliner Turnvereine ebenfalls Spielabteilungen eingerichtet; ebenso die akademischen Turnvereine der anderen Hochschulen. Von Anfang an hat den Spielen in Schönholz der Direktor der Turnlehrerbildungsanstalt, Herr Schulrat und Professor Dr. Euler, seine Aufmerksamkeit und Unterstützung gewährt. Im März 1882 und seitdem in jedem Frühjahr hat er die Eleven der Turnlehrerbildungsanstalt hinausgeführt nach Schönholz, damit sie, die berufenen Lehrer der körperlichen Übungen, aus eigener Anschauung die Spiele im Freien kennen lernten. Auch die Mitglieder des hohen Hauses der Abgeordneten folgten im Mai 1890 einer Einladung des Abgeordneten von Schenckendorff nach Schönholz.

Vor allem aber muß erwähnt werden, welche Aufmerksamkeit der frühere Kultusminister, Seine Excellenz Herr Dr. von Goßler, unseren Spielen geschenkt hat. Der Herr Minister war im Februar 1884 selbst in Schönholz, hatte aber schon früher sich eingehend über die Spiele berichten lassen, und diese Berichte sind nicht ohne Einwirkung auf jene für die Spielsache so bedeutsamen Erlasse vom 27. Oktober 1882 und 31. Januar 1883 gewesen. In dem letzteren Erlasse wird das Turnfest der akademischen Turnvereine in Sangerhausen erwähnt und in Beziehung auf dasselbe gesagt: „Bei aller studentischen Fröhlichkeit hat sich ein Geist der Zucht und Sitte kundgegeben, welcher, wie ich anzunehmen geneigt bin, nicht außer Zusammenhang mit der disziplinirenden Kraft wohlgeordneter Leibesübungen steht. Und wenn bei dieser Gelegenheit zahlreich versammelte Zuschauer den turnerischen Leistungen, namentlich den volkstümlichen Übungen, dem Wetturnen und den Turnspielen mit der freudigsten Teilnahme gefolgt sind, so erscheint auch nach dieser Seite hin die Pflege der Leibesübungen auf den Hochschulen von allgemeiner idealer Bedeutung."

Das Vorurteil, welches noch immer, trotz aller Belehrungen und wohlmeinenden Vorführungen, im deutschen Volke gegen Leibesübungen herrscht, wird am ehesten besiegt, wenn die sogenannten besseren Stände mit gutem Beispiele vorangehen, darin kann uns das stammverwandte englische Volk ein Vorbild sein, ohne daß wir ihm knechtisch nachahmen müßten. In Schönholz werden von uns nur deutsche Spiele geübt, mit Ausnahme des den Griechen entlehnten Diskuswerfens. Ein Bedürfnis, die englischen Spiele einzuführen, hat sich nicht gezeigt, was nicht überraschen wird bei der Fülle und dem Reichtum an Abwechslung, welchen unsere Spiele bieten, nicht aus Unkenntnis oder einem falschen Nationalstolz ist es unterblieben, wir hätten ja auch sonst den Diskuswurf lassen müssen: Die englischen Spiele wollen aber sportmäßig betrieben werden; darin liegt ihre Stärke einmal, die zu leugnen mir fern liegt, aber zugleich auch ihre Schwäche. Wie jede Sportleistung, welche die höchsten

Anforderungen an die Leistungsfähigkeit stellt (an sich etwas Lobenswertes, wenn auch Einseitiges), birgt auch das englische Spiel in seinem ausschließlichem Ausgehen auf Sieg die Gefahr des Übertriebenen z. T. bis zur Schädlichkeit, ja unter Umständen bis zur Roheit in sich. Ein Tränieren, auch in der bescheidensten Form während des Spieles selbst, ist für Studenten und Gelehrte nicht tauglich, es ermüdet statt zur geistigen Arbeit zu erfrischen. Auch im deutschen Spiel suchen wir zu siegen, aber dies ist nicht der alleinige und vor allem nicht das erste, hervorragendste Ziel; dieses liegt vielmehr im *Streben nach einem guten mustergiltigen Spiel* und das deckt sich nicht mit dem nach dem Gewinn des Spiels, es würde es thun, wenn wir vollkommen wären. Die Gelegenheit zum Wetten fehlt daher auch gänzlich bei deutschen Spielen. Bei diesem Vergleiche scheiden natürlich Spiele, die mehr der Unterhaltung dienen, wie Lawn-Tennis, aus. Zwischen den deutschen Spielen: Barlauf, Schlagball und den englischen: Fußball, Cricket liegt auch ein ethischer Unterschied. Die englischen fördern Kraft und Gewandtheit, Mut, Entschlossenheit und Geistesgegenwart in hohem Grade, stählen Muskeln und Nerven; die deutschen ebenfalls, daneben haben aber letztere noch eine moralisch erzieherische Wirkung anderer, höherer Art, die dem englischen, so weit ich sie kenne, zu fehlen scheint; nicht das alleinige, rücksichtslose Ausgehen auf Sieg der Partei, sondern ausschließlich das Streben nach dem Bestерreichbaren zu jeder Zeit, fördere es auch den Sieg der Partei nicht, ja laufe es demselben sogar direkt entgegen, erzieht den Charakter, übt das Taktgefühl und verleiht unseren deutschen Spielen ein etwas, das auch aufs Gemüt einwirkt; daher *die harmlose Freude*, die immer bei beiden Parteien neben dem Ernst des Ringens hervorbricht.*)

Die Hauptsache ist und bleibt aber doch, daß überhaupt gespielt wird, was? steht erst in *zweiter Linie*. Allen aber, welche die Jugend zum Spiele führen und darin unterweisen wollen, sei der Rat gegeben: Lernt unsere alten, guten, deutschen Volksspiele gründlich kennen, bevor ihr andere, in einem andersartigen Volkstume wurzelnde Spiele einführt. Auch für die Spiele gilt das Wort Jahns: „Darum ist die Turnkunst eine menschheitliche Angelegenheit, die überall hingehört,

*) Wir geben dem Herrn Verfasser in seinem Urteil über die Form der in England betriebenen Spiele im Ganzen recht. Aber dies Urteil modifiziert sich doch wohl, wenn diese Spiele ohne jene Übertreibungen, und zum Teil auch mit anderen Regeln, wie sie dem deutschen Charakter angemessen erscheinen, gespielt werden.

Die Herausgeber.

wo sterbliche Menschen das Erdreich bewohnen. Aber sie wird immer wieder in ihrer besonderen Gestalt und Ausübung recht eigentlich ein vaterländisches Werk und volkstümliches Wesen. Immer ist sie nur zeit- und volksgemäß zu treiben, nach den Bedürfnissen von Himmel, Boden, Land und Volk."

---

14. Die Spielplätze in Berlin.

Von dem städtischen Turnwart H. Schröder, Berlin.

Der erste Berliner Spielplatz, auf Gesuch des Direktors Meierotto vom König Friedrich Wilhelm II. im Jahre 1790 angekauft und dem Joachimsthal'schen Gymnasium zum Geschenk gemacht, lag in der Burgstraße und ist heute, nachdem das genannte Gymnasium außerhalb der Stadt eine schönere und geräumigere Stätte gefunden hat, der Baulust zum Opfer gefallen. Auch der ursprüngliche Jahn'sche Turn- und Spielplatz in der Hasenhaide ist nicht mehr vorhanden. Der jetzige Turn- und Spielplatz in der Hasenhaide, herrlich gelegen, groß und schattig, kann leider nur wenig benutzt werden, da er sich in fiskalischem Besitz befindet und für gewöhnlich nur dem Königlichen Friedrich-Wilhelms-Gymnasium sowie dem Königlichen Realgymnasium zur Verfügung steht. Die älteren hiesigen Turnplätze, von Eiselen u. a. eingerichtet, waren ohne Ausnahme zugleich Spielplätze, auf denen die Turnspiele mit Eifer betrieben wurden. Dieselben, wie beispielsweise der erste Moabiter Turnplatz von 1841, sind längst in dem Häusermeer verschwunden. Auch der im Jahre 1846 von Eiselen im Auftrage der Stadt eingerichtete sogen. 2. Moabiter Turnplatz, auf welchem bis Ende der fünfziger Jahre viel gespielt wurde, ist eingegangen. Die im Jahre 1864 erbaute städtische Turnhalle in der Prinzenstraße besitzt einen geräumigen Turnplatz, der ebenfalls zum Spielen viel benutzt wird. Das gleiche gilt von dem Turnplatz der Turnhalle in der Gormannstraße 4 und zahlreichen Schulhöfen.

Mit der Einrichtung öffentlicher städtischer Spielplätze ist die Stadt Berlin seit 1868 wieder vorgegangen. In genanntem Jahre wurde ein von einzelnen Schulen schon in den fünfziger Jahren oft zum Spielen benutzter freier Platz vor dem schlesischen Thore von neuem zum Spielen bestimmt und unter dem Namen Spielplatz im Eichbusch den Schülern der Gemeindeschulen zum Gebrauch übergeben. Gleichzeitig und zu gleichem Zweck wurde ein freier Platz im Friedrichshain eingerichtet.

Mit der Verlegung und Neueinrichtung des letzteren innerhalb einer künstlerisch vollendeten Parkanlage größeren Stils erstand der erste öffentliche Spielplatz Berlins, auf welchen die Stadt mit einem gewissen Stolz blicken kann. Derselbe umfaßt eine Fläche von 1,6 ha, ist mit wohlgepflegtem Rasen bedeckt und von einem breiten Kiesweg umgeben. Im Jahre 1875 wurde ein Teil des Exerzierplatzes in Moabit vom Fiskus der Stadt zu Spielzwecken überlassen, später aber unter Überweisung eines anderen derartigen Platzes in derselben Gegend wieder zurückgefordert. Nach dem Muster des Spielplatzes im Friedrichshain wurde auch in den großen Parkanlagen des Humboldthains im Jahre 1878 ein Spielplatz angelegt und im folgenden Jahre dem Betriebe übergeben. Derselbe hat eine Größe von 2,3 ha. Auf Gesuch der städtischen Behörden genehmigte das Kriegsministerium vom Sommer 1882 ab die Benutzung des fiskalischen Terrains „am Fuße des Kreuzberges,“ wo seither jedes Jahr Tausende von Knaben spielen. Das gleiche gilt seit 1889 von dem Exerzierplatz des Kaiser-Alexander-Grenadier-Regiments (an der „einsamen Pappel“). Seit 1886 besteht der große städtische Spielplatz im Treptower Park. Derselbe ist ebenfalls mit schönem Rasen bedeckt und hat eine Größe von 4,5 ha. Die Ausgrabung eines daneben belegenen Sees gab das Aufhöhungsmaterial (150000 Kubikmeter Erde und Sand) zu einer Terrasse, welche in Höhe von 1,30 m über dem allgemeinen Niveau als breite, mit einer vierfachen Baumreihe bepflanzte, schattige Promenade den hippodromförmigen Platz umschließt und nicht allein gegen heftige Winde schützt, sondern auch in wirksamster Weise ausschmückt und durch zahlreiche Bänke den Beschauer zum Verweilen auffordert. Dieser Platz dürfte nirgends in Deutschland seinesgleichen finden.

Von Schülern, Turnern und Privatgesellschaften wird außer vorgenannten Plätzen noch der Hippodrom bei Charlottenburg und der Schloßpark in Schönholz (nördlich von Berlin) häufig als Spielplatz benutzt.

Die genannten Plätze sind ohne Ausnahme groß genug, daß tausend und mehr Spieler sich auf ihnen tummeln können. Leider ist aber ihre Benutzung der weiten Wege halber teilweis mit großem Zeitverlust verbunden, teilweis durch die erforderliche Bewässerung und sonstige Pflege des Rasens notwendigerweise auf gewisse Zeiten eingeschränkt. Für eine Stadt von so riesigem und rapidem Wachstum, wie Berlin, sind sie aber immerhin ein Zeugnis jugendfreundlicher Fürsorge und ein verheißungsvoller Anfang zur einstigen Verwirklichung des Wunsches, daß das Jugendspiel sich zur Volkssitte erhebe.

Möchten die städtischen Behörden bei der geplanten Einverleibung der Vororte daran denken, geeignete Terrains für Spielzwecke zu erwerben; der Dank weiter Kreise wäre ihnen sicher!

---

15. Die Spielplätze in Bonn.

Von Dr. med. F. A. Schmidt, Bonn.

1. Der Arndtplatz. Das ehemalige Besitztum von Ernst Moritz Arndt, dicht am Rheinstrom gelegen, war zu Anfang der sechsziger Jahre vom Ausschuß für das Arndt-Denkmal erworben und fiel nach dem Tode der Witwe Arndts im Jahre 1869 an die Stadt Bonn mit der vertragsmäßigen Bestimmung, daß der vor dem Arndthause gelegene Garten „zu turnerischen Zwecken" verwendet werden müsse.

Aber erst 1882 gelang es dem neubegründeten Verein für Körperpflege, den über einen Morgen großen, inzwischen völlig verwilderten Garten zu einem stattlichen Spiel- und Turnplatz herzurichten. Zahlreiche verkrüppelte Obstbäume mußten entfernt werden, während eine prächtige Gruppe noch von Arndt selbst gepflanzter Laubbäume erhalten blieb, und an der Süd- und Westseite Reihen von Ulmen und Kastanien neu gepflanzt wurden. Da bei dem starken Spielbetrieb der vorhandene Rasen nicht zu erhalten war, so wurde 1883 der Platz vollständig mit einer durchlässigen Kiesschicht versehen und eingeebnet. Seitdem ist der Platz auch bei längerem Regenwetter stets bald trocken und zum Spielen benutzbar. Wir haben in den verflossenen 10 Jahren höchstens an 7—8 Prozent der Spieltage wegen regnerischer Witterung den Spielbetrieb aussetzen müssen. Gegenüber den wiederholt gefallenen Äußerungen, das Klima in Deutschland erlaube nur den dritten oder gar vierten Teil aller Tage des Jahres einen Spiel- oder Turnbetrieb im Freien, sei diese unsere Erfahrung besonders hier hervorgehoben.

Der Platz wurde ferner mit Wasserleitung versehen, so daß von zwei größeren Hydranten aus die ganze Fläche im Sommer zur Niederhaltung des Staubes, im Winter zur Schaffung einer Eisbahn besprengt werden kann.

Zu den Gesamtkosten all dieser Einrichtungen, in der Höhe von 1800 Mark, trug die Stadt einen Betrag von 600 Mark bei.

An Geräten befinden sich auf dem Platze ein Klettergerüst und ein Schwebebaum. Zum Frei- und Stabspringen ist eine mit weichem Sand ausgefüllte Niedersprungstelle eingerichtet. Die kleineren Spiel- und Turngeräte, wie Pfahlkopf mit Geren, Wurfscheibe, Stelzen, Bälle jeder Größe, Schlaghölzer, Stäbe u. s. w., sind in einem Schuppen des Arndthauses untergebracht.

Zu erwähnen ist noch das aus Werksteinen und Blendziegeln erbaute und mit einer marmornen Gedenktafel versehene Denkmal an den Wohlthäter des Vereins, Otto Hoffmeister († 1887), welches in die nördliche Grenzmauer des Platzes eingebaut ist.

2. Der Spielplatz des Bonner Eisklubs. Das Besitztum des Bonner Eisklubs hat eine Gesamtfläche von 255 Ar (10 Morgen); der auf demselben in ovaler Form angelegte, sorgfältig geebnete Platz ist 162 Ar (6½ Morgen) groß. Den Platz umgiebt ein 460 Meter lange und 6 Meter breite Radfahrbahn. Rund herum führen höher gelegene breite Wege und Anlagen, von denen aus der weite Platz bequem überschaut werden kann. Das am Eingang gelegene stattliche Klubhaus ist die Wohnung des Aufsehers und dient außerdem zu Restaurationszwecken. Im Winter wird der ganze Platz, nachdem er vorher glatt gewalzt ist, durch Besprengen mittels der städtischen Wasserleitung zu einer einzigen großen Eisfläche hergerichtet, welche außerordentlich benutzt wird, da der Klub 1200 Mitglieder (800 Erwachsene und 400 Kinder) zählt. Bei andauerndem Frost wird die Eisdecke jeden Tag neu übersprengt, so daß dieselbe morgens stets wieder frisch und spiegelglatt ist.

Im Frühjahr, Sommer und Herbst dient die herrliche Fläche als Spielplatz. Ein Teil derselben ist zu Lawn-Tennis-Plätzen abgetrennt und entsprechend ausgestattet. Durch seine Größe ist der Platz namentlich zu den größeren Ballspielen (Thorball, Feldball, Fußball) geeignet. Im vergangenen Sommer spielten auf demselben die Schüler der Oberrealschule. Auch fanden die beiden Spielkurse des Zentralausschusses daselbst statt — dank dem gastlichen Entgegenkommen des Eisklubs.

Noch einige Worte über den Erwerb des Platzes. Das Besitztum ist von 40 Bürgern Bonns zum Preise von 66000 Mark vor drei Jahren angekauft und dem Klub zur Erwerbung überwiesen worden, gegen die Verpflichtung einer jährlichen Verzinsung von 4 Prozent und einer Amortisation von 2 Prozent. Sollte der Eisklub sich je einmal auflösen, so wird nach den Satzungen die Stadt Bonn Eigentümerin, muß den Platz aber dauernd zum Zweck von Leibesübungen und Spielen im Freien erhalten.

Dem Unternehmungsgeist und der energischen Thätigkeit der Leitung des Bonner Eisklubs verdankt unsere Stadt so den Besitz eines Spiel- und Eisplatzes, der nicht nur durch seine Größe und Einrichtungen, sondern auch durch seine landschaftliche Lage am Fuß der Kaiser-Wilhelm-Höhe, mit dem Godesberg und den Kuppen des Siebengebirges als Hintergrund, zu den schönsten derartigen Plätzen in ganz Deutschland zählt.

3. Der Spielplatz auf der „Kaiser-Wilhelm-Höhe". Zur Erinnerung an die segensreiche Regierung des verewigten Kaisers Wilhelm I. ist in den letzten Jahren für unsere Stadt ein größeres Waldgebiet mit herrlichen Aussichtspunkten auf dem dicht bei Bonn gelegenen Venusberge (400 Fuß) erworben worden und wird als Waldpark eingerichtet. Auf unsere Anregung hin wird augenblicklich auf der Fläche des Berges, mitten im Walde, ein kreisrunder Spielplatz (fast einen Morgen groß), welcher an einer Seite in eine breite, gerade Laufbahn mündet, geschaffen. Der Boden ist sorgfältig rajolt und geebnet und wird mit Gras angesäet. — Von schattenspendenden Bäumen umgeben, nur drei Minuten von der „Casselsruhe", einem der lieblichsten Aussichtspunkte des ganzen Rheinthals, entfernt, wird dieser Platz in Zukunft der bevorzugte Zielpunkt für die Ausflüge unserer Schulklassen, für Waldfeste und Spiele von Vereinen und Familien werden.

---

16. Die Turn- und Spielplätze in Görlitz.

Von Gymnasialdirektor Dr. Eitner, Görlitz.

Der städtische Turnplatz in Görlitz hat die Gestalt eines Paralleltrapezes, dessen längere Parallelseite 160 m, die kürzere 128 m, die eine Breitseite 132 m, die andre 136 m mißt; sein Flächeninhalt beträgt also mehr als 190 ar. Zerlegt man den ganzen Raum, indem man eine Parallele zu der kürzeren Breitseite zieht, in ein Parallelogramm und Dreieck, so wird das letztere von dem auf dem nördlichen Teile des Platzes gelegenen Gebäude der Turnhalle eingenommen, während das Parallelogramm, welches beinahe ein Quadrat bildet, den Turnplatz selbst darstellt.

Das Gebäude der Turnhalle ist einstöckig, in seinem linken Teile mit einem Oberstock, in welchem sich die Wohnung des Kastellans befindet, versehen. Die den ganzen Raum des Mittelgebäudes einnehmende Turnhalle ist 23 ¹/₂ m lang und 9 ¹/₂ m breit und erhält auf der einen Seite durch 6, auf der gegenüberliegenden durch 4 Fenster Licht. Vor dem Gebäude, aber durch einen Gang von demselben getrennt, ist ein mannshohes, offenes, jedoch überdachtes, langes Holzgerüst, welches zum Aufhängen der Kleider mit Nägeln versehen ist, angebracht. Der auf der nördlichen, südlichen und westlichen Seite von einer dichten Hecke niedriger Fichten eingefaßte Platz wird durch mehrere sich schneidende Baumreihen in eine Anzahl größerer und kleinerer Abschnitte zerlegt.

Zunächst begrenzt eine parallel zur westlichen Hecke sich in einer Länge von 126 m hinziehende Baumreihe eine Rennbahn von gleicher Länge, bei einer Breite von 16 m; diese Rennbahn endet an ihrem südlichen Ende in einer zweiten, welche sich im rechten Winkel in der Richtung von W. nach O. in einer Länge von 120 m und einer Breite von 10 m erstreckt; auch diese wird auf beiden Seiten in ihrer ganzen Länge von Bäumen eingefaßt. Die Mitte des Platzes nehmen drei hinter einander liegende geräumige, von schattigen Bäumen rings eingeschlossene Kiesplätze ein, von denen die beiden ersten einen Flächenraum von je 90 ar 20 qm enthalten; der dritte ist 11 ar 20 qm, der vierte, links von dem dritten gelegen 4 ar, und der fünfte, rechts von dem dritten gelegen, 5 ar 72 qm groß. Diese Plätze werden bei den Jugendspielen zum englischen Fußball, Lawn-Tennis, Sauball, deutschen Schlagball und Cricket benutzt, während die beiden Rennbahnen beim deutschen Fußball, Schleuder- und Grenzball zur Anwendung kommen.

Zwischen dem 1. und 2. Kiesplatze erhebt sich auf einem Rasenstück ein künstlich aufgeschütteter Hügel mit einem Denkstein, welcher die Namen der im französischen Feldzuge gefallenen Turner enthält; von diesem Hügel herab werden bei besonderen Gelegenheiten Ansprachen gehalten, auch während des Turnens und Spielens mit dem Sprachrohr das Zeichen zum Wechseln der Geräte und Spiele gegeben. Zwischen den die beiden ersten Kiesplätze auf der rechten und die von N. nach S. sich erstreckende Rennbahn auf der linken Seite begrenzenden Baumreihen befinden sich innerhalb eines großen Rasenstückes die mit Sand aufgefüllten Stände für die Übungen am Pferde, für Bockspringen (2), für Hoch- und Weitsprung, jeder derselben von dem andern durch einige Bäume geschieden, weiterhin die Stände für 5 Recke, 6 Barren, 1 Schwebebaum und 4 Schwebestangen. Links von den beiden ersten Kiesplätzen sind die Stände für Sturmlauf (2), ein Kegelplatz, je 2 Stände für Weit- und Hochsprung, sowie für Stabhoch- und Weitsprung, weiterhin 2 Laufgräben angebracht, hinter welchen noch weiter links die Sprungtreppe und der Schneckengang sich befinden. Ungefähr in der Mitte des ganzen Platzes, hinter dem Kiesplatz Nr. 2 und vor der von W. nach O. sich hinziehenden Rennbahn, steht das Klettergerüst mit senkrechten und schrägen Leitern, Stangen und Klettertauen versehen; in der Mitte desselben ragt ein mächtiger und bei besonderen Veranlassungen mit

Fahnen geschmückter Mastbaum und neben diesem zwei, bei festlichen Gelegenheiten ebenfalls beflaggte Klettermaste hoch empor, rechts von ihm sind wagerechte Leitern, der Rundlauf und die Wippe angebracht. Jenseits der oben genannten Rennbahn, rechts vom Kiesplatz Nr. 3, befinden sich nebeneinander 2 Barren, 1 Langschwingel und noch weiter rechts 5 Recke; hinter den Barren, also zwischen Kiesplatz 3 und 5, steht ein zweites Klettergerüst mit senkrechten und schrägen Leitern, Stangen und Tauen ausgerüstet; links von dem Kiesplatz Nr. 3 und vor dem Kiesplatz Nr. 4 sind 4 Ständer für frei Weit- und Hochsprung, sowie eine zweite Sprungtreppe angebracht und hinter dieser nach weiter nach links ein Anlauf zum Grabenspringen; während die rechte Seite des Kiesplatzes Nr. 4 ein Schwebebaum, 4 Schwebestangen und mehrere Barren einnehmen. Auch auf diesem Teile sind die einzelnen Gerätstände durch Baumreihen von einander geschieden.

Aus dieser, nach Möglichkeit genauen Beschreibung, welche allerdings die sinnliche Anschauung nicht zu ersetzen vermag, dürfte zu ersehen sein, daß der Turnplatz zu Görlitz hinsichtlich seiner Größe, der Zweckmäßigkeit seiner Anlage und der Reichhaltigkeit seiner Geräte nicht hinter den besten an andern Orten zurücksteht.

Außer dem eben beschriebenen Turn- und Spielplatze stehen der spielenden Jugend von Görlitz noch zwei andere Plätze zur Verfügung. Der eine von ihnen, an der östlichen Seite des großen Stadtparks gelegen, erstreckt sich von dem Ausgang des Lindenweges nach Süden bis zur Musikhalle und ist bei einer Länge von 165 m 36 m breit, hat also einen Flächeninhalt von 59½ ar. Der Boden ist festgetretener Lehm-, vor der Musikhalle Kiesboden, nur die Abhänge nach der Neiße einerseits und die Böschungen nach dem Park andrerseits sind mit Rasen bedeckt. Der in seiner Breite ohnehin beschränkte Platz wird dadurch noch mehr eingeengt, daß die ganze östliche Seite desselben von einer Fahrstraße eingenommen wird, und wenn dieselbe auch nicht zu den besuchtesten gehört, so werden doch die Spieler von Zeit zu Zeit durch einen zwischen ihnen hindurchfahrenden Wagen gestört. Hier spielt die untere Abteilung des Gymnasiums, d. h. die Klassen von U III bis VI, sowie die Schüler der Realschule.

Ungleich günstiger, wenn auch entfernter, liegt der andre der oben genannten Plätze. Derselbe befindet sich jenseits der Neiße auf dem rechts von der Reichenbergerstraße gelegenen weiten Bauterrain zwischen den projektierten Straßen Nr. 6 und 7 einerseits und den Straßen 2 und 3 andrerseits, nimmt also den Raum des künftigen Friedrich-Platzes ein;

derselbe beträgt 252 Ar, ist also um 62 Ar größer als der oben beschriebene Turnplatz. Hier werden auf dem kurz gehaltenen, weichen Rasen die großen öffentlichen Spielfeste abgehalten, und es gewährt ein herrliches, buntbewegtes und farbenprächtiges Bild, wenn sämtliche Spielgruppen auf den ihnen angewiesenen Plätzen zu gleicher Zeit unter den Klängen einer Musikkapelle ihre Spiele ausführen, während der weite Platz auf allen Seiten von einer dichtgedrängten, schaulustigen Menge, die mit dem lebhaftesten Interesse die einzelnen Spiele verfolgt, eingerahmt wird.

---

17. Die Spielplätze in Hannover.

Von Turninspektor Bötlcher, Hannover.

Den schulseitig angeordneten Jugendspielen, deren besondere Einrichtungen im Jahrbuche von 1892 besprochen wurden, stehen in Hannover drei vortreffliche Spielplätze zur Verfügung. Von diesen ist der Spielplatz am Hippodrom, der als Reichseigentum der Verwaltung der Militär-Behörde untersteht und von dieser seit einer langen Reihe von Jahren immer in entgegenkommenster Weise der betreffenden Schule, bezw. seit zwei Jahren den betreffenden Schulen, zu ihren Spielen überlassen wurde, am längsten im Gebrauch. Dieser Platz hat eine Länge von 250, eine Breite von 207 m, ist mit gutem Rasen bestanden und wird auf allen Seiten von einem dichtem Stakt eingeschlossen. Hier spielen während des Sommerhalbjahres an einem Nachmittage der Woche die Schüler des Lyceum II, an einem zweiten Nachmittage die der Realschule I. Beide Schulen benutzen dieselben, in einem großen Spielwagen aufbewahrten Spielgeräte, für deren Instandhaltung jährlich eine Summe von 100 Mark in den Haushaltsplan der städtischen Turnanstalten eingestellt wird. Der Platz ist von den erwähnten Schulanstalten aus in 15—20 Minuten zu erreichen.

Der zweite Platz, der mit Ostern 1890, als auch das Lyceum I und das Realgymnasium I die Schulspiele einführten, von den städtischen Kollegien dem Spielbetriebe eingeräumt wurde, liegt auf einer großen Wiese beim Schützenhause und ist von den genannten Schulanstalten nur 15 Minuten entfernt. Seine Grenzen sind durch eine einfache Drahtumzäunung bezeichnet. Die Schüler des Lyceum I spielen an einem, die des Realgymnasiums an zwei Nachmittagen der Woche; d. h. für die letztere Schule wurde der großen Schülerzahl wegen eine Bildung von zwei Abteilungen, deren eine die Schüler von Prima bis Ober-Tertia umfaßt und deren andere sich aus den Schülern der unteren Klassen zusammensetzt, notwendig. Die Größe des Platzes beträgt 75:150 m. Für die Unterhaltung der Spielgerätschaften, die auch diesen Schulen gemeinschaftlich zur Verfügung stehen, sind ebenfalls jährlich 100 Mark bewilligt und eine weitere Summe von jährlich 100 Mark wird zur Instandhaltung des Rasenbodens und der Umzäunung, die im Winterhalbjahr wegen möglicher Überschwemmungen fortgenommen werden muß, benutzt.

Spielplatz am Schützenhause zu Hannover.

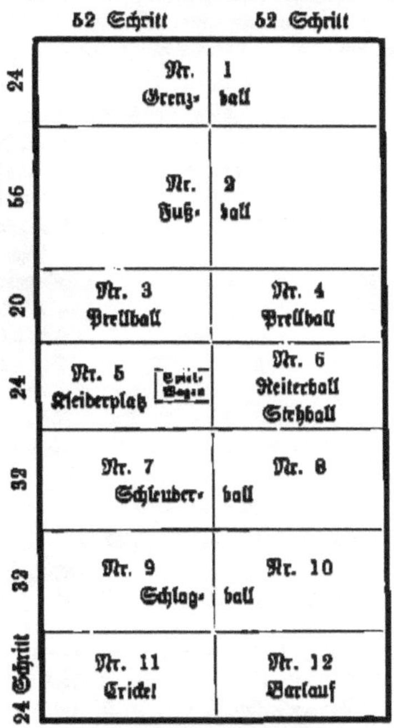

Auch an den Sonntag-Nachmittagen entwickelte sich auf diesem Platze ein reges Spielleben, da der Turnerbund zu Hannover für seine

Mitglieder und sonstigen Freunde der guten Sache Spiele eingeführt hatte. Wem aber die geringe Größe dieses Platzes für einen umfassenden Spielbetrieb allzu karg bemessen scheint, dem können wir an der Hand der geführten Statistik versichern, daß öfter über 200 Schüler zu gleicher Zeit trefflich gespielt haben. Der vorstehende Plan, der vom Turnlehrer des Realgymnasiums I, Herrn Opitz, für eine Spielvorführung, zu welcher die Behörden und die Eltern der Schüler Einladung erhalten hatten, ausgearbeitet war, wird überzeugen, daß der Platz, bei richtiger Anordnung, für die erwähnte Schülerzahl vollkommen ausreicht.

Das Realgymnasium spielte bei jener Vorführung, seiner sonstigen Einrichtung gemäß, in zwei aufeinander folgenden Abteilungen. Die erste Abteilung nutzte den Platz in folgende Weise aus:

Klasse.	Platz Nr.	4—4½ Uhr	4½—5 Uhr
Sexta A	11	Hüpfender Kreis, Plumpsack.	Jakob wo bist du? rc., Seilziehkampf.
Sexta B	9	Has' im Kohl, Fangspiele.	Kreisfußball, Seilziehkampf.
Quinta A	8	Burgball, Katze und Maus.	Schlaglaufen, Letztes Paar herbei.
Quinta B	10	Henne u. Habicht, Diebschlagen.	Schwarzer Mann, Hinkkampf.
Quarta A	4	Fischer zu Dreien.	Prellball.
Quarta B	1	Grenzball.	Stabringkampf, Fuchs aus dem Loch.
U. Tertia A	12	Reiterball, Ringender Kreis.	Schleuderball a. Platz 2.
U. Tertia B	2	Fußball ohne Aufnehmen.	Stehball und Drittenabschlagen a. Platz 12.

Die Abteilung der oberen Klassen.

Klasse	Platz Nr.	5—5½ Uhr	Platz Nr.	5½—6 Uhr
O. Tertia A	1	Grenzball.	1	Schlagball in 2 Abteil.
O. Tertia B	2	Fußball ohne Aufnehmen.	7/8	Schleuderball.
U. Sekunda A	7/8	Schleuderball.	4	Prellball mit Laufen.
U. Sekunda B	11	Cricket in 2 Abteilungen	12	Barlauf.
O. Sekunda	10	Schlagball.	10/11	Cricket.
Prima	12	Fahnenbarlauf.	2	Fußball mit Aufnehmen.

Der bei weitem größte Platz aber ist dem Spielbetriebe des Leibniz-Realgymnasiums und der Realschule II und III überlassen, für welche

Schulen ebenfalls besondere Spielgerätschaften angeschafft sind, die mit einem Kostenaufwand von jährlich 100 Mark in Ordnung gehalten werden. Dieser Spielplatz liegt auf der sogenannten kleinen Bult, innerhalb der für die großen Pferderennen angelegten Rennbahn, gehört zwar der Stadt, ist aber dem General-Kommando des X. Armeekorps zu militärischen Übungen überlassen. Auf Eingabe des betreffenden Direktors hin hat das General-Kommando immer diesen Platz zum Spielbetriebe frei gegeben und obgleich häufig zu gleicher Zeit mit den Spielen militärische Übungen abgehalten wurden, sind dadurch niemals für den Spielbetrieb Unannehmlichkeiten erwachsen, da die leitenden Offiziere, ohne Ausnahme, in zuvorkommenster Weise den Spielbetrieb berücksichtigten.

Um so eher konnte dieses geschehen, als jener Platz eine räumliche Ausdehnung von ungefähr 225000 qm aufweist. Hier spielten auch während der großen Ferien, unter der Leitung dafür auserwählter Lehrer, Schüler der Volksschulen, während außerdem zu gleicher Zeit auf zwei größeren Schulhöfen in anderen Stadtgegenden ebenfalls Ferienspiele abgehalten wurden. Der eine dieser Schulhöfe war für die Spiele der Mädchen aus den Volksschulen bestimmt. Für die Mädchen der höheren Töchterschulen und der Stadttöchterschulen stehen keine besonderen Spielplätze zur Verfügung, doch werden die mit den Schulen bezw. Turnhallen verbundenen Höfe während des Sommerhalbjahres fleißig zum Spielen benutzt. Außer auf den genannten Spielplätzen giebt Hannover im Herbst, wenn der zweite Grasschnitt erfolgt ist, die Masch, welche sich von der Stadt bis zum Dorfe Döhren hinzieht, der spiellustigen Jugend zum Spiele frei. Der deutsche Fußballverein zu Hannover benutzt diese Gelegenheit zu fleißigster Übung. Mitte Dezember aber wird eine künstliche Überschwemmung der Masch herbeigeführt, um bei eintretendem Froste dem Eisvergnügen den ausgedehntesten und herrlichsten Spielraum zu gewähren.

---

18. Der Jugendspielplatz zu Königsberg i. Pr.

Von Stadtschulrat Dr. Tribukait, Königsberg i. Pr.

Seit einem Jahre hat auch Königsberg i. Pr. einen eigenen Jugendspielplatz und steht in dieser Hinsicht hinter anderen großen Städten nicht zurück. Die Stadt verdankt diese prächtige Anlage der großherzigen Freigebigkeit ihres Mitbürgers, des Stadtrat a. D. Dr. Walter Simon, der seit Jahren dem leiblichen und geistigen Wohl der Jugend Königsbergs die lebhafteste Teilnahme bezeugt.

Der Platz liegt an der nordwestlichen Grenze der Stadt außerhalb des Festungswallgraben auf der Gemarkung Mittelhufen, mit ihren vielen von der Einwohnerschaft Königsbergs besonders stark besuchten Vergnügungsorten und hat in seinem ganzen Umfange die Größe von 6,83 ha. Hiervon gehen 2,34 ha auf die Umgebung und Wege ab, so daß für die eigentlichen Spielplätze 4,49 ha zur Verfügung bleiben. Die Umgebungen werden erst in diesem Jahre mit Buschwerk und Bäumen bepflanzt, und an geeigneter Stelle wird voraussichtlich ein Schuppen für die Spielgeräte erbaut werden. Auch für Retiraden und Pumpe ist gesorgt, und eine Uhr an dem Geräteschuppen wird den Spielern die Zeit verkünden.

Die beiden Spielplätze, die ein Weg von einander trennt, sind völlig geebnet und drainiert und liegen zum größten Teil tiefer als das sich anschließende Land, so daß von den sie umziehenden Wegen ein freier Überblick über die Plätze sich bietet.

Bis jetzt ist nur der nach Norden liegende, größere, 2,56 ha umfassende Platz völlig hergestellt. Auf diesem ist ein Flächenraum von 6500 qm durch Grandauftrag und Festwalzen für die großen Lauf- und Kampfspiele wie Barlauf, englisch Fußball u. a. geeignet gemacht. Während dieser Teil völlig baumfrei ist, sind auf dem ganzen übrigen mit Rasen bedeckten Teile Laubbäume gepflanzt, die in einer Entfernung von 10 bis 15 m unter einander die schönsten schattigen Spielplätze und Bahnen schon nach wenigen Jahren zu bieten versprechen.

Der kleinere, nach Süden gelegene Spielplatz, der ebenfalls mit Bäumen bepflanzt ist und mit Gras besät wird, soll 6 mit den breiten Seiten an einander stoßende Croquetplätze von 6×15 m Größe, 2 Lawn-Tennisplätze und einen Tanzplatz von 15×15 m erhalten.

Die Benutzung des größeren Spielplatzes hat bereits in dem letzten Sommer begonnen und einen überraschend günstigen Verlauf genommen. Der Zutritt war niemand versagt, nur für gewisse Tage und Stunden war einzelnen Schulen die nachgesuchte Erlaubnis erteilt, in erster Reihe auf dem Platze spielen zu dürfen.

Diese Erlaubnis hat bei der Größe des Platzes nicht dazu geführt, daß andere Kinder von dem Besuche ausgeschlossen wurden. Zank und Unfriede hat sich auf dem Jugendspielplatze nicht bemerkbar gemacht, sondern es ist von den Aufsicht führenden Lehrern der Anstand und die gute Sitte der spielenden Kinder gerühmt.

Auch Mädchen der Bürger- und Volksschulen der Stadt haben in größerer Zahl an Spielen, Reigen und Tanz auf dem Platze ihre Freude gefunden, und eine beträchtliche Zahl von Eltern und Angehörigen der Schulkinder haben an den Spielen der Jugend lebhaften Anteil genommen.

Nur die barfüßigen Knaben und Mädchen aus den ärmsten Klassen der Bevölkerung haben sich leider noch nicht auf dem Platze heimisch gefühlt, und ihre Zahl wurde im Laufe der Zeit immer geringer. Es steht jedoch zu erwarten, daß auch diesen Kindern, sofern ihre Schulen nicht zu weit von dem Spielplatze entfernt liegen, die wohlthätige Einrichtung zu Nutze kommen wird. Von den Eltern einfachen Standes haben wir oft rühmen gehört, daß sie auf diesem Platze mit ihren Kindern sich erholen könnten, ohne zu Ausgaben für Speise und Trank genötigt zu sein.

So darf man wohl behaupten, daß durch die Einrichtung des Jugendspielplatzes auf den Mittelhufen der gesamten Jugend Königsbergs ein dankenswertes, segenbringendes Geschenk geworden ist, und daß nach Fertigstellung der Umgebungen und bei zunehmender Belaubung der vor einem Jahre gepflanzten Bäume für die Stadt Königsberg ein Schmuckplatz ersten Ranges gewonnen sein wird.

---

19. Über Spielplätze für Mädchen.

Von Turninspektor Aug. Hermann, Braunschweig.

Es ist in unserem Zentralausschusse für Jugend- und Volksspiele in Deutschland längst keine Frage mehr, ob auch dem weiblichen Geschlechte, insonderheit den heranwachsenden jungen Mädchen in unseren Volksschulen wie in den höheren Mädchenschulen die Bewegungsspiele auf freien Plätzen in der Gegenwart zur Notwendigkeit werden. Diese Frage ist in der Theorie wie auch durch die Praxis mit einem dringenden Ja beantwortet, und vielerorts haben in unseren deutschen Mädchenschulen die Versuche nach dieser Richtung hin nicht nur die Frage, ob die Mädchen so viel als möglich auf Plätzen im Freien Spiele betreiben und ebenso ihre Turnübungen vornehmen sollen, zustimmend entschieden, sondern diese Versuche haben auch bereits an vielen Orten zu einer dauernden Einrichtung des Spielbetriebes für Mädchen geführt.

Zu einer gedeihlichen Entwickelung des Spiellebens ist aber das Vorhandensein eines Spielplatzes das erste Erfordernis, und wo große

Schulhöfe vorhanden sind, da kann man von glücklichen Verhältnissen für die Jugendspiele reden. Das ist aber doch nicht überall der Fall, und dann muß man schon auf besondere Spielplätze hinausziehen.

Für Mädchenschulen ist es allerdings sehr erwünscht, den freien Turn- und Spielplatz unmittelbar neben dem Schulhause zu haben, weil man dann im Sommerhalbjahre die Turnstunden möglichst oft zum Spielbetriebe verwenden kann. Wo neue Schulen erbaut werden, da sollte man deshalb in der Gegenwart sein Hauptaugenmerk auf die Gewinnung eines recht geräumigen Spielplatzes zugleich mit lenken und diesen Platz auch so einrichten, daß er für die Bewegungsspiele brauchbar ist.

Der Platz muß zunächst möglichst eben sein und sein Boden die Eigenschaften besitzen, daß er nach Regenwetter und Schnee, welcher bei gelinder Kälte fällt, bald abtrocknet. Der Kies, mit dem man den Platz beschüttet, darf durchaus nicht grobkörnig sein, denn er eignet sich ebensowenig für den Turnunterricht wie für die Spiele, weil die runden Steinchen unter der laufenden Kinderschar in steter Bewegung sind und ein Ausgleiten und Fallen verursachen. Im heißen Sommer trocknet auch die Kiesschicht aus, und dann wirbelt die lebhafte Bewegung beim Spiel viel unangenehmen Staub auf.

Am zweckmäßigsten ist meines Erachtens die Bedeckung des Bodens mit feinem Sand, dem Lehm beigemischt ist. Das ist bei uns hier in Braunschweig der sogenannte feine Kiessand von gelblicher Farbe. Dieses Material bindet, stäubt bei trockenem Wetter wenig und giebt bei Regenwetter auch keinen Schmutz. Auf solchem Boden kommt Fallen beim Lauf und Spiel überhaupt seltener vor, und wenn es geschieht, dann sind die Folgen von geringerer Bedeutung, als sie auf dem Kies zu sein pflegen.

Ferner dürfen auf einem solchen Schulhofe bezw. Spielplatze die schattenspendenden Bäume nicht zerstreut angepflanzt werden, denn dadurch wird der Platz für die meisten Ballspiele und Laufspiele unbrauchbar. Die Baumreihen gehören an die Peripherie des Platzes, und wenn z. B. das Schulhaus im Norden oder Osten am Platze liegt, an die Süd- und Westseite. Hier schützen sie im Hochsommer, und wenn man sie in einer Wandelbahn (Allee) von 5 Meter Breite anpflanzt, dann kann man bei großer Hitze hier Spiele wie Diebschlagen, Schlaglaufen und dergleichen sehr bequem ausführen lassen. In dieser Weise ist seinerzeit hier bei der Anlage des Schulhofes beim Neuen Gymnasium, der, beiläufig bemerkt, 3300 qm groß ist, verfahren.

Recht wichtig für einen Spielplatz, zumal für Mädchen, ist weiter die Forderung, ihn so anzulegen, daß Regen und feuchte Niederschläge überhaupt so rasch als möglich verschwinden. Eine Anlage, welche dieses bezweckt, mag der hier gezeichnete Querschnitt verdeutlichen: *)

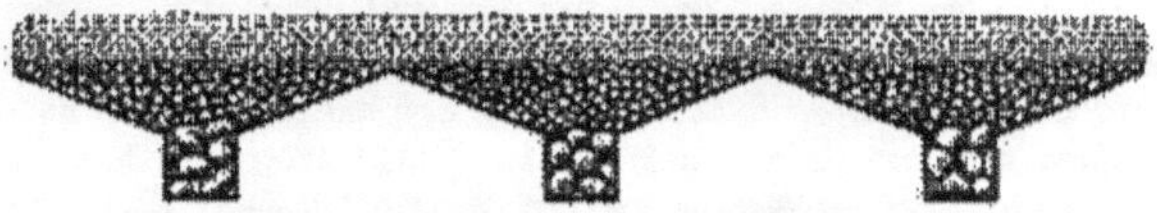

Auf den schiefen Ebenen des Bodens soll die Feuchtigkeit den Dränirungsgräben zugeführt und durch sie endgültig abgeleitet werden. Die Gräben werden mit groben Steinen gefüllt. Auf diese kommt eine Deckung von grobem Kies, und über diesen kommt der von mir oben angegebene Belag.

Was die Größe des Spielplatzes für Mädchen anbetrifft, so kann ich nur sagen, daß er so leicht nicht zu groß sein kann. Jedoch auch in bescheidenen Verhältnissen läßt sich den so sehr bewegungsbedürftigen und äußerst bewegungslustigen Mädchen das Spiel als eine köstliche Freude bereiten. Der alte Schloßhof in Wolfenbüttel bietet meinen Schülerinnen (Mädchen der höheren Mädchenschule, Seminaristinnen, angehenden Turnlehrerinnen) nur eine Fläche von 1180 qm. In der Mitte des Platzes befindet sich sogar eine Baumgruppe, und hier spielen wir dennoch alle Spiele. Der Spielplatz im Schloßgarten hat nur 480 qm. Auch dieser reicht schon aus, denn er bietet Raum für zwei Spielabteilungen zum Barlauf, für Ball mit Freistätten und Grenzball.

Man soll nur immerhin anfangen und sich zu helfen wissen, denn dann lernt man sich behelfen, und eine Lust ist's ohne Gleichen, wenn nur tüchtig, frisch und fröhlich gespielt wird.

Freilich ist ein Schulhof nicht das Ideal eines Spielplatzes, dieses ist einzig und allein der Anger mit dem grünen weichen Rasen. Darin stimme ich meinem Freunde, Turnlehrer J. Bollinger-Auer in Basel, voll bei: „Da haben wir im Sommer keinen Staub und selbst ein heftiges Hinstürzen schadet nichts.“ Allein die Herstellung derartiger Spielplätze erfordert viel Mittel und kann nur Aufgabe des Staates und der Gemeinden sein.

---

*) Ich verdanke diese Angabe einem Vortrage des Herrn Seminarlehrers Wennekamp-Büren, mitgetheilt im 14. Jahresberichte des westfälischen Turnlehrer-Vereins (Soest 1892, Wilh. Tappen). Die Zweckmäßigkeit der Anlage war mir sehr einleuchtend und hat auch bei Technikern, welche ich um ihr Urtheil bat, volle Zustimmung gefunden.

Es giebt ja auch schon solche Plätze, und wir in Braunschweig haben deren drei mit großem Flächeninhalt. Die Stadt Berlin hat im Parke von Treptow wohl einen der allerschönsten Spielplätze Deutschlands.

Aber nur die sorgsamste Pflege und ein sehr günstiger Erdboden vermögen solche Plätze in ihrer ganzen Schönheit zu erhalten. Werden die sich im Laufe des Winters bildenden Hebungen und Senkungen, an deren Entstehen auch der Maulwurf zumeist noch mit arbeitet, nicht ausgebessert, wird das Unkraut nicht mit der Wurzel ausgerottet, dann ist in wenigen Jahren der Platz in eine zum Spiel unbrauchbare Wiese umgewandelt. Und da sind denn ebene und fest besandete Plätze doch immer noch vorzuziehen. Sie bieten, wie ich aus Erfahrung bestätigen kann, auch für das Lawn Tennis keinen ungeeigneten Boden.

Noch muß hier eine Frage berührt werden, die oftmals aufgeworfen wird, diese nämlich: „Was ist zu thun, wenn die Schule in ihrem Hofe keinen genügenden Spielraum bietet? Sollen da auch die Mädchen, zumal Mädchen höherer Schulen, hinausgeführt werden auf öffentliche Spielplätze wie die Knaben?“

Ich habe darauf nur die eine Antwort: Ja, denn warum nicht? Soll das Spiel wieder Gemeingut des ganzen Volkes, soll es zur Volkssitte werden, wie unser Zentralausschuß es als das Ziel seiner Bestrebungen ausdrückt, dann muß, zumal von den sogenannten besseren Kreisen aus auch mit gutem, nachahmungswertem Beispiele vorangegangen werden. Auch für diese Behauptung kann ich wieder mit meiner Erfahrung eintreten, und ich zweifle nicht, daß auch an anderen Orten dieselben Erfahrungen schon gemacht sind.

Der Schulhof einer höheren Privatmädchenschule in Braunschweig ist beschränkt, wenn ich auch mancherlei Spiele, wie Reifenspiele, Wanderball in verschiedenen Arten, Lawn Tennis u. s. w., ja selbst Ball mit Freistätten, mit einer nicht zu großen Spielabteilung darauf vornehmen kann. Ein großer öffentlicher Spielplatz liegt aber in der Nähe, nur 5 Minuten entfernt. Dorthin ziehe ich mit den Schülerinnen der Ober- wie Mittelklassen, und hier wird ganz uneingeschränkt und ungezwungen gespielt, woran das Publikum sich so gewöhnt hat, daß es die Kinder gar nicht belästigt, sondern ihnen gern zusieht.

Eine der Teilnehmerinnen am vorjährigen Lehrkurse für Jugendspiele der Mädchen in Braunschweig schreibt mir darüber: „Neu war es uns zu sehen, wie die Schülerinnen der Oberklassen der höheren Mädchenschule von Fräulein T. mit ihren Spielgeräten in geordnetem Zuge auf den kleinen Exerzierplatz zogen, um dort unbekümmert um die Vorübergehenden, ihre

Spiele zu treiben — in der Ferne blitzende Helme, hier die sich fröhlich tummelnde Schar —; für uns aus dem Osten Kommenden heute noch etwas Überraschendes!"

Ich stelle zum Spiel hier den Satz auf: Öffentliche Spielplätze, welche vom Verkehr berührt werden und überhaupt Zuschauer nicht ausschließen, tragen in sich auch beim Zulassen der notwendigen zwanglosen Freiheit beim Spiel keinerlei Gefahren für die Weiblichkeit.

Darum nur immer hinaus auf jeden passenden freien Platz zum Spiel mit den Mädchen, denn es giebt kein Mittel, welches wie das Bewegungsspiel imstande wäre, die geistige Ermüdung zu heben, Leib und Seele zu erfrischen und zu neuer Arbeit freudig und fähig zu machen.

---

20. Über die selbständige Herstellung von Spielgeräten.

Von dem Oberlehrer und Turnlehrer H. Wickenhagen, Rendsburg.

„Vieles wünscht sich der Mensch,
und doch bedarf er nur wenig!"
(Hermann u. Dorothea.)

Vergleicht man das Treiben der deutschen Jugend von sonst und jetzt, so fällt einem auf, daß auch das Wesen des Spiels dem Wechsel der Zeiten unterworfen ist. Der Fortschritt der letzten Jahrzehnte, welcher auf allen Gebieten menschlichen Schaffens Umgestaltungen erzeugt hat, läßt auch hier die Spuren seiner Einwirkung erkennen. Gewißlich nehmen wir die Wohlthaten des modernen Zeitgeistes mit Dank entgegen, aber mitunter will's einem, wenn man in Gedanken den Spielplatz der eigenen Jugendzeit wieder aufsucht, erscheinen, als ob die alte Zeit hie und da die gute gewesen wäre. Da war mehr Urwüchsigkeit. Wer sah früher fein polierte Schlaghölzer, wohl gedrechselte Stangen und Stäbe, buntgestreifte Trikots oder Beinschienen? Wer fragte überhaupt nach „Spielwarenfabrikanten"? Wer erinnert sich nicht mit Wonnegefühl der Geräte, die er selbst gefertigt hatte und denkt an die Tage, wo er sich rühmen konnte, den flottesten Ball, die handlichste Peitsche, den schneidigsten Bogen zu besitzen? Es ist ein Vorzug des deutschen Spiels, daß es ganz der Jugend gehört, und daß auch in der Herstellung des Materials die Grenze jugendlicher Leistungsfähigkeit nicht überschritten wird. Wie ist's aber mit den englischen Arten, denen wir in Deutschland gastlich unsere Pforten geöffnet haben? Angesichts seines künstlichen Aufbaues verlangt das englische Spiel außer Zähigkeit scharfen Blick und genaues Abmessen der Bewegung und des Kraftmaßes, — dazu gehören natürlich auch zuverlässige Geräte. Sind wir aber dadurch ohne Gnade der „Fabrik" anheimgegeben? Ich wüßte nicht, weshalb des Dichters Wort, daß der Mensch mit seinen höheren Zwecken wächst, nicht auch für die Kulturgeschichte der Spieler gelten sollte. Ohne Not wollen wir doch den Zustand früherer Selbständigkeit nicht mit Abhängigkeit vertauschen. Noch immer vermag unsere Jugend, wenn anders sie dazu angehalten wird, sich selbst zu helfen, und sie sollte es thun, wenngleich die moderne Industrie oft genug bequemere Wege zeigt.

Grade hier bietet sich ein dankbares Feld für die Handfertigkeitspflege, welchem sich der Schüler um so bereitwilliger nähern wird, als die Gebilde seines Denkens und Schaffens ihm unmittelbar zu nutze kommen. Er übt sich in der Herstellung von Artikeln, deren Wert er selbst im Bereiche seines täglichen Treibens zu erproben vermag; er wird, insofern ihm die Mängel und Tugenden jener Erzeugnisse vor Augen treten, findig und anstellig und lernt über eigene Leistungen zutreffend urteilen. Hiermit wird dann das Vertrauen auf die innewohnende Kraft geweckt und durch die Notwendigkeit, sein eigener Berater zu sein, treten oft Fähigkeiten auf dem Gebiete des praktischen Arbeitens hervor, die sonst vielleicht nie zur Bethätigung und Vervollkommnung gelangt wären. Bei alledem wird das Selbstgeschaffene, auch wenn es keinen namhaften reellen Wert darstellt, sorgsamer gehegt, als das Fremde und die Liebe zum Material überträgt sich naturgemäß auf das Spiel selbst und wird ein gesundes Förderungsmittel desselben.

Nicht unerwähnt darf der Kostenpunkt bei der angeregten Frage bleiben. Unzweifelhaft gewinnt man auf dem bezeichneten Wege erheblich billigere Geräte und dabei solche, die den persönlichen Bedürfnissen zumeist mehr entsprechen, als gekaufte Ware. Die letztere ist teilweise über die Maßen teuer. Hüten wir uns auf dem Spielplatze vor Aufwand. In der Verwendung kostspieliger Apparate wollen wir den Engländern nicht folgen. Einfachheit und Natürlichkeit müssen den Grundzug deutschen Spiels ausmachen, wenn es gesund bleiben soll; denn das Spiel gehört dem Volke und der Spielplatz ist eine Welt im Kleinen, eine Schule des Lebens, wo man grade die rechte Art der Arbeit, die mit Anspruchslosigkeit Hand in Hand geht, schätzen lernen soll. Auch hier gilt Schillers Wort:

Wer etwas Treffliches leisten will,
Hätt' gern was Großes geboren,
Der samm'le still und unerschlafft
Im kleinsten Punkt die höchste Kraft!

Wir lassen nun auf Grund eigener Erfahrungen, beziehentlich nach anleitenden Bemerkungen von GutsMuths einige Ratschläge zur Selbstfertigung brauchbarer Spielgeräte folgen. Daß der Schüler hie und da Vorstudien mit der Nadel oder an der Hobelbank machen muß, ist ja kein Fehler; jeder Handwerker ist ihm bei solchen Bemühungen gern behülflich. Nur nicht zurückgeschreckt vor dem ersten Versuche!

1. Kleine gefüllte Bälle. Locker gewickeltes Garn wird solange ins Wasser gelegt, bis es untergeht. Danach überwickelt man es ganz fest, giebt ihm einen Überzug von Papier, welcher mit einem Faden befestigt wird und legt den Ball solange in den Backofen, bis das Papier dunkelgelb gesengt ist. Hierauf wird letzteres entfernt und dem Knäuel ein Lederüberzug gegeben. (GutsMuths.)

Oder: Grobes, wollenes Garn wird eine Nacht in Wasser geweicht, dann um ein Stück Kork fest in einen Knäuel gewickelt, dieser, wie vorher beschrieben, gebacken und mit Leder oder festem Stoffe überzogen.

Oder: Ein kleiner oder größerer Kautschukball wird fest mit Wollgarn umwickelt und sodann mit dünnem Hanfbindfaden überstrickt — Cricketbälle!

2. Große gefüllte Bälle. Zunächst gilt es, eine Hülle von

Fig. a.

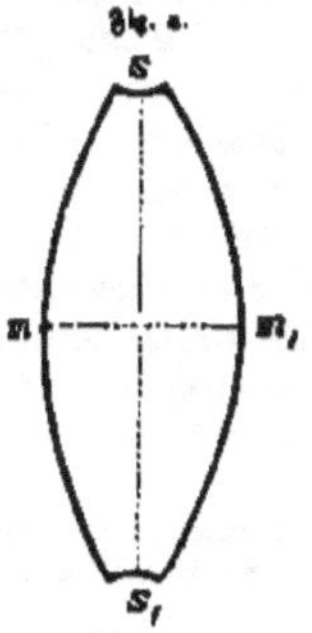

Fig. b.

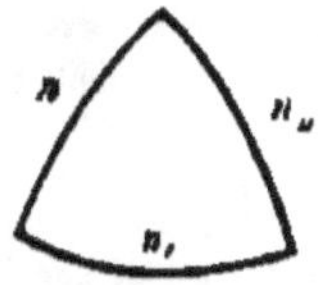

$R = R_1 = R_{11}$

Leder oder Segeltuch zu gewinnen. Zu diesem Zwecke schneidet man sich 6 Streifen wie Figur a und zwar so, daß $m\,m_1 = \frac{1}{3}\,s\,s_1$ ist. Diese

Streifen werden mit den Längsseiten fest aneinander genäht und die so gewonnene Hülle, nachdem sie tüchtig angefeuchtet ist, umgekehrt. Hierauf schließt man eine Öffnung (bei S) durch ein kreisrundes Lederstück, füllt den Ball durch die andere (bei S_1) mit Kälber-, Roßhaar oder Indiafaser und schließt endlich auch die letztere Öffnung durch ein Lederstück.

Oder: Man schneide 8 Stücken von der Gestalt der Fig. b, stelle durch je 4 derselben zwei Halbkugeln her, deren eine in der Mitte eine Öffnung zum Füllen des Balls behält. Nun näht man beide Hälften an einander, kehrt das Ganze um, füllt es und schließt die Öffnung wie oben.

3. Große Hohlbälle (Fußbälle). Eine Lederhülle wird hergestellt, wie vorher. Dieselbe behält eine kleine, mit Verschlußeinrichtung versehene Öffnung. In diese Hülle bringt man eine leidlich runde Schweins- oder Rindsblase und bläst sie auf. (Vergl. GutsMuths 1878 S. 101.)

4. Schlaghölzer. Über Schlaghölzer zum Schlag-, Sau-, Prellball u. s. w. Anweisungen zu geben, erscheint überflüssig. Jeder Spieler weiß sich hier zu helfen. Cricketschlaghölzer verfertigt man aus Pappel- oder Weidenholz, den Griff umwickelt man mit gewichstem Bindfaden.*)

Was Cricketthore angeht, so sagt GutsMuths sehr richtig: „Sie können schön gedrechselt sein, aber man braucht nur Ruten, die man vom nächsten Zaune schneidet."

5. Bogen, Pfeile, Scheiben, Vögel zu kaufen, möchte ich fast für sündhaft halten, denn auch diese Artikel lassen sich leicht beschaffen, während die Fabrikware — besonders gilt das von Bogen und Vögeln — meist teuer und schlecht ist. Ein gut Stück Eschen- oder Buchenholz bietet für einen Bogen passendes Material. Vögel**) verfertigt man zweckmäßig in folgender Weise: Auf ein Stück Laubsägeholz zeichne man den Vogel von gewünschter Größe und zwar so, daß eine von Flügelspitze zu Flügelspitze gezogene Linie mit der Holzfaser läuft. Man säge die Zeichnung aus, lege sie auf ein zweites Brett Laubsägeholz und zwar so, daß die Holzfasern beider Bretter sich senkrecht schneiden, übertrage die Zeichnung, schneide auch das zweite Brett aus, leime die beiden gewonnenen Stücke auf einander und befestige sie noch hie und da durch kleine

*) Verfasser hat englische und deutsche Cricketschlaghölzer im Gebrauch gehabt; sie hatten vor denen, welche ein Tischlerlehrling auf Anweisung anfertigte, nichts voraus.

**) Die bei der Sedanfeier des Rendsburger Gymnasiums zur Verwendung kommenden Vögel werden stets in dieser Art von den Schülern selbst gefertigt und fallen vortrefflich aus.

Nägel. Der so gewonnene Vogel, welcher noch nach Geschmack bemalt werden kann, genügt allen Ansprüchen.

6. Rackets zum Lawn Tennis werden ähnlich, wie die Vögel hergestellt. Man schneidet die Form des Schlägers 4—6 mal aus Laubsägebrettern und leimt die Stücke so auf einander, daß Längsfaser und Querfaser immer mit einander wechseln. Das Ganze wird durch kleine Schrauben fest an einander gehalten, der Griff sodann abgerundet und mit gewichstem Bindfaden überzogen. Schließlich wird die Öffnung des Schlägers entweder mit einem Darmsaitennetze oder mit einem Stück Trommelfell überzogen.

GutsMuths sagt: „Die Raketen bestehen aus einem zusammengebogenen Stabe von biegsamen Holze, dessen mittlerer Teil einen ovalen Reif von etwa 19 cm Länge und 12 cm mittlerer Breite bildet und dessen Enden mit einem dazwischen eingeklemmten Stück Holz zu einem etwa 35 cm langen Griffe zusammengefügt sind. Der Reif wird mit einem Netze von Darmsaiten überzogen." (S. 44.)

7. Lawn Tennisbälle (siehe GutsMuths S. 44). Die Bälle werden von Tuchstückchen gemacht, zuerst ein Kern von der Größe einer Nuß von stark zusammengewickelten Tuchstücken, darüber immer andere, bis eine Kugel von etwa 5 cm im Durchmesser daraus wird. Diese wird in einem nach einem Kugelabschnitte ausgehöhlten Holze recht dicht und rund geklopft, dann mit einem Bindfaden fest umwickelt und endlich mit weißem Tuche überzogen.

8. Netze zum Lawn Tennis zu stricken ist keine schwierige Aufgabe, zumal wenn man bedenkt, daß die Maschen groß ausfallen dürfen.

9. Geräte zum Abgrenzen des Platzes lassen sich in mannigfacher Form herstellen. Kleine Fahnen sind dann angebracht, wenn die Beschaffenheit des Bodens das Einbohren der Stäbe gestattet. Ist der Boden hart, dann verwende man größere Holzwürfel (auch gut geformte Steine), welche mit Ölfarbe weiß überstrichen werden und zum eventuellen Einstecken einer kleinen Fahne mit einem Loche versehen sein können. Oder man errichte aus je 3 Stäben Pyramiden dadurch, daß man die Stäbe in irgend einer zweckmäßigen Weise oben mit einander verbindet. Solche Pyramiden dienen zugleich auch als Scheibenträger beim Bogenschießen.

21. Die deutschen Spielkurse des Jahres 1892.

Von dem Oberlehrer und Turnlehrer H. Wickenhagen, Rendsburg.

I. Kurse, welche durch den Zentralausschuß angeregt sind.

A. Für Lehrer.

Ort	Zeit	Leiter	Zahl der Teilnehmer	Stand der Teilnehmer: Lehrer an Volks-, Bürger- u. Mittelsch.	Lehrer an Seminarien	Lehrer an höheren Schulen	Sonstige	Heimat der Teilnehmer: Preußen	Sonstige deutsche Staaten	Außerdeutsche Staaten
1. Berlin	16.—22. Mai	Professor Dr. E. Angerstein	51	23	1	13	14 1 Waisenhausinspektor, 1 Schriftsteller, 2 Prediger, 2 Offiziere, 1 Direktor der Grund-Kredit-Bank, 6 Turnlehrer, 1 Student	46 32 Brandenburg, davon 15 Berlin, 3 Pommern, 3 Westfalen, 3 Sachsen, 2 Ostpreußen, 1 Hannover	6 1 Lübeck, 1 Württemberg, 3 Königreich Sachsen, 1 Thüringen	—
2. Bonn . . . (Erst. Kursus)	30. Mai bis 4. Juni	Dr. F. A. Schmidt, Oberturnlehrer Schröder	54	24	3	26	1 (Erzieher am Kadettenhaus)	48 44 Rheinprovinz, 3 Westfalen, 1 Sachsen	6 2 Württemberg, 1 Bayern, 3 Reichslande	—
3. Bonn . . (Zweiter Kursus)	2.—8. Oktbr.	Dies.	23	14	—	9 darunter zwei engl. Geistliche	—	23 19 Rheinprovinz, 4 Westfalen	—	—
4. Braunschweig	30. Mai bis 4. Juni	Gymn.-Direkt. Prof. Dr. Koldewey, Prof. Dr. Koch, Turninspektor A. Hermann	32	4	3	16	9 5 Turnlehrer, 4 Lehrer an Privatanstalten	6 1 Sachsen, 1 Ostpreußen, 2 Hannover, 2 Schlesw.-Holst.	26 22 Braunschweig, 1 Mecklenburg, 1 Hamburg, 2 Thüringen	—

5. Görlitz . . (Erster Kursus)	30. Mai bis 4. Juni	Gymn.-Direkt. Dr. Eitner, Oberturnlehrer Jordan	31	22	—	7	2 (darunter ein Erzieher am Kadettenhaus)	19 13 Schlesien, 3 Westpreußen, 2 Pommern, 1 Posen	8 2 Anhalt, 1 Baden, 1 Mecklenburg, 1 Sachsen, 2 Thüringen, 1 Württemberg	4 Österreich (davon 2 Böhmen)
6. Görlitz . . (Zweiter Kursus)	28. August bis 3. September	Dieselben	37	25	1	9	2	8 1 Brandenburg, 1 Westpreußen, 1 Schlesien, 2 Sachsen, 1 Hannover, 1 Hessen, 1 Westfalen	9 3 Bayern, 2 Sachsen, 3 Baden, 1 Anhalt	20 (darunter 9 Böhmen, 8 Ungarn)
7. Hannover .	30. Mai bis 4. Juni	Turninspektor A. Böttcher	24	10	—	13	1 (Turnvereinsmitglied)	21 16 Hannover, 2 Westfalen, 2 Sachsen, 1 Pommern	3 1 Bremen, 1 Lippe-Detmold, 1 Thüringen	—
8. Rendsburg	8.–13. August	Gymn.-Oberlehrer Wickenhagen	23	15	1	3	4 1 Erzieher vom Kadettenk., 1 Geistlicher, 1 Ger.-Beamt., 1 Lehrer der Marineschule (Kiel)	21 21 Schlesw.-Holst.	1 Oldenburg	1 Österreich (Böhmen)
Summa . . .			275	137	9	96	33	192	58	25
				275				275		

II. Für Lehrerinnen.

1. Berlin . .	28. Juni bis 2. Juli	Schulrat Prof. Dr. Euler, Prof. Dr. Angerstein	100	Lehrerinnen verschiedener Schularten	99 (aus fast allen Provinzen)	1 (Anhalt)	—
2. Braunschweig	7.—11. Juni	Turninspektor A. Hermann	81 (dazu 5 Teilnehmer, 6 Hospitantinnen.)	desgl.	15 5 Hannover, 1 Brandenburg, 6 Sachsen, 1 Hessen, 1 Preußen, 1 Westfalen	16 14 Braunschweig, 1 Anhalt, 1 Schwarzburg-Sondershausen	Unter den „Teilnehmern" 3 Schweizer
3. Hannover .	An 5 Tagen in der Zeit vom 8.—20. August	Turninspektor Böttcher	63	desgl.	62 Stadt Hannover	—	—
Summa . . .			193		176	17	—

II. Kurse, welche auf private Anregung ins Leben gerufen worden sind.

A. Für Lehrer.

Ort	Zeit	Leiter	Zahl der Teilnehmer	Stand und Heimat der Teilnehmer
1. Barmen . .	Vom 22. Juni mit Ferienunterbrechung bis zum 28. September Mittwochs $1^1/_4$—$1^1/_2$ Std.	Städtischer Turnlehrer Karl Schröter	49	Lehrer der Stadtschulen von Barmen und der nächsten Umgebung
2. Gelsenkirchen	Vom 1. Dezbr. Der Kursus ist noch nicht abgeschlossen. Gespielt wird Mittwochs	Ders.	41	Lehrer des Kreises Gelsenkirchen (Der Kursus ist eingerichtet auf Anregung des Landrats dieses Kreises)
3. Hannover .	13.—19. Juni	Turninspektor A. Böttcher	31	Stadtschullehrer der Stadt Hannover.
		Summa . . .	131	

B. Für Lehrerinnen.

1. Barmen . .	Vom 22. Juni mit Ferienunterbrechung bis zum 28. September Mittwochs $1^1/_4$—$1^1/_2$ Std.	Städtischer Turnlehrer Karl Schröter	51	Lehrerinnen aus Barmen und Umgegend
2. Königsberg i. Pr. . .	Vom 10. Sept. bis 15. Oktober wöchentlich zweimal je $1^1/_2$ Stunde	Frl. Meyer und Frl. Pankritius	40	Lehrerinnen der Stadt Königsberg i. Pr.
		Summa . . .	91	

Summe aller im Jahre 1892 ausgebildeten Lehrer . . . . 396.
" " " " " " Lehrinnen . . 284.

1. Lehrmethode, Spieler und Spiele.

Der **Unterricht** wurde in allen Kursen theoretisch und praktisch erteilt. Je nach den örtlichen Verhältnissen fand die erstere Seite eine stärkere oder schwächere Berücksichtigung. Die besprochenen Spiele wurden meist von Schulabteilungen vorgeführt, sodann von den Kursisten selbst geübt. Abgesehen von kleinen Abweichungen war die **Auswahl der Spiele** überall gleich; neben den deutschen Arten stoßen wir auf Cricket und Fußball. Unter den ersteren behauptet Schlagball, Barlauf, Schleuder- oder Grenzball den Vorrang. Was die **Spieler** angeht, so ist es erfreulich zu sehen, daß **Lehrer aller Gattungen von Unterrichtsanstalten, auch der militärischen,** anzutreffen sind. Besondere Beachtung verdient auch die Teilnahme von **Geistlichen.** Angesichts der sozialen und erziehlichen Bedeutung der Volksspiele ist dieser Stand vornehmlich berufen, den Bemühungen des Zentralausschusses Vorschub zu leisten, und er wird es auch in Zukunft nicht an sich fehlen lassen; dafür bürgt die Thatsache, daß in den Reihen der turnenden und spielenden Universitätsjugend neuerdings der Theologe auffallend stark vertreten ist.

2. Heimat der Kursisten*).

Nach der tabellarischen Übersicht verteilen sich die Kursisten in folgender Weise über Deutschland und die Nachbarstaaten:

1. Preußen	192	7. Oldenburg	1	13. Bremen	1
2. Bayern	4	8. Braunschweig	22	14. Thür. Staaten	6
3. Württemberg	4	9. Anhalt	4	15. Österreich	25
4. Sachsen	5	10. Lippe-Detmold	1	16. Schweiz	3
5. Reichslande	3	11. Hamburg	1		
6. Mecklenburg (bd.)	2	12. Lübeck	1		

Die 192 **Preußen** verteilen sich auf die Provinzen, wie folgt:

1. Brandenburg	33	5. Posen	2	9. Schlesw.-Holst.	23
2. Pommern	6	6. Sachsen	8	10. Westfalen	16
3. Westpreußen	3	7. Hessen	1	11. Rheinprovinz	63
4. Ostpreußen	3	8. Hannover	20	12. Schlesien	14

Stellt man das Verhältnis dieser Zahlen zur jedesmaligen Bevölkerung her, so ergiebt sich, wenn wir den **bestgestellten Staat** vorausschicken, folgende Reihe:

1. Braunschweig	5. **Preußen**	9. Württemberg	13. Sachsen
2. Lübeck	6. Bremen	10. Hamburg	14. Bayern
3. Thür. Staat.	7. Mecklenburg	11. Reichslande	15. Baden
4. Lippe-Detm.	8. Oldenburg	12. Anhalt	

*) Berücksichtigt sind nur die Lehrerkurse I A.

Und in Preußen:

1. Rheinland	5. Brandenburg	9. Westpreußen
2. Hannover	6. Pommern	10. Ostpreußen
3. Westfalen	7. Schlesien	11. Posen
4. Schleswig-Holstein	8. Sachsen	12. Hessen.

Darf man mit diesen Reihen Schlüsse über den Grad der Spielverbreitung in Deutschland ziehen, so ergiebt sich:

1) daß in Deutschland der Norden dem Süden erheblich voraus ist,*)
2) daß in Preußen der Westen den Osten weit überflügelt**).

3. Der praktische Wert der Spielkurse.

Mehrfach ist — nicht zum mindesten in turnerischen Kreisen — die Behauptung aufgestellt worden, das Spiel sei im deutschen Volke stets lebendig gewesen, Turner hätten auch immer dem Spiele gehuldigt. Ja, es haben sogar namhafte Pädagogen die Äußerung gethan: „Die deutsche Jugend spielt mehr, als man wünschen muß". Auf solche Weise hat man die Einrichtung der Spielkurse als überflüssig bezeichnen wollen. Zur Klärung dieser Frage haben wir den Kursusleitern die Frage vorgelegt: „Brachten die Kursisten Vorkenntnisse des Spiels mit oder nicht?" Die eingelaufenen Antworten folgen unten; sie lassen über die thatsächlichen Verhältnisse wenig Zweifel, zumal wenn man bedenkt, daß zur Teilnahme an den Kursen zumeist Leute abgeordnet worden sind, die auf dem Gebiete der Leibesübungen besonders heimisch waren.

Berlin. Die Teilnehmer an den Kursen (Lehrer sowohl als Lehrerinnen) zeigten zwar zum größeren Teile sich auf dem Gebiete der Spielthätigkeit — mehr oder weniger — bewandert; indessen wurde doch von den Teilnehmern allgemein zugegeben, daß sie durch den Kursus in ihrer Kenntnis der Spiele gefördert und in Bezug auf die Bedeutung des Spiels klarer geworden seien.

Bonn. Die Herren, auch wenn sie schon länger Turnlehrer waren, brachten, einzelne wenige Ausnahmen abgerechnet, nur ganz geringe oder gar keine Kenntnis selbst der gangbarsten Spiele mit.

---

*) Auch Österreich überflügelt die Südweststaaten, zumal wenn man bedenkt, daß auch in Wien ein Kursus abgehalten ist.

**) Ähnliche Resultate ergab eine kürzlich angestellte Statistik des Schulturnens — und doch stellt Ostpreußen den höchsten Prozentsatz der Militärdiensttauglichen (80 %)!

Braunschweig. Alle Teilnehmer haben eingeräumt, gelernt zu haben. Insonderheit sind die sogenannten Turnlehrer vom Spielbetriebe wenig unterrichtet. Die Kurse sind notwendig, soll die Sache gedeihen.

Hannover. Mir ist es bei dem Spielkursus so vorgekommen, als wenn bei den meisten Spielern alte Erinnerungen wieder wach gerufen würden und nur einige Spiele vollkommen neu wären. Ob die geprüften Turnlehrer mehr verstanden als die andern, ist mir nicht mehr in Erinnerung, nur weiß ich, daß drei Fachturnlehrer dabei waren, deren Spiele man anmerkte, daß sie im eigenen Unterrichte die Sache selbst gepflegt hatten.

Görlitz. Die meisten Kursisten hatten sehr wenig, die Turnlehrer indessen mehr oder minder Kenntnis vom Spiel, doch fehlte auch diesen die erforderliche Fertigkeit.

Rendsburg. Bekanntschaft mit Gang und Wesen der Spiele war nur in geringem Maße bei den Kursisten vorhanden. Der größere Teil des Lehrgebietes war den letzteren neu, deshalb übte das Spiel auf dieselben auch eine hohe Anziehungskraft aus.

4. Schlußbetrachtung.

Die Bemühungen des Zentralausschusses haben im verflossenen Jahre reiche Früchte getragen. Ein Vergleich der Jahresergebnisse von 1891 und 1892 bekundet einen sichern und schnellen Fortschritt der Förderungsarbeiten. Allenthalben ist das Spiel gleichwie ein langentbehrtes Geschenk mit kindlicher Befriedigung von den Kursisten entgegengenommen, daher mit Lust und Liebe betrieben worden, und wenn des Dichters Wort: „Von der Stirne heiß rinnen muß der Schweiß, soll das Werk den Meister loben", auch hier gilt, so hat gewißlich den Kursusleitern die gebührende Anerkennung nirgends gefehlt. So dürfte die Leitung des Zentralausschusses den rechten Weg gefunden haben, das Spiel immer enger mit dem Leben unseres Volkes zu verknüpfen. Dafür sind auch sonst genügende Anzeichen vorhanden.*) In öffentlichen Vorträgen, durch Zuwendungen, Bildung von Ortsausschüssen und Gewinnung von Plätzen hat man in den verschiedenen Gauen unseres Vaterlandes gezeigt, daß man die gegenwärtige Strömung für eine gesunde

*) Der Herr Verfasser giebt in Gemeinschaft mit Herrn Dr. Schnell in Altona seit April 1892 eine Zeitschrift für Turnen und Jugendspiel (Leipzig, R. Voigtlaender) heraus, welche sich nach ihrem Programme die besondere Förderung der Leibesübungen im Sinne des Zentralausschusses vorgesetzt hat.

Die Herausgeber.

hält. Schulen und Vereine haben das Spiel in ihr Thätigkeitsbereich aufgenommen. Alles das giebt genügenden Anlaß, mit Befriedigung in die Vergangenheit, mit Zuversicht in die Zukunft zu schauen.

---

22. Volkstümliche Leibesübungen als Ergänzung der Schulspiele.

Von Dr. med. Goetz, Leipzig-Lindenau.

Es mag vielleicht befremden, wenn jetzt, da die Pflege der Spiele erst im Anfang und Aufschwung begriffen, schon Jemand kommt und eine Ergänzung derselben wünscht, die über den Rahmen des eigentlichen Spieles hinaus geht. Schon F. L. Jahn aber sagt, daß die Turnspiele sich an die Turnübungen genau anschließen sollen, und daß in den Spielen ein freudiger, lebensfrischer Wettkampf liegen soll, in dem sich Arbeit mit Lust, Ernst mit Jubel paart. Kommt nun dazu, daß das Spiel nur dann rechten Wert hat, wenn es auch die Jugendkraft stählt, und daß es nur in Gottes freier Natur mit Nutzen und rechtem Erfolg betrieben werden kann, so liegt auch der Gedanke nahe, vom Turnplatze in das Spiel Manches herüberzunehmen, was zum frischen Wettkampf gehört, was Arbeit mit Lust verbindet und am erfolgreichsten und mit wahrer Freudigkeit nur im Freien auszuführen ist. Es sind das zunächst solche Uebungen, die wir „volkstümliche" nennen, der Lauf, der Weitsprung, das Ringen, der Stab- und Gerwurf, das Steinstoßen und nötigenfalls, mit Benutzung einfachster Hülfsmittel, auch der Hochsprung und das Stabspringen. Weiter aber würden auch stramme Freiübungen, besonders mit Eisenstäben, mit denen die Jugend zum Spielplatz marschieren könnte, von großer Bedeutung für dieselbe werden können.

Das Spielen ist ebensowenig wie das Turnen Selbstzweck, die Bedeutung beider liegt ja nur in der Erfrischung und Stärkung des Körpers und die dadurch zu erzielende Vorbereitung für den rechten Genuß des Daseins, für die Arbeit und den Kampf des Lebens und für den Dienst des Vaterlandes. Alles, was „Spiel- und Turnfreudigkeit" erhöht, ist daher, wenn irgend möglich, in den Bereich des Spielplatzes einzuziehen. Der Grund, das Turnen und Spielen in gewisser Weise getrennt zu halten, liegt ja auch nur darin, daß das Spiel im Freien auf großem Platze vorzunehmen ist, und daß es die Jugend in weniger gebundener Weise, als auf dem Turnplatze zum freudigen Regen der Kräfte bringt.

Ein rechter Erfolg für die Jugend bei allen Leibesübungen ist nur dann zu erzielen, wenn der Lehrer es versteht, durch Anregung und durch das was er bietet, die Jugend zum freudigen Arbeiten zu bringen, — sobald die Burschen sich langweilen, ist alles auf dem Turnplatz, ebenso auf dem Spielplatz verloren. An allen Schulen, an denen Turnlehrer wirken, die es verstehen, ihre eigene Begeisterung für die Sache auf die Jugend zu übertragen, werden die Leibesübungen blühen und reiche Früchte bringen. Dasselbe gilt von den Spielplätzen. Die Zahl der Spiele aber, die recht packend auf die Jugend wirken, ist nicht gar zu groß, einzelne Spiele, wie Barlauf, sind auch nicht leicht zu lernen oder ihre Regeln sind bei größeren Schaaren schwer streng durchzuführen. Je mehr nun die Art des Spieles oder der vorzunehmenden Übung an sich die Jugend packt, je leichter sie verständlich ist, je mehr endlich beide Ehrgeiz und Streben anregen, oder auch durch die äußere Erscheinung einen Eindruck hervor bringen, um so leichter ist es auch, die Übenden bei Lust und Freude zu erhalten. Deshalb sind auch die einfachsten Ballspiele, die nicht zu viel Regeln erfordern, und andere sofort ausführbare Spiele die beliebtesten, besonders wenn sich größere Schaaren damit beschäftigen lassen. Es ist auch eine bekannte Erfahrung, daß die Jugend sich nur für einzelne Spiele recht erwärmt, Ballspiele, Fußball sind die Lieblingsspiele besonders der größeren Jungen und werden es immer bleiben.

Oft aber, besonders wenn die Spielplätze stark besucht sind, wird für die Leiter und Spielenden das Bedürfnis nach Abwechselung und neuer Anregung kommen und da kann der Dauerlauf, der Wettlauf, der Weitsprung, der Stabwurf, das Steinstoßen, auch das Ringen benutzt werden, um immer neue Quellen frischer Jugendlust zu eröffnen. Schließt sich das Spiel dem Unterricht an, oder läßt sich ein Sammeln an der Schule ermöglichen, so ist es auch wohl am Platze, die Jugend mit dem Eisenstab auf der Schulter und mit frohem Gesang zum Spielplatz ziehen zu lassen, und dort angelangt, zunächst zu strammen einfachen Stabübungen antreten zu lassen, auch nach dem Spiel wird die Jugend gern wieder mit dem Stab den Heimweg machen. Am Schluß der Spielzeit im Herbst mag dann ein Wettkampf in Lauf und Sprung und anderem den jungen Siegern einen Eichenkranz bringen.

Meine kurzen Anregungen sollen keine Vorschriften, sondern nur Anregungen sein, die hoffentlich auf guten Boden fallen und das Zusammengehören des Turnens und der Spiele in Thaten übersetzen.

---

23. Die Leibesübungen im Lehrplan der Fortbildungsschule.

Von Dr. med. Goetz, Leipzig-Lindenau.

In dem ernster und schwerer werdenden Kampf um's Dasein werden die Anforderungen an die Leistungsfähigkeit jedes Einzelnen immer größer, — auch der Staat, unser kaum erstandenes deutsches Vaterland, ist gezwungen, immer mehr Ansprüche an die Wehrfähigkeit der Jünglinge und Männer zu machen, wenn es sich nicht selbst aufgeben will. Auf der anderen Seite aber wirkt das Hasten und Drängen unserer Zeit nach Erwerb und Erfolg aufreibend auf die Massen, die Modethorheit, die Genußsucht zehren mehr wie je an der Gesundheit beider Geschlechter, die Einen richten im Tanz um das goldene Kalb sich zu Grunde, die Anderen fallen der Überarbeitung und der sozialen Not zum Opfer. Die ersten Zeichen der abnehmenden Wehrtüchtigkeit sind schon statistisch nachzuweisen, — die Krankheiten der Frauen, die die Mütter eines gesunden Volkes werden sollen, nehmen in erschreckender Weise zu, in der Neurasthenie, der Nervenabspannung, ist unserer Zeit eine neue, früher nicht gekannte Geißel entstanden, — ein Zweifel kann da nicht mehr auftreten, daß es gilt, alle Kräfte des Staates und der Einzelnen einzusetzen, um Abhülfe zu schaffen und der Abnahme der deutschen Volkskraft kräftig entgegen zu wirken. Eine vernünftige Erziehung für Leib, Geist und Gemüt, im Hause, in der Schule und im Leben, ist das Ziel, und da der Thorheit der Eltern im Hause schwer beizukommen ist und die Hauptaufgabe der Schule in der geistigen Ausbildung beruht, da endlich das Lernen von Unzähligen, was heutzutage die Arbeit des Lebens verlangt, schwer zu beschränken ist, gilt es vor Allem, für die leibliche Kräftigung einzutreten, um das verloren gehende Gleichgewicht zwischen geistiger und leiblicher Entwickelung wieder herzustellen. Der Staat thut das Seinige, wenn er das Äußere des Schullebens hygienisch gestaltet und die Pflege der Leibesübungen in der Schule vorschreibt — die Einzelnen thun das Ihrige, wenn sie in Turnvereinen, in Errichtung von Spielplätzen, Eisbahnen, Schwimmanstalten Gelegenheit zu Leibesübungen schaffen. Aber was der Staat thut, steht häufig nur auf dem Papiere, — streng durchgeführt, für Knaben und Mädchen und in allen Schulen und Anstalten in Stadt und Land, ist der Turnunterricht noch lange nicht und die zwei oder drei für ihn ausgesetzten Stunden genügen nicht, um so weniger, da Turnhallen für den Turnunterricht im Winter in den meisten Orten, auf dem Lande überall, noch fehlen. Auch die begeisterten Turnlehrer, die mit vollem Bewußtsein die Jugend für die Arbeit des

Lebens und den Dienst des Vaterlandes ausbilden, sind noch nicht überall zu finden. Dazu werden Unmassen von Schülern noch in ungehöriger Weise auf Betrieb thörichter Eltern vom Turnunterricht dispensiert!

Und was die Einzelnen in treuer Arbeit leisten, erstreckt sich im besten Falle auf Hunderttausende, und meist nicht auf die Kreise der Bessergestellten und der Notleidenden, die es beide am meisten brauchen.

Das Schlimmste ist, daß mit dem Verlassen der Schule im 15ten Jahre für das ganze weibliche Geschlecht und für die breite Masse der Jugend überhaupt, die nicht höhere Schulen besucht, jeder Zwang zur Pflege der Leibesübungen aufhört. Da liegt eine Arbeit für uns! Wäre es möglich, die Mädchen bis zum 20. Jahre und die Burschen bis zur Dienstzeit zu Leibesübungen zu zwingen, — zu strammen, tüchtigen Leibesübungen, — dann wäre die Zukunft des Vaterlandes geborgen!

So müssen wir zugreifen, wo wir können und einige Erfolge ließen sich erzielen, wenn es gelänge, in allen Fortbildungsschulen, den gewöhnlichen, sich der Schule anschließenden, die Sachsen und Württemberg u. s. w. haben, aber auch in den gewerblichen Fortbildungsschulen, deren viele für beide Geschlechter bestehen, den Unterricht in den Leibesübungen obligatorisch einzuführen. Bei gewerblichen Fortbildungsschulen und Sonntagsschulen würde die Einführung des Turnunterrichts nur von dem Kostenpunkt abhängen, der bei rechter Auffassung der Sache nicht in Betracht kommen könnte. Bei den allgemeinen Fortbildungsschulen, die meist nur Abends und Sonntags Unterricht haben, wären die Schwierigkeiten schon größere, aber hier könnten mit Hülfe der Turnvereine, die ja in allen größeren Orten bestehen, für die Schülerscharen Turnstunden eingerichtet werden und mit Hülfe begeisterter Turnlehrer an den Sonntag-Nachmittagen auch Spielstunden. Jeder Turnverein würde bereit sein, an einigen Abenden der Woche die Leitung des Turnunterrichts der Fortbildungsschüler thunlichst unter Aufsicht eines Lehrers gegen eine geringe Vergütung zu übernehmen — schon im eignen Interesse, da ein großer Teil der Schüler auch nach Verlassen der Fortbildungsschule der Turnsache treu bleiben würde und da schon jetzt viele Fortbildungsschüler freiwillig den Turnvereinen angehören.

Von großer Wichtigkeit ist hierbei die Erfahrung, daß mit der nach und nach erworbenen Fähigkeit, in den Übungen etwas zu leisten, auch die Lust wächst, sie zu betreiben — eine Erfahrung, die mit darauf beruht, daß die Zunahme der körperlichen Kraft und Leistungsfähigkeit gerade in der Entwickelungszeit von 10. bis 20. Jahre eine sehr große ist. Wer die Früchte der Leibesübungen an seinem Leibe gekostet hat, der strebt dann immer höher hinauf. Und welcher Segen wäre es auch, wenn die Zeit zum Herumbummeln, die entweder allein oder vereint mit Andern zu allem möglichen Üblen benutzt wird, für die Burschen beschränkt würde! Auch das Gefühl der Kraft im Körper schützt vor manchem Fehler, dem der Weichling verfällt.

Ist's auch nur etwas, was sich erreichen ließ, wenn die Fortbildungsschüler und -schülerinnen tüchtigen Unterricht in Leibesübungen erhielten, so ist es doch eine teilweise Erreichung des Zieles, das wir erstreben müssen. Mögen daher alle Mitarbeiter unserer Sache die Hand ans Werk legen — hier wird es gelten, die betreffenden Gesuche an die Landesregierungen zu richten, dort wird man an die lokalen Behörden zu gehen haben und hilft es das eine Mal nicht, so pocht man in einem Jahre wieder an, die Gefahren, die einer gesunden Zukunft unseres Volkes drohen, sind so groß, daß es gar nicht nötig ist, dabei den Teufel an die Wand zu malen, er steht schon leibhaftig im ganzen Treiben der heutigen Welt vor uns: als Mode- und Schnürteufel, als Sittlichkeits- und Liebesteufel, als Freß- und Sauf- und Faulheitsteufel, als Börsenteufel, als Hungerteufel oder wie er immer erscheinen mag! Setzen wir ihm den Turn- und Spielteufel entgegen, der Sieg wird unser sein!

---

24. Gesundheit und Freude im Winter.*)

Von H. Raydt, Lauenburg a. Elbe.

„Oh Winterlust, helle Winterlust, de den Minschen dörchgläuhen lett vör Kraft un Behagen trotz Winterküll un Wihnachtsfrost un em hart smädt tau Isen un Stahl!" so beschreibt der große Humorist Norddeutschlands, Fritz Reuter, in seinem „Dörchläuchting" das schönste Vergnügen des nordischen Winters, das Schlittschuhlaufen.

Wahrlich, die plattdeutschen Worte sprechen das Richtige aus; Kraft und Behagen durchglühen das Herz des Schlittschuhläufers und machen ihn gesund an Leib und Seele; der Schlittschuhlauf bringt uns auch im Winter Gesundheit und Freude.

Freude! Ich wenigstens weiß aus meiner Jugendzeit keine so frohen Wintererinnerungen wie die der Eisbahn. Mit 5 oder 6 Jahren bekamen wir Knaben schon die ersten Schlittschuhe mit niedrigen Eisen und dann

*) Zum Teil im vorigen Winter im Volkswohl veröffentlicht.

warteten wir sehnsüchtig Tag für Tag, ob denn nicht endlich der Winterfrost kommen und uns die erhoffte Eisfläche liefern wollte. Die flachen Tümpel, an denen die in der Emsniederung gelegene Gegend reich war, froren denn auch bald zu und gaben die erste Gelegenheit zum Schlittschuhlauf. Das war aber nur die Vorfreude. Bald ging wie ein Zauberklang der Ruf durch die kleine Stadt: „Der Kanal hält“ und lockte die ganze Bevölkerung auf seine glatte, spiegelblanke Fläche. Da liefen sich denn in meilenlangem Lauf auf den langgeschnäbelten holländischen Schlittschuhen auch bejahrte Bürger die Stubenluft aus den Lungen und die Sorgen aus dem Herzen und es war eine allgemeine Lust. Und dann die jungen Mädchen. Wie graziös schwebten sie, mit kleinen aber eleganten Bögen nach links und rechts ausschreitend, in geschmeidigem Fluge dahin. Wie rasend schnell flog die lange Kette von Damen und Herren, einen tüchtigen Läufer voran, über das donnernde und krachende Eis. Ja, das war eine Freude, wie sie der herrlichste Tanzsaal nimmer darbietet, und daß solche Lust, im Gegensatz zu dem nächtlichen Getriebe der Bälle, Gesundheit mit sich bringt, wer wollte das leugnen?

Nun, so gute Gelegenheit für den Eislauf bietet die Natur nicht so leicht an vielen anderen Stellen unsers Vaterlandes. Wo das aber nicht der Fall ist, da muß eben der Mensch nachhelfen, damit nicht unsere Jugend des besten Wintervergnügens beraubt wird. Es sollte kein deutscher Knabe und kein deutsches Mädchen des Schlittschuhlaufs entbehren, denn Frische und Frohsinn, die der Jugend so wohl anstehen und ihr ein wenig geschwunden sind in unserer Zeit, liegen im Gefolge dieses idealen Wintervergnügens, das den Menschen so etwas dem Vogel ähnlich macht an freier Bewegung und Lebenslust.

Wer soll aber die Eisbahnen anlegen? Die kommunalen Behörden in erster Linie, denn es ist ihre von den meisten auch wohlerkannte Pflicht, für das zu sorgen, was den Gesundheitszustand ihrer Bevölkerung fördert. In zweiter Linie die Schulbehörden, denn je mehr wir unsere Zöglinge zu ernster Geistesarbeit erziehen, desto mehr müssen wir mit aller Energie darüber wachen, daß sie in kräftigster körperlicher Bewegung ein ergänzendes Gleichgewicht bekommen gegenüber den Anstrengungen des Geistes. Wo aber beide nicht imstande sind, gute Eisbahnen zu schaffen, oder es nicht thun, da tritt an jeden deutschen Mann, an jede deutsche Frau der Ruf heran, hier einzutreten, denn es ist die Pflicht eines jeden Bürgers und jeder Bürgerin, für die Kraft und Gesundheit des jedesmaligen Geschlechtes und damit für die Kraft des Vaterlandes Sorge zu tragen. Daher heißt eine weitere Mahnung: „Gründet Eisbahnvereine!“ oder besser noch, gründet Vereine für Leibesübungen in freier Luft, welche dann die Pflege der Eisbahnen mit übernehmen können!

Wie segensvoll solche Eisvereine wirken können, dafür nur ein Beispiel, Braunschweig. Es war dort so gut wie gar keine, oder doch nur sehr schlechte Gelegenheit zum Schlittschuhlaufen. Da gründete der um die Förderung der Bewegung in freier Luft so sehr verdiente Turninspektor Hermann einen Eisbahnverein. Diesem gelang es bald, hinreichende Mittel zu sammeln, Wiesen wurden gepachtet und durch Stau in der Ocker wurde deren Überschwemmung bewirkt. Trotz billigster Abonnements- und Einzelpreise hat der Verein in den 20 Jahren seines Bestehens sich ein Vermögen von 10000 Mark erworben, das zur Anlage eines eignen festen Gebäudes bei der Eisbahn verwendet werden soll. Der Verein sorgt auch für Erfrischung auf dem Eise und verabreicht die Tasse Kaffee mit Zucker und Milch für 5 Pfennig als das geeignetste Getränk. Ebenso veranstaltet der Verein gelegentlich Eisfeste, Wettlaufen für Jugendgruppen und Erwachsene und was dergleichen mehr ist.

An diesem Beispiele aus der Stadt Braunschweig, die auch auf dem Gebiete der Jugendspiele durch Professor Dr. Koch die Ehre hat, mit die erste Stelle in Deutschland einzunehmen, sehen wir deutlich, wie ungemein segensvoll solche Eisvereine wirken können, denn die Beteiligung am Schlittschuhlauf muß doch eine sehr bedeutende gewesen sein, wenn eine solche Summe hat erworben werden können.

Auch darin können Eisvereine eine sehr gute Wirksamkeit entfalten, daß sie auf gefährlichen Bahnen die unsicheren Stellen sorgsam umgrenzen lassen und nur auf ganz sicheren Flächen den Eislauf gestatten.

Privatunternehmern die Anlage von Eisbahnen zu überlassen, ist nur im Notfalle erwünscht. Dadurch wird die Sache zu teuer, während auch dem ärmsten Kinde das schöne und gesunde Vergnügen zugänglich gemacht werden muß. Unser ganzes Volk, arm und reich, niedrig und hoch, jung und alt, muß wieder gesund werden zum Wohle des Ganzen, unsers geliebten Vaterlandes. Deshalb heraus auch im Winter aus den geheizten Zimmern in Gottes frische, freie Winterluft zur Gesundheit und Freude! Daher nochmals die Mahnung:

„Legt Eisbahnen an!“

II.

Die Ergebnisse der Umfrage über das Jugend- und Volksspiel in den deutschen Städten im Jahre 1892.

Von Dr. Viktor von Woikowsky-Biedau, außerordentlichem Mitgliede des Königlich preußischen statistischen Bureaus, Berlin (auftragsweise).

1. Allgemeiner Überblick.

Am 12. April des Jahres 1890 wurde zum ersten Male eine eingehendere Untersuchung über Verbreitung und Art des Jugend- und Volksspieles in Deutschland ins Werk gesetzt. Damals wurde eine Anfrage an alle Städte von 8000 und mehr Einwohnern, auch einige wenige von geringerer Größe, versandt, welche die Unterlagen für das Gesamtbild jener Strebungen und Erfolge geben sollte. Es liefen an 250 Antwortschreiben ein, von denen die wichtigsten in der von H. Raydt verfaßten Schrift „Die deutschen Städte und das Jugendspiel" ihre wörtliche Aufnahme gefunden haben.

Jene erste Umfrage ergab die Umrisse eines Bildes vom Stande des Jugend- und Volksspieles. Dieses Bild galt es nun zu vervollständigen. Zunächst wurde beschlossen, den Kreis der Städte beträchtlich zu erweitern, indem man die Grenze der Umfrage weiter nach unten verschob, dann auch die gewonnenen Erfahrungen zu verwerten und die Fragen dem Anwachsen des Materials entsprechend schärfer und bestimmter zu gestalten. Daher wurden für die Zwecke der Untersuchung eine Auswahl von elf bezw. zwölf Fragen getroffen und diese mit dem folgenden Begleitschreiben zugleich mit dem Jahrbuch an die Leiter der höheren Schulen sowie die Magistrate der Städte von 5000 und mehr Einwohnern übersandt, bei welch' letzteren außer den unten genannten Fragen als zwölfte hinzutrat: „Pflegen die gewerbliche, kaufmännische oder Arbeiterjugend (die akademischen Kreise) oder auch Erwachsene das Volksspiel daselbst?" Außerdem waren die Fragen 2 und 10 umgeändert worden. Erstere lautete: „In welchen Schulen und für welche Klassen derselben sind die Spiele eingeführt?" letztere: „Sind gleiche oder ähnliche Spieleinrichtungen auch für Mädchen getroffen?" Die Zusendung der ausgefüllten Fragebogen war bis zum 15. Oktober desselben Jahres erbeten worden. Das Begleitschreiben an die höheren Lehranstalten hatte folgenden Wortlaut:

Görlitz, den 15. Januar 1892.

Am 21. Mai vorigen Jahres versammelte sich in Berlin eine Anzahl von Männern aus allen Teilen Deutschlands zur Beratung der Frage, welche Mittel zu ergreifen seien, um die Jugend- und Volksspiele allgemeiner in Deutschland zu verbreiten. Das Ergebnis dieser Aussprache war die Bildung des unterzeichneten Zentralausschusses sowie der Erlaß eines Aufrufs, in welchem der Nutzen und die Notwendigkeit einer zielbewußten Pflege der Bewegungsspiele in Schule und Volk sowie der einzuschlagende Arbeitsplan dargelegt wurden. Um diese Ziele und den Weg zu ihnen zu bestimmterem Ausdruck zu bringen und das Verständniß und Interesse hierfür allgemeiner im deutschen Volke anzuregen, haben wir eine Schrift „Über Jugend- und Volksspiele" verfaßt, die in kurzen Artikeln Auskunft über Theorie, Geschichte und Praxis der Bestrebungen giebt, und die die Organisation und den Arbeitsplan des Zentralausschusses eingehender entwickelt.

Wir gestatten uns, den höheren Schulen Deutschlands je ein Exemplar dieser Schrift anbei zu überreichen und zugleich die geneigte Mitwirkung derselben zur Förderung der Spiele um so mehr zu erbitten, als wir uns wohl bewußt sind, daß mit der hingebenden Förderung dieser Bestrebungen durch die deutsche Lehrerschaft ein besonders kräftiger Faktor zur Erreichung unserer Ziele sich geltend machen würde. In einer Reihe von Schulen ist das Jugendspiel schon seit langer Zeit gepflegt worden, zum Teil in vorbildlicher Weise. Indes ist die Zahl derjenigen höheren Schulen, die heute das Spiel im geringeren Umfange üben, oder überhaupt noch nicht eingeführt haben, immerhin noch eine sehr erhebliche. Indem wir generell auf unsern Aufruf unter D.7 der Schrift*) Bezug nehmen, erbitten wir die gütige Mitwirkung der höheren Schulen Deutschlands nach einer zweifachen Richtung.

In erster Linie sprechen wir die höflichste Bitte aus, daß die Herren Direktoren, sofern sie eine weitere Förderung der Jugendspiele an ihrer Anstalt für wünschenswert halten, aus der Mitte des Lehrerkollegiums einen Berichterstatter ernennen möchten, welcher die Güte hätte, an der Hand dieser Schrift über die Ziele der Bestrebungen im Kollegium Vortrag zu halten. Würde es der Erfolg dieser Beratung sein, daß die Ausbildung eines Lehrers im Turnspiel erwünscht erschiene, so gestatten wir uns darauf hinzuweisen, daß in den

*) Über Jugend- und Volksspiele. Allgemein unterrichtende Mitteilungen des Zentralausschusses zur Förderung der Jugend- und Volksspiele in Deutschland. Herausgegeben in dessen Auftrage von E. v. Schenckendorff und Dr. med. F. A. Schmidt. Jahrgang 1892. Hannover-Linden 1892.

Jahren 1890 und 1891 derartige achttägige Kurse bereits mit Erfolg in Görlitz und Berlin eingerichtet waren und daß dieselben unter C 9 und C 10 unserer Schrift eingehend beschrieben sind. Unter D 1 derselben befinden sich auch die Mitteilungen über die für das Jahr 1892 von uns geplanten Lehrerspielkurse. Diese sind im Frühsommer, und wenn ein Bedürfnis sich herausstellen sollte, auch im Herbst zu Berlin, Bonn, Braunschweig, Görlitz und Hannover in Aussicht genommen. Die Beteiligung an diesen Kursen ist kostenfrei und würden für auswärts wohnende Lehrer nach den seither gemachten Erfahrungen zur Bestreitung der Kosten daher nur die Reisekosten und ein Diätensatz von 5—7½ Mark für den Tag, je nachdem der Aufenthalt in den genannten Orten teurer oder billiger ist, erforderlich sein. Zugleich teilen wir ergebenst mit, daß wir den Landesunterrichts-Verwaltungen, Provinzial-Schulkollegien, Regierungen und Magistraten der Städte bis zu 5000 Einwohnern, unter Überreichung unserer Schrift, die Bitte ausgesprochen haben, die Absendung der Lehrer zu solchen Kursen in Erwägung zu nehmen, und die erforderlichen Mittel hierfür bewilligen zu wollen.

Sodann wären uns bis auf Weiteres regelmäßige Mitteilungen jährlich ein Mal, über den Stand der Spiele und verwandten Leibesübungen in hohem Grade willkommen. Wir würden dieselben in thunlichst übersichtlicher Form verarbeiten lassen und den höheren Schulen dann stets ein Exemplar zusenden. Als allgemeinen Anhalt für diese Mitteilungen, die in durchaus abgekürzter Form gehalten sein könnten, gestatten wir uns die nachstehenden Fragen aufzustellen:

1) Sind genügend und geeignete Spielplätze am Orte vorhanden, und wie groß ist der Flächenraum derselben?
2) In welcher Anstalt und für welche Klassen derselben sind die Spiele daselbst eingeführt?
3) Wie stark ist die durchschnittliche Beteiligung?
4) Leiten die Klassenlehrer oder Turnlehrer die Spiele und haben dieselben vorher an einem Lehrerspielkursus teilgenommen?
5) Sind die Spiele obligatorisch oder fakultativ?
6) Wieviel Stunden werden wöchentlich dafür verwendet?
7) Unternehmen die Schüler auch Wanderfahrten, und wie oft im Jahre?
8) Werden durch Überschwemmung oder Berieselung von Spielplätzen, Schulhöfen oder dergleichen im Winter Eisbahnen für die

Schüler geschaffen? Oder stehen anderweite Eisbahnen zur Verfügung und ist für deren Benutzung ein Beitrag oder Eintrittsgeld zu entrichten? Wird im Winter, außer dem Eislauf, auch noch das Bewegungsspiel im Freien geübt?

9) Ist der Handfertigkeits-Unterricht für Knaben dort eingeführt, in welchen Arbeitsfächern und mit welcher Beteiligung?

10) Bestehen in der Anstalt Gymnasiasten- oder ähnliche Vereinigungen zur Förderung der körperlichen Übungen?

11) Wer bestreitet die Kosten für die Spielgeräte und das Lehrer-Honorar?

Eine solche gütige Mitteilung erbitten wir jährlich bis zum 15. Oktober an den unterzeichneten Geschäftsführer, Konrektor H. Raydt in Ratzeburg. Wir würden somit ein Material für unsere Zwecke gewinnen, das sicher in erheblichem Grade zur weiteren Förderung unserer Bestrebungen beitragen würde, und möchten nicht verfehlen, die Einsendung einer solchen Statistik den höheren Schulen noch ganz besonders ans Herz zu legen. Hierbei bemerken wir zugleich, daß wir dieselbe Bitte den verehrlichen Magistraten in Städten bis zu 6000 Einwohnern ausgesprochen haben. Insofern die höhere Schule eine kommunale Anstalt wäre, und von dem Magistrate zu dem gleichen Zwecke ein Bericht eingesendet werden sollte, würde sich unsere unter II ausgesprochene Bitte mit der Erstattung des Berichtes an den Magistrat sonach erledigen.

Wir sprechen angesichts der hohen Bedeutung der Sache noch die freundliche Bitte aus, daß die höheren Schulen Deutschlands, soweit es noch nicht erfolgt sein sollte, die Pflege der Jugendspiele in ihre ganz besondere Obhut nehmen möchten und erklären uns gern bereit, wenn es gewünscht werden sollte sowohl den Anstaltsleitungen als auch den einzelnen Lehrern, durch Vermittelung unseres Geschäftsführers, nach Kräften mit Rat und That zur Seite zu stehen.

Der Vorstand des Zentralausschusses
zur Förderung der Jugend- und Volksspiele in Deutschland.
von Schenckendorff-Görlitz, Mitglied des Hauses der Abgeordneten, Vorsitzender. Dr. med. F. A. Schmidt-Bonn, Mitglied des Ausschusses der deutschen Turnerschaft, stellvertr. Vorsitzender. H. Raydt-Ratzeburg, Konrektor, Geschäftsführer. Dr. Eitner-Görlitz, Gymnasial-Direktor.
Prof. Dr. Koch-Braunschweig, Oberlehrer, Schatzmeister.

Einzelne Antworten liefen im Sommer ein, diejenigen Städte, in welchen wirkliches Interesse für die Sache vorhanden war, beeilten sich, im Laufe des Monats Oktober ihre Berichte zu Händen des Geschäftsführers gelangen zu lassen. Aber trotzdem im ganzen die Zahl der in Frage kommenden Städte über 700 betrug, waren von den Berichten bis zum 1. Dezember 1892 erst 194 eingelaufen. Es galt nun, die noch fehlende Vollständigkeit möglichst zu erreichen, und diese Aufgabe fiel der Stelle zu, in deren Hände im Laufe des Sommers die Bearbeitung der Enquete gelangt war. Am 12. April 1892 hatte der Abgeordnete v. Schenckendorff den Minister des Innern darum angegangen, die vorher besprochene Untersuchung dem Königlich preußischen statistischen Bureau, dessen Direktor Geheimer Ober-Regierungsrat Blenck später als Mitglied dem Zentralausschusse beitrat, zur Ausführung zu übertragen. Am 3. November erging hierauf der Bescheid, daß die Staatsregierung die Bedeutung, welche die Bestrebungen des Zentralausschusses zur Förderung der Jugend- und Volksspiele insbesondere für die Erziehung und körperliche Ausbildung der heranwachsenden Jugend sowie für die Stärkung der Wehrkraft haben, gern anerkenne und die betreffende Arbeit zwar nicht dem Königlich statistischen Bureau als Behörde übertrage, wohl aber ein Mitglied dieses Amtes mit ihr als Nebenbeschäftigung zu betrauen gestatte. So wurde am 4. Dezember ein Erinnerungsschreiben mit Fragebogen versandt und bis zum 15. Dezember zurückerbeten. Leider verbot die Kürze der Zeit — noch Ende Januar liefen fast täglich Berichte ein — und die Menge des Materials eine erschöpfende Durcharbeitung; dieselbe wird aber mit um so größerem Erfolg im nächsten Jahre, dem dritten der Untersuchung, unternommen werden können. Immerhin hat das Ergebnis den Beweis geliefert, daß weite Kreise unseres Volkes, und nicht zum wenigsten die städtischen Behörden, den Bestrebungen des Zentralausschusses warmes Interesse entgegenbringen. Dieses Interesse weiter zu verbreiten, es zu vertiefen und zu segensreichen Thaten anzuregen, möge der Zweck und Erfolg zugleich der folgenden Zeilen sein, deren Inhalt durch das Zahlenwerk der Ergebnisse doch oft genug das frische Leben durchblicken läßt, welches in der Bewegung pulsirt.

Zunächst seien die Grundzahlen der ganzen Erhebung genannt. Am 26. Januar d. Js. waren beim Königl. statistischen Bureau eingelaufen 647 Berichte, welche sich auf die verschiedenen Anstalten von 587 Städten bezogen. Immerhin erreichte also die Zahl der Städte, welche die Fragebogen beantwortet hatten, mit Hinzurechnung der nachträglich eingegangenen 86 Prozent. Alle diese Berichte beziehen sich, mit Ausnahme von 17, auf Städte mit 5000 und mehr Einwohnern. Preußen nahm mit

388 Städten bezw. 421 Berichten die erste Stelle ein, wie überhaupt das Interesse am Jugendspiel bis jetzt im Norden reger zu sein schein als im Süden; die übrigen deutschen Staaten stellten 197 Städte mit 224 Berichten, also fast genau ⅓ der Städte und Berichte.

Die folgende Tabelle I giebt Aufschluß über die Einzelheiten der Verteilung, ohne freilich eine eigentliche Aufklärung der Thatsachen selbst vermitteln zu können. Denn an und für sich ist es nicht ersichtlich, warum gerade z. B. die Provinz Brandenburg mit 53 Städten eine so hohe Stelle einnimmt, während Posen nur 17 aufzuweisen hat. Vielleicht liegt der Grund für diese Erscheinung, wohin auch die hohe Zahl des Rheinlandes gehören würde, darin, daß Gegenden mit höherer Kulturstufe, einer größeren Freiheit und Beweglichkeit der Lebensbedingungen und einem weiter ausgebildeten Sinn für Freuden von höherem ästhetischen Werth gerade dem harmlosen natürlichen Spiel ihre meiste Vorliebe zuwenden. Noch mehr prägt sich dies aus, wenn wir die Städte (hierbei werden nur diejenigen von 5000 und mehr Einwohnern berücksichtigt) scheiden in solche, welche die Spiele wirklich pflegen, d. h. das Streben unterstützen, die Jugend auch außerhalb der pflichtmäßigen Stunden zu vereinen und das Spiel zu üben, welche also im Sinne des Zentralausschusses wirken, und solche, in denen entweder gar nicht oder nur während der Schulturnstunden dem Spiele einige Aufmerksamkeit zugewendet wird. Dann fallen auf Rheinland 26, Brandenburg mit Berlin, dessen Nähe offenbar von starker Einwirkung ist, 20, auf Westfalen 16, dagegen auf Posen nur 3, auf Ost- und Westpreußen je 5. Unter den andern Staaten ragt Sachsen weit vor, in dem 13 Städte das Jugendspiel pflegen. Fast doppelt soviel zeigen sich dagegen freilich der Sache nicht geneigt. Am meisten steht hier noch Bayern zurück, wo von 34 Städten nur 5 das Spiel in ihren Mauern heimisch gemacht haben — soweit es sich eben um die besondere Pflege des Jugend- und Volksspiels handelt.

Als ein zweiter Umstand hindert aber auch die Ungleichmäßigkeit der Berichte, daß die Zahl ein klares Abbild bezüglich der ganzen Auffassung der Verhältnisse giebt. Wie ja überhaupt der ganzen Spielbewegung ein wesentlich förderndes aber freilich in anderer Hinsicht auch schädigendes Moment in der Gewalt der persönlichen Einwirkung, des persönlichen Einflusses und Interesses anhaftet, so hat sich auch hier gezeigt, daß der gute Wille und die Auffassung der ganzen Bewegung durch die einzelnen Personen wesentlich zum Nutzen oder Schaden auf die Berichterstattung eingewirkt hat. Was bedeutet z. B. die Versicherung, daß

Tabelle 1.

Die Jugend- und Volksspiele in den deutschen Städten im Jahre 1892.

Preußen. Andere deutsche Staaten.	Städte über 5000 Einw.						Städte unter 5000 Einw.						Überhaupt	
	Mit Spiel in besond.		Ohne Spielstund.		Zusammen		Mit Spiel in besond.		Ohne Spielstd.		Zusammen			
	Städte	Berichte	Städte	Berichte	Städte	Berichte	Städte	Berichte	Städte	Berichte	Städte	Berichte	Städte	Berichte
1.	2.	3.	4.	5.	6.	7.	8.	9.	10.	11.	12.	13.	14.	15.
Preußen.	142	157	231	249	373	406	10	10	5	5	15	15	388	421
Provinzen.														
1. Ostpreußen	5	5	7	7	12	12	—	—	—	—	—	—	12	12
2. Westpreußen	5	6	12	13	17	19	—	—	1	1	1	1	18	20
3. Brandenburg mit Berlin	20	23	33	34	53	57	—	—	—	—	—	—	53	57
4. Pommern	10	12	17	18	27	30	—	—	—	—	—	—	27	30
5. Posen	3	4	14	14	17	18	—	—	—	—	—	—	17	18
6. Schlesien	14	15	36	37	50	52	1	1	—	—	1	1	51	53
7. Sachsen	11	13	19	21	30	34	—	—	—	—	—	—	30	34
8. Schleswig-Holstein	10	12	6	8	16	20	1	1	—	—	1	1	17	21
9. Hannover	13	13	13	15	26	28	1	1	—	—	1	1	27	29
10. Westfalen	18	20	19	24	37	44	6	6	2	2	8	8	45	52
11. Hessen-Nassau	7	7	10	12	17	19	1	1	—	—	1	1	18	20
12. Rheinland	26	27	45	46	71	73	—	—	2	2	2	2	73	75
Andere deutsche Staaten:	54	65	141	157	195	222	1	1	1	1	2	2	197	224
1. Bayern	5	6	29	29	34	35	—	—	—	—	—	—	34	35
2. Sachsen	13	13	33	33	46	46	—	—	—	—	—	—	46	46
3. Württemberg	6	7	17	18	23	25	—	—	—	—	—	—	23	25
4. Baden	2	2	13	13	15	15	1	1	—	—	1	1	16	16
5. Hessen	—	—	6	6	6	6	—	—	1	1	1	1	7	7
6. Mecklenburg-Schwerin	2	2	4	4	6	6	—	—	—	—	—	—	6	6
7. Sachsen-Weimar	4	4	3	4	7	8	—	—	—	—	—	—	7	8
8. Mecklenburg-Strelitz	1	1	3	4	4	5	—	—	—	—	—	—	4	5
9. Oldenburg	—	—	3	3	3	3	—	—	—	—	—	—	3	3
10. Braunschweig	4	11	2	3	6	14	—	—	—	—	—	—	6	14
11. Sachsen-Meiningen	1	1	5	5	6	6	—	—	—	—	—	—	6	6
12. Sachsen-Altenburg	—	—	2	2	2	2	—	—	—	—	—	—	2	2
13. Sachsen-Cob.-Gotha	3	3	1	2	4	5	—	—	—	—	—	—	4	5
14. Anhalt	2	2	5	5	7	7	—	—	—	—	—	—	7	7
15. Schwarzb.-Sondersh.	—	—	—	—	—	—	—	—	—	—	—	—	—	—
16. Schwarzb.-Rudolstadt	—	—	1	1	1	1	—	—	—	—	—	—	1	1
17. Waldeck	—	—	—	—	—	—	—	—	—	—	—	—	—	—
18. Reuß ältere Linie	1	1	1	1	2	2	—	—	—	—	—	—	2	2
19. Reuß jüngere Linie	1	1	1	2	2	3	—	—	—	—	—	—	2	3
20. Schaumburg-Lippe	1	1	1	1	2	2	—	—	—	—	—	—	2	2
21. Lippe	1	1	1	1	2	2	—	—	—	—	—	—	2	2
22. Lübeck	1	1	—	—	1	1	—	—	—	—	—	—	1	1
23. Bremen	—	—	1	1	1	1	—	—	—	—	—	—	1	1
24. Hamburg	—	—	—	—	—	—	—	—	—	—	—	—	—	—
25. Elsaß-Lothringen	6	8	9	19	15	27	—	—	—	—	—	—	15	27
Ohne Ortsangabe*)	—	—	2	2	2	2	—	—	—	—	—	—	2	2
Deutschland zusammen	196	222	374	408	570	630	11	11	6	6	17	17	587	647

*) Bei diesen Städten fehlte im Berichte Unterschrift und Ortsangabe; auch aus dem Poststempel war der Ortsname nicht zu ermitteln.

das Jugendspiel gepflegt wird, wenn, wie es sich später herausstellt, nur die letzten 10 Minuten des Turnunterrichts dafür Verwendung finden. Wir sehen den wesentlichen Wert des Jugendspiels zumeist darin begründet, daß freie Zeit durch freie Bewegung — ohne den Zwang der Schule — ausgefüllt und Gelegenheit gegeben werde, daß der Schüler mit seinem Lehrer außerhalb der amtlichen Sphäre in Berührung trete und diesem eine weitgehende Einwirkung auf Herz und Gemüt des Knaben im nahen freundschaftlichen Verkehr ermöglicht werde. Durch das Fehlen der genauen Kennzeichnung dieser Art des selbständigen Jugendspiels wurde demnach die Klarheit des Bildes offenbar beeinträchtigt. Wir haben, soweit es angängig war, versucht, zwischen den Städten, welche Spiele in besonderen Spielstunden und denen, welche sie nur in den Turnstunden oder gar nicht pflegen, zu unterscheiden und verweisen im einzelnen auf die vorstehende Tabelle 1. Noch andere Mängel des Materials seien im Anschluß hieran erwähnt, in der Hoffnung, dadurch auf eine größere Zuverlässigkeit der nächsten Erhebung hinzuarbeiten. Welcher Ausweg im Zwiespalt der Meinungen ist zu wählen, wenn aus ein und derselben Stadt dieselben Fragen durch entgegengesetzte Antworten erledigt werden, wenn z. B. ein Gymnasium am 7. Dezember auf die Frage 1 schreibt: „Ein geeigneter Spielplatz ist vorhanden, groß genug, mit Leichtigkeit 500 Schüler im Spiel darauf zu beschäftigen," während unter dem 13. desselben Monats der Magistrat zu Frage 1 äußert: „Spielplätze sind nicht vorhanden".

Selbst bei der Beantwortung dieser Fragen üben die persönlichen Verhältnisse einen wichtigen Einfluß. Wie oft kann man sich in den Parteienzwist kleiner Städte im Geiste versetzen, wenn die eine Seite über das geringe Entgegenkommen des Magistrats, dieser über die Begehrlichkeit der Privaten sich bitter beklagt. Hier ergeht es der Spielbewegung oft genug ebenso wie manchem anderen berechtigten und gemeinnützigen Unternehmen, daß nämlich persönliche Eifersucht und Mißgunst eine gesunde Entwickelung und eifrige Förderung von Grund aus ersticken. Daran vielleicht liegt es, daß gerade in kleinern und kleinen Städten, wo die engen Beziehungen des Verkehrslebens wohl einen günstigen Boden für gemeinsames Handeln im Sinne des Zentralausschusses böte, am allerwenigsten Erfolge zu verzeichnen sind. Vielleicht liegt es endlich auch an der Furcht vor den Kosten der ersten Anlage, die doch erfahrungsgemäß bei Vermeidung jeden Aufwandes gering genug sind, daß gerade die Stadtverwaltungen kleiner Ortschaften den Fragebogen so oft durch die eine kurze Antwort „nicht eingeführt" beantworten.

Genug, das Material leidet an manchen Mängeln; es ist weit davon entfernt, als Unterlage für eine statistische Untersuchung im wissenschaftlichen Sinne sich zu eignen; es kann aber doch immerhin als ein ausreichendes Mittel für die folgende Skizze dienen, die einen Überblick über den Stand des Jugend- und Volksspiels in Deutschland geben und dadurch darauf hinwirken soll, daß mit dem Interesse an der Sache auch der gute Wille und die Möglichkeit wachse, weitere Aufschlüsse über die Spieleinrichtungen zu geben und so im gegenseitigen Austausch anregender Beobachtungen und Wünsche zur Förderung des Ganzen, zum Nutzen des Vaterlandes zu wirken.

Wie schon oben erwähnt, sollen im wesentlichen die Städte eine eingehendere Berücksichtigung finden, in denen eine besondere Zeit für die Abhaltung der Spielstunden angesetzt ist. Die Frage, in wie vielen Städten, in wie vielen Anstalten das Jugendspiel überhaupt getrieben wird, also auch in den Turnstunden, soll nur durch die folgenden kurzen Angaben beantwortet werden. Es waren im ganzen 371 Städte, welche berichteten, daß in ihnen Jugendspiele eingeführt seien; 211 verneinten diese Frage und 5 Städte standen im Begriffe, sie einzurichten. Zwei Berichte endlich ließen ihre Herkunft, wie schon oben erwähnt, nicht erkennen. In diesen 371 Städten übten das Jugendspiel 97 Gymnasien (mit Einschluß der Pädagogien und Lyzeen) und 15 Progymnasien. Realgymnasien mit Spielübung wurden 32, Realprogymnasien 24, Realschulen und Ober-Realschulen 53 bezw. 4 gezählt. Unter den Seminaren finden wir das Spiel in 22, bei den höheren Töchterschulen in 20 eingeführt. Von Bürger- (Mittel-, Stadt-, Latein-)schulen lagen 42 bejahende Berichte vor, von Volksschulen 87. Hinzutraten noch 3 Freischulen, 2 Fortbildungsschulen, 2 Übungsschulen, eine Kleinkinderschule, endlich das sog. Knickenbergsche Institut zu Telgte in Westfalen.*) Hiernach scheint in den Kreisen der „realistischen" Anstalten das Interesse reger zu sein, als in denen der „humanistischen", wenn auch, wie sich weiter unten ergeben wird, einzelne Gymnasien geradezu musterhafte Einrichtungen der Art zeigen.

Wenn nun schon angenommen werden kann, daß wohl alle die Orte, welche überhaupt sich der Mühe unterzogen haben, den an sie gestellten Fragen über den Spielbetrieb näher zu treten, einen nicht ungeeigneten Boden für die weitere Ausbildung der Sache abgeben dürften, so soll

*) Wo der Magistratsbericht alle Schulen zusammenfaßte, fand nur die betreffende Stadt nicht aber einzelne Anstalten mangels genauerer Kenntnis ihrer Art Aufnahme.

doch hier ferner, wie schon erwähnt, in erster Linie nur von denjenigen gehandelt werden, die dieses Interesse durch Einführung besonderer Spielstunden schon in die That übersetzt haben.

Als Tabelle 2 folgt demnach eine Zusammenstellung aller der Städte, welche sich durch diese besondere Pflege des Jugend- und Volksspiels auszeichnen, soweit dies aus der hier zu grunde liegenden Enquete zu ersehen war. Manche fehlen darunter, in denen doch das Spiel eine gastliche Stätte gefunden hat, weil vielleicht der bureaukratische Gang der Berichterstattung eine eingehendere, liebevolle und sachgemäße Darstellung seitens der beteiligten Personen verhindert hat. Die Thatsachen selbst ergeben sich klar aus der Übersicht; hier werden nur kurze Erläuterungen zur Behandlung der einzelnen Fragen sich benötigen.

2. Die Spielplätze.

Die Umfrage betraf zunächst die Spielplätze des Ortes. Sie war gestellt, um einen Überblick zu geben über die natürlichen Platzverhältnisse dieser oder jener Stadt, über die für diese Zwecke seitens der Städte gemachten Aufwendungen, endlich um auch zu ermitteln, in welchem Grade die Behörden, z. B. die Militärbehörden, ein größeres oder geringeres Entgegenkommen zeigten. Hier muß nun ausdrücklich darauf hingewiesen werden, wie zuvorkommend gerade diese den Wünschen der Spielenden gegenüber gehandelt haben. Allein 22 Städte berichten, daß die Spiele, namentlich wenn sie wie die englischen Ballspiele einen größeren Raum beanspruchten, auf den Exerzierplätzen der betreffenden Garnisonen abgehalten wurden. Unzuträglichkeiten sind nicht vorgekommen; mehrfach wurde der eine Teil des Platzes von den übenden Truppenkörpern, der andere von der spielenden Jugend eingenommen. Aber auch dort, wo solche große bequeme Flächen nicht zur Verfügung standen, bildete die Platzfrage nur selten ein Hindernis für die Einführung der Jugend- und Volksspiele. 441 Städte betonen in den Berichten, daß geeignete Spielplätze vorhanden seien und nur 84 bezeichnen dieselben als nicht geeignet. Von 63 Städten lag über diese Frage keine Äußerung vor. Nicht mit Unrecht darf aber angenommen werden, daß bei einigem guten Willen und wo nicht die Lage des Ortes in engen Thälern die Anlage von Spielplätzen unmöglich macht,*) wohl in jeder Stadt Raum geschaffen werden

*) So schreibt z. B. Markirch i. Elsaß: „Spielplätze sind hier nicht vorhanden und auch nicht zu beschaffen, da Markirch in einem engen, von hohen Bergen eingeschlossenen Thale liegt, in welchem jedes Stückchen ebener Fläche zu Wohnplätzen oder Wiesen verwandt ist und der Boden einen so hohen Geldwert hat, daß die Erwerbung eines genügenden Spielplatzes eine Unmöglichkeit ist.

Tabelle I.

Jugendspiele in besonderen Spielstunden.

Preußen. Andere deutsche Staaten.	Bezeichnung der Schule.	Durchschnittliche Beteiligung.	[illegible]	Stundenzahl wöchentlich	[illegible]	Größe des Spielplatzes.
1.	2.	3.	4.	5.	6.	7.
A. Preußen. Provinzen.						
I. Ostpreußen:						
1. **Braunsberg** . . .	Seminar	91	p.	½-1		
" . . .	Präparand.-Anst.	58	"	"		20 u. 40 a
" . . .	Sem.-Übungssch.	150	"	"		
2. **Königsberg** . . .	höh. u. nied. Sch.					
3. **Neidenburg** . . .	Gymnasium	100	"	1		20 a
" . . .	höhere Mädchensch.	100	"	1	1	
" . . .	Vorschule	150	"	1		
4. Pillau	Realprogymn.	alle Schüler	"	2	10	
5. Tilsit	Knabenschulen	"	w.	2	1—2	
II. Westpreußen:						
1. Danzig	Gymnasium	60	"	2—3	1	
2. D.-Eylau	Stadt- u. Freisch.	40—50	p.	2	3—4	8,55 a
3. Elbing	Gymnasium	alle Schüler	"	1	1	245 qm
"	Realgymnasium	260	"	1	1—2	250 qm
4. **Graudenz**	Seminar	alle Schüler	"	2		5025 qm
5. **Marienburg** . . .	Volksschulen	"	"	2	2	25 a
III. Brandenburg mit Berlin:						
1. **Berlin**	Königl. Realgym.	350	w.	3		1½ ha
"	III. Realschule	35 %	"	2	1	
"	Lehrerinnen-Sem.	80	"	2		1300 qm
"	Augustaschule		"	2		
2. Brandenburg . .	Volks- u. höh. Mäd.	alle Schüler	p.	1	1—2	
3. Celle	Volksschule	93	w.	3	1	
4. Finsterwalde . .	"	1/3 aller Sch.	"	3	1	
5. Guben	Gymnasium	alle Schüler	p.	6	1	2,40 ha
6. Königsberg . . .	"	50—60	w.	2	4	4 ha
7. Kottbus	"	alle Schüler	p.	1	1	14500 qm
8. Krossen	höh. Mädchensch.	42 %	w.	3		750 qm
9. Küstrin	Volksschule		"	2—4	1—2	
10. Luckenwalde . . .	Realprogymn.	75 %	"	1	2—3	
11. Neu-Ruppin . .	Gymnasium	244	"	2—3	1	1,55 ha
" . .	Seminar	185	p.	4	1	1,55 ha
12. Oranienburg . .	"	80	"	3	2	3000 qm
13. Perleberg	Realgymnasium	40	"	4	1	4608 qm
14. Potsdam	Viktoria-Gymn.	50	w.	3	1	
15. Prenzlau	Gymnasium	2/3 der Sch.	"	4		7000 qm
16. Schwedt	"	alle Schüler	"		1	
17. Spandau	"	"	p.	2		
18. Steglitz	"	10—20	w.	3—4	3—4	
19. Züllichau	Pädagogium	allgemein	"	tägl.		3234 qm
IV. Pommern:						
1. Barth	höh. Knabensch.	130	"	2	1	¼ u. ⅓ ha
"	Volksschule	200	"	2	1	
2. Bütow	Ober- u. Stadtsch.	44	"	2	2	5 u. 11,26 a

Noch: Tabelle 2.

1.	2.	3.	4.	5.	6.	7.
3. Greifenberg . .	Gymnasium	fast alle Sch.	w.	2	3—4	75 a
„	Volksschule	alle Sch.	p.	1½—7	1	75 a
4. Kolberg . .	Bürg. u. geh. Mdsch.	„	„		2	
5. Labes . . .	Knabenschule	„	„	1—2	1	**15 a**
6. Schlawe .	Progymnasium	„	„	1	2—3	**4000 qm**
7. Stargard	Realprogymn.	„	„	1	2	**750 a**
„	höh. Mädchensch.	50—66 %	m.	1		
8.	Gymnasium	80—200	„	1½	1	1, 2 und ¾ ha
9. Stolp . . .	höh. u. nied. Schul.	alle Sch.	„	2—3	1	25 a
10. Wolgast	Realgymnasium	70	„	2	1	
V. Posen:						
1. Bromberg	höh. Töchtersch.	80	„	1	1—5	1600 qm
„	Bürgerschule	60—80	p.	½	1—5	1350 qm
„	mittl. Töchtersch.	270	„	½	1—5	1650 qm
„	Realgymnasium	120	„	2	2—3	¾ ha
2. Krotoschin . . .	Gymnasium	300	„	2		50 a
„	höh. Töchtersch.	300	w.	3		12 a
„	Volksschulen	200	„	2		50 a
3. Posen	„	75 %	„	1	1	225 a
VI. Schlesien:						
1. Beuthen	Volksschule	500	„	4		150 a
2. Breslau	alle Schulen	2—300	„	4	1	13658 qm
„	Realschule I	50 %	„	2	10	
3. Frankenstein . . .	Progymnasium	alle Sch.	p.		1—2	820 qm
4. Gleiwitz	Bürgerschule	550—600	w.	1		2000 qm
5. Görlitz	Gymnasium	180 resp. 190	„	3		12200 u. 1300 qm
„	Realschule	109 resp. 118	„	3		
„	Volksschulen	120—450	„	3		
6. Groß-Strelitz . .	„	alle Sch.	p.	2		**10 a**
7. Grünberg . . .	Realgymnasium	60	w.	2	2	**4000 qm**
8. Haynau	Volksschulen	50	„	4	3—5	
9. Königshütte . .	„	60—70 %	„	6	3—4	1000, 800, 800, 3000 qm
10. Lauban	Gymnasium	alle Sch.	p.	4	1—2	
11. Liebau	Volksschule	„	w.	½		**100 qm**
12. Neurode . . .	„	250	„	2—3	3	**23 a**
13. Ohlau	Gymnasium	alle Sch.	p.	3		**4 ha**
14. Reichenbach . . .	Realgymnasium	95—100 %	„ *	3	2	**33 a**
VII. Sachsen:						
1. Aken	Volksschulen	**alle Sch.**	**p.**	2	1	**25 a**
2. Erfurt	„	**50 %**	**w.**	2—3	2—3	
3. Eilenburg	Realprogymn.	**12**	„	1—2	selten	
4. Halle	höh. u. nied. Schul.	**2—300**	„	6	1	**350 a**
„	Realschule	**425**	„	2	2	
5. Gardelegen . . .	„	**130**	**p.**	2	1	**2 ha**
„ . . .	Volksschule	**197**	„	2	1	**1 ha**
6. Magdeburg . . .	alle Schulen	**515**	w.			
„ . . .	Realschule	**64,25 %**	p.	**2**	1	
7. Nordhausen . . .	Gymnasium				1	1300 qm
8. Quedlinburg . .	Realschule	**108**	w.	**2**	1—2	9000 qm
9. Schönebeck . .	Realprogymn.	**alle Sch.**	p.	**2**	4	9800 qm
10. Weißenfels . .	Progymnasium	**50—60 %**	w.	**2**	1	1450 qm
11. Wittenberg . .	Gymnasium	**53 %**	„	**2**	1	3 ha

* Nach freiwilliger am Anfange des Schuljahres abgegebenen Erklärung.

Noch: Tabelle 2.

1.	2.	3.	4.	5.	6.	7.
VIII. Schleswig-Holstein:						
1. Altona	Realgym., Realsch.	160	w.	2		3-4 Tonn.
„	Volksschulen	50 %	„	3	1	19208 qm
2. Elmshorn	„	50	„	6	2	
3. Hadersleben	Seminar	60	p. w.	2	2	12000 qm
„	Übungsschule	40—50	„	3	3	12000 qm
„	Gym. u. Realprog.	47 %	m.	3		12000 qm
4. Flensburg	Gymnasium		„	2	2	
5. Kiel	„	103	„	4	1—2	2,8 u. 2 ha
„	Mittelschule	410	„	4	1—2	
„	Volksschule		„	4	1—3	
6. Lauenburg	Albinusschule	alle Sch.	„	3	1	
7. Rendsburg	höh. Mädchensch.	15—20	„			
8. Schleswig	Gymnasium	35	„	1—1½	1	
9. Sonderburg	Realprogymn.	30—31,6 %	„	2	4	681,7 qm
10. Wandsbeck	Gymnasium	75 %	„	1½	1	2 ha
„	Mitt.- u. Volkssch.	alle Sch.	p.	½	1	
IX. Hannover:						
1. Duderstadt	Realprogymn.	90 %	m.	2	2	
2. Emden	Gymnasium	alle Sch.	p.	1	1	4160 qm
„	höh. Bürgersch.	„	„		1	4000 qm
3. Geestemünde	Realschule	90 %	m.	4		1,75 ha
4. Hameln	Gymnasium				1	
5. Hannover	Lyceum I.	149	„	2		
„	Lyceum II.	180	„			
„	Realgymn. I.	233	„			
„	Realschule I.	72 %	„			
„	Volksschulen	304	„			
6. Harburg	Realgymn.	60	„	4	2	10000 qm
7. Hildesheim	Gymnasium	400	p.	9		131,05 a
„	Realgymn.	329	„	1		„
„	Volksschulen	400	„	4	4—6	„
8. Linden	Mittelschule	60—90 %	w.	4		40 a
9. Lüneburg	Gym. u. Realgym.	50—80 %	„	2—4	1	2, 1½, ½ ha
10. Osnabrück	höh. Schulen	50—100	„	mehrere Stund.	1	375 und 75 a
11. Peine	höh. Stadtschule	70	„	4	1	1 ha
12. Stade	Gymnasium	25—30 %	„	6		2625 qm
13. Uelzen	Realprogymn.	90 %	„	2	1	
X. Westfalen:						
1. Altena	Realprogymn.	100	p.	1 Wochm.	1	4—500 qm
2. Bielefeld	Gym. u. Realgym.	20 %	w.	1½		2½ ha
3. Bocholt	Realprogymn.	90	„	1	1	51 a
4. Dortmund	Realschule	180—190	„	1		650 qm
5. Gütersloh	Gymnasium	80	p.	2	1	18 u. 70 a; 1½ ha
6. Hagen	Gewerbeschule	alle Sch.	w.	2	1	532, 234 qm
7. Hamm	Gymnasium	„	p.		2	1750 qm
8. [illegible]feld	„	„	p. m.	8	1	5029 qm
9. Lippstadt	Realgymnasium	„	p.	häufig	1	75 a
10. Minden	Gym. u. Realgym.	„	„	3	1	325 a
11. Paderborn	Gymnasium	200	w.	4	1	95 a
12. Rheine	„	50 %	„	6	1	¾ ha
13. Schalke	Realgymnasium	50—60 %	„	2—3	1	125 a

Noch: Tabelle 2.

1.	2.	3.	4.	5.	6.	7.
14. Siegen.	Realgymnasium	200	w.	1	1	
15. Telgte	Realsch. u. Progym.	250	„	6		1 ha
16. Warendorf . . .	Sem.-Übungssch.		„			34,2 a
17. Wattenscheid . .	Progymnasium	80	p.	2	1	1435 u. 940 qm
XI. Hessen-Nassau:						
1. Biebrich-Mosbach	Realprogym.	60—75 %	w.	2—3	1	**450 qm**
2. Cassel	höh. Mädchensch.	70 %	„	4		**1000 qm**
3. Eschwege	Progym., Realg.	130	p.	1-1½	1	**81,36 a**
4. Hofgeismar . . .	Realprogymn.	40—60	w.			**30 a**
5. Frankfurt a. M. .	Oberrealsch.	218	„	2	1	**8 ha**
6. Schmalkalden . .	Progymnasium	alle Sch.	p.	3—4	6—8	**18 a**
7. Wiesbaden . . .	Gym. u. Oberreal.		w.		1	
XII. Rheinland:						
1. Aachen.	Volksschulen	je 80—100	„	4	6	900—2000 qm
2. Bonn	Gym., Realpr., Vk.	160	„	4		4000 qm
3. Burtscheid	Volksschulen					
4. Cornelimünster .	Seminar	alle Sch.	p.	1½	1	
5. Dülken	Realschule	50	w.	4	1	**20 a**
„	höh. Mädchensch.	48	p.	1	1	**5 a**
6. Düren	Realprogym.		w.	2—4	1	**840 qm**
7. Elberfeld	höh. u. nied. Sch.	alle Sch.	p.	2	1	**100 a**
8. Essen	Realgym. u. Bürg.	100	w.	2	1	**1400 qm**
9. Euskirchen . . .	Progymnasium	76	p.	1	1	**1 ha**
10. Koblenz	Gymnasium					
„	Realgymnasium	300	p.	2½	1—2	**1,2 ha**
„	Volksschulen	120		2		**8 a**
11. Köln	höh. u. Volkssch.	143	w.	1		**10000 qm**
12. Kreuznach . . .	Gymnasium	70 %	„	6	1	**5000 qm**
„ . . .	Realschule	alle Sch.	p.	3	1	**5000 qm**
13. Langenberg . .	Realprogym.	20—30	w.	4—6	1	
14. Lennep	„	60	„	4		
15. Merzig	höh. Knabensch.	alle Sch.	p.	1	6	44 a
16. M.-Gladbach . .	Realschule	40 %	w.	4	1	**88** u. 100 a
„ . .	Gymnasium	200	p.	3	1	2½ ha
17. Mülheim a. Rhein	Realgymnasium	40	w.		2	Mülheimer Heide
18. Neuß	Gymnasium	80	„	2	2	80 a
19. Neuwied	Seminar	alle Sch.	p.	1	8	900 qm
20. Remscheid	Realprogym.	90—100	w.	2	1	1 ha
21. Rheydt	Oberrealsch., Prog.	250	p.	2	4—5	24 a
22. Saarbrücken . . .	Gymnasium		w.	1		3300 qm
23. Solingen	Realprogym.					1600 qm
24. Wermelskirchen .	höh. Mädchensch.	25 %	„	1		820 qm
25. Wesel . . .	Gymnasium	½ d. Sch.	p. w.	1—2	1	15 a
„	Volksschulen		w.			
26. Wetzlar	Gymnasium		p. w.	2	1	**64,41 a**
B. Andere deutsche Staaten.						
I. Bayern:						
1. Hof . .	Realschule	75 %	w.	1	1	1434,04 qm
2. München	Volksschulen	94	„	4		2112 u. 400 qm
3. Nürnberg .	alle Schulen	136	„	12		
4. Pirmasens	Volksschulen	alle Sch.	p.			**15 a**
5. Rothenburg . . .	höh. u. nied. Sch.	je 50—60	„	½—1	1—2	**1 Tagwerk**

1.	2.	3.	4.	5.	6.	7.
II. Sachsen:						
1. Borna	Realgymnasium	alle Sch.	p.	3	1	1 qkm
2. Chemnitz	höh. u. nied. Sch.	100—200	w.	6		30000 qm
3. Dresden	Handelslehranst.	alle Sch.	p.	4	1	134400 qm
4. Frankenberg	Volksschulen	150	w.	2		7680 qm
5. Freiberg	Bürg.- u. Volkssch.	490	„	2		
6. Glauchau	Realschule	40	„	2—6	1	
7. Grimma	Realsch. u. Progym.	150	„	Wochen		2—3 ha
8. Kirchberg	Volksschule	alle Sch.	p.	1	1	4000 qm
9. Leipzig	III. Realschule	75	w.	4	1	20000 qm
10. Meißen	Fürst- u. Landessch.	65 %	p.	6	1	10000 qm
„	Realschule		„	2	1	12000 qm
„	Bürgerschule		w.	3	1	12000 qm
11. Mittweida	„	94	„	1	1	8000, 800 qm
12. Zittau	Gymnasium	100	„	2	1	94 a
„	Realgymnasium	145	„	2	1	94 a
„	Stadtschule	190	„	6	1	94 a
13. Zwickau	Gymnasium	20	p.		1	8 ha
„	Realgymnasium		„		1	8 ha
„	Volksschulen		„		1	8 ha
III. Württemberg:						
1. Biberach	Realschule	alle Sch.	w.	2		60 a
2. Eßlingen	Seminar	„	„		1	
3. Rottweil	Gymnasium	44	p.	1	1	
„	Fortbildungssch.	24	„	1		
4. Schwäb. Gmünd	höh. u. nied. Sch.	30—40	w.	1	2	2100 qm
5. Stuttgart	Gymnasium	50—60 %	„	1—2	1—2	500 u. 150 a
„	Knabenhorte (10)	500	p.	4—6		600 u. 150 a
6. Tübingen	Gymnasium	} 20	w.	2—3		
„	Realschule		„	2—3		
IV. Baden:						
1. Ettlingen	Sem.-Übungssch.	400	p.	2		1800 qm
2. Freiburg	alle Schulen	2,5 % d. Sch.	w.		1—2	150 a
V. Mecklenburg-Schwerin:						
1. Neukloster	Seminar	alle Sch.	p.	1	6	2051 qm
2. Parchim	Gymnasium	„	„	2	1	6600 und 9100 qm
VI. Mecklenburg-Strelitz:						
Neubrandenburg	Gym. u. Mittelsch.	„	„	1	5	5300 qm
VII. Sachsen-Weimar:						
1. Apolda	Bürgerschule	40—50	w.	4		
2. Jena	Gymnasium					1 ha
„	Bürgerschule	alle Sch.	„	1	2	1 ha
3. Eisenach	Gymnasium	„	p.	5	1	
4. Weimar	„	67	w.	4	1	
VIII. Braunschweig:						
1. Braunschweig	Gymnasium	alle Sch.	p. w.	4	monat. 1	4 ha
„	neues Gymn.	600	p.	2		3300 qm
„	höh. Mädchensch.	alle Sch.	„	1	1	30000 qm
2. Osterode	Knabenschulen	„	„	1	2—3	8 a
„	Realgymnasium	„	„	3	1	100 u. 25 a
„	Bürgermädchensch.	„	w.		monat. 1	

Noch: Tabelle 2.

1.	2.	3.	4.	5.	6.	7.
3. Schöningen	Progymnasium	45	w.	1—3	2—3	12 a
„ . . .	1. Knabenschule	100	„	1—3	2—3	12 a
„ . . .	2. „	60	„	1—3	2—3	12 a
4. Wolfenbüttel . .	Gymnasium		„	2—3	1	
„ . .	Realschule	36	„	2	1	
„ . . .	höh. Bürgersch.	50—70 %	„	2		
IX. Sachsen-Meiningen:						
Salzungen	Realschule	100	p.	1	3	
X. Sachsen-Coburg-Gotha:						
1. Coburg	Gym., Reals., Sem.	55 %	w.	2	1	**1 ha**
2. Gotha	Realschule	180	„	2	1	**4800 qm**
3. Neustadt	Gymnasium	70	„	2		
XI. Anhalt:						
1. Coswig	Mittelschule	75—85 %	w.	2	1	0,25 u. 1,32 ha
2. Dessau	Realgymnasium	250	p.	2	1	3 ha
XII. Reuß älter. Linie: Greiz . . .	Gym. u. Bürgersch.	90 u. 40 %	w.	1—2	1	**0,7 ha**
XIII. Reuß jüng. Linie: Gera . . .	Realgym., Bürgsch.	50—60	„	2	1	**4324 qm**
XIV. Schaumburg-Lippe: Bückeburg.	Gymnasium	50	„	1	1	
XV. Lippe: Lemgo	„	alle Sch.	p.	4	1	**2 ha**
XVI. Lübeck	Gym. u. Realgym.	80 %	w.	2		**91500 qm**
XVII. Elsaß-Lothringen:						
1. Barr	Realschule	10—50 %	„	3	1	**60 a**
2. Colmar	Lyceum		„	2	1	
3. Hagenau	höh. Mädchensch.	alle Sch.	„	2	2	326 u. 165 qm
4. Metz	Seminar	„	p.		1	30 a
„	Realschule	160	w.	1	1	
5. Saarburg	Gym. u. Volkssch.	300	„	6	2	**60 a**
6. Straßburg	Volksschulen	400	„			**3 ha**
„	Gymnasium	100	„		1	**2000 qm**
„	Realschule bei St. Johann					
C. Städte unter 5000 Einwohner:						
1. Attendorn	Gymnasium	80 %	w.	10	2	
2. Brilon	„	230	p.	1		**1/3 u. 2/3 ha**
3. Büdingen	„	alle Sch.	„	1	monatlich 1	**11409 qm**
4. Buxtehude	Realprogym.				1	
5. Dorsten	Progymnasium	25	„	1—2	1	**1500 qm**
6. Hilchenbach*) . . .	Seminar					
7. Ebeslac	Realprogym.	60—70 %	w.	1		30000 qm
8. Peiskretscham . .	Semin., Präpar.-Anst., Übungssch.	alle Sch.	p.	2	1	14 a 70 qm
9. Petershagen . . .	Seminar	30	w.	1		8000 qm
10. Rietberg	Progymnasium	alle Sch.	p.		1	15 a 22 qm
11. Waldkirch	Real- u. Handelssch.	95 %	„		4—6	2400 u. 3600 qm

*) Vgl. die Schrift des Seminarturnl. Broschinski „Zur Theorie u. Praxis des Turnwesens u. s. w.“

kann auch für die weithin sich erstreckenden Ballspiele, für welche die oft benutzten Schulhöfe allerdings nur selten genügen. Daß hierbei das finanzielle Interesse gegenüber dem Gewinn an höheren Gütern zurücktreten muß, ist wohl selbstverständlich, leider aber nicht immer zu beobachten. Hier wären Fälle zu erwähnen, wo z. B. die Verwaltung einer mit einem bedeutenden und reichen Budget ausgestatteten Gemeinde die einzige für die Spiele zur Verfügung stehende Fläche — eine dürre Wiese — aus dem Grunde nicht zu diesem Zwecke hergab, weil dadurch die Jahrespacht von 20 Mk. verloren gegangen wäre. Glücklicherweise bleibt solche Verständnislosigkeit nur Ausnahme; oft hat die Gemeinde mit großen Mühen und Kosten Plätze herstellen lassen und so die Grundbedingung für die Entfaltung eines regen Spielbetriebes geschaffen, dessen eifrige Ausübung dann auch immer als Lohn gefolgt ist.

Daß die Schulbehörde in den allermeisten Fällen der Einführung und Unterstützung der Sache günstig gegenübersteht, ist aus dem Eintreten hervorragender Schulmänner für das Jugend- und Volksspiel von vornherein anzunehmen, und so wird denn auch meist der Turnplatz zu den freiwilligen Spielen benutzt. Leider entspricht dessen Größe nicht immer den an ihn gestellten Anforderungen, und mannigfach sind die Klagen über Schattenlosigkeit, über störende Baumreihen u. a. m. Vereinzelt steht indessen ein Gymnasium, dessen Turnplatz deshalb den Spielen nicht offen steht, weil die Bälle den Fenstern des benachbarten Gymnasialgebäudes zu gefährlich erscheinen. Nicht selten ist es, daß zwei Spielplätze benutzt werden und zwar als erster gewöhnlich der Turnplatz, als zweiter für die Ballspiele an freien Nachmittagen ein entfernter liegender. Mehrfach liegt dieser zweite Platz wohl ½ Stunde von der Anstalt ab und ist dann das Ziel eines gemeinsamen Ausmarsches mit darauf folgendem geschlossenen Spiel.

3. In welchen Schulen sind die Spiele eingeführt?

Hierher gehören die schon oben vorweggenommenen Angaben, die sich infolge der mangelhaften Ausführung der meisten Fragebogen leider nicht erweitern lassen. Der Begriff des Spiels ist von vielen Berichterstattern in so allgemeinen Ausdrücken gekennzeichnet, daß irgend welche sichere Ergebnisse nicht zu verzeichnen sind. Die Frage ist meist durch die Antwort „Bewegungsspiele in allen Klassen“ oder „in mehreren Schulen eingeführt“ erledigt. Für diese Seite der Enquete fehlt demnach jede Grundlage einer eingehenden Schilderung umsomehr, als eine umfassende Berichterstattung schon daran ein Hindernis fand, daß eine Reihe von Anstalten nicht in dem Ressort der Stadtbehörden stand, wie z. B. alle königlichen Gymnasien. Es wird sich daher für eine künftige Ausgestaltung der Enquete zu einer wirklichen Statistik empfehlen, die beteiligten Anstalten unmittelbar oder durch Vermittelung der betreffenden Vorgesetzten anzugehen. So wird vermieden werden, daß die Verschiedenheit der Verwaltungsangehörigkeit einen störenden Einfluß auf die Gestaltung der Untersuchung ausübt.

Es bleibt noch übrig, auf das Antwortschreiben einer größeren rheinischen Stadt hinzuweisen, welche erwidert, „daß die städtische Schuldeputation bei dem anerkannt günstigen Stande des Turnunterrichts in den hiesigen Schulen es abgelehnt hat, zur Zeit der Frage der Einführung besonderer Jugend- und Volksspiele näher zu treten, weshalb von einer Ausfüllung des eingesandten Fragebogens abgesehen werden muß.“ Zu unserer Befriedigung können wir feststellen, daß diese Auffassung der Ziele unserer Bestrebungen durchaus vereinzelt dasteht.

4. Die durchschnittliche Beteiligung.

Auch diese Frage in einer einheitlichen Darstellung zu beantworten, erscheint nicht möglich. Die Antworten sagen entweder, daß die Beteiligung allgemein sei, oder daß sie 50, 80, 90 Prozent betrage; endlich werden oft die absoluten Zahlen der Beteiligung genannt, wie es die Spalte 4 der erwähnten Zusammenstellung erkennen läßt. Auch liegt es auf der Hand, daß eine genaue Feststellung der Zahl der Spielenden an und für sich große Schwierigkeiten bereitet, die nicht im Verhältnisse stehen zu den aus der richtigen Beantwortung zu erwartenden Ergebnissen. Es ist daher in Aussicht genommen worden, die genannte Frage in der gebrachten Form fallen zu lassen.

Wenn nun auch für die Beantwortung dieser Frage keine Zahlen gegeben werden können, so muß doch anerkannt werden, daß überall die Anregung der Spielstunden bei den Schülern auf guten Boden gefallen ist, daß die Beteiligung, namentlich der jüngeren Schüler, eine überaus rege genannt werden kann. So steht zu erwarten, daß nach und nach auch der Schüler der obersten Klassen jene Freudigkeit sich bemächtigen wird, welche heute schon den jüngeren Teil erfüllt und welche dort, wo besonders kundige und thätige Schulleiter wirken, unter den ersteren schon heute sogar zur Bildung der weiter unten behandelten Spielvereinigungen geführt hat.

5. Leiten die Klassenlehrer oder Turnlehrer das Spiel?

Grade in der Frage der Spielleitung liegt ein wichtiges Moment für den Fortgang des Werkes. Denn wenn schon die Turnlehrer als solche in der Regel Unterricht auch über den Betrieb der Turnspiele genossen haben, so erscheint eine Durchbildung weiterer Lehrkräfte in den vom Zentralausschusse eingerichteten Lehrerspielkursen um so wünschenswerter, als die eingehende Beschäftigung mit dem Spiel natürlich ein höheres Interesse an der Sache erweckt. Die Ergebnisse der Umfrage sind in der nachfolgenden Tabelle 3 zusammengestellt, unter alleiniger Berücksichtigung derjenigen Anstalten, welche die Spiele in besonderen Spielstunden betreiben. Wo das Spiel nur als Teil des pflichtgemäßen Turnunterrichtes betrieben wird, kommen natürlich nur die Turnlehrer als Spielleiter in Frage.

Als wichtigste Zahl der ganzen Übersicht erscheint die Gesamtsumme der Spalte 6, welche die Anzahl der in den Lehrerspielkursen vorgebildeten Kräfte anzeigt. Sie erreichte also am Ende des Jahres 1892 die stattliche Zahl von 71. Bezüglich der die Spiele leitenden Direktoren sei darauf hingewiesen, daß wohl mehr Unterrichtsanstalten dieser einflußreichen Unterstützung der Sache sich zu erfreuen haben, daß aber leider die Enquete auch hier nicht die richtige Zahl ermittelt zu haben scheint. Sicher mag immerhin die Zahl der Lehrer sein, welche einen Spielkursus mitgemacht haben, schon deshalb, weil der Berichterstatter wohl meist Anlaß hatte, diese Thatsache ausdrücklich zu erwähnen. Sehen wir von den Zahlen ab und wenden unser Augenmerk auf den höheren oder geringeren Grad des Interesses, den die Lehrerschaft den Spielen entgegenbringt, so ist die erfreuliche Thatsache festzustellen, daß fast stets die Mitglieder derselben es sich haben angelegen sein lassen, die Einführung der Jugendspiele zu unterstützen, auch gern die Gelegenheit ergriffen haben, sich in der gekennzeichneten Richtung durch Teilnahme an einem Lehrerspielkursus weiterzubilden. Wenn, wie mehrfach geklagt wird, von dem Ausgebildeten daraufhin hohe Honorarforderungen aufgestellt worden sind, so erscheint eine solche Handlungsweise nicht gerechtfertigt. Es wird aber anderseits zu beachten sein, daß eine weitere Heranziehung der Lehrerschaft zur Leitung der Jugend- und Volksspiele nur dann eine Aussicht auf Erfolg zu bieten scheint, wenn die hierfür verwendeten Stunden ausreichend honoriert oder wenigstens als Pflichtstunden angesehen werden. Möge man doch auch bedenken, daß nicht wenige Elementarlehrer einen Teil ihres Einkommens aus Privatstunden beziehen, deren Erteilung ihnen bei einer Mehrbelastung durch das Spiel notwendig erschwert wird.

6. Sind die Spiele pflichtmäßig oder wahlfrei?

Bezüglich dieser Frage ist wieder auf die oben abgedruckte Übersicht (Tabelle 2) hinzuweisen, welche für die beim Spiel besonders interessierten

Tabelle 2.

Die Leitung der Spiele.

Preußen. Andere deutsche Staaten.	An . . . Anstalten wurden die Spiele geleitet durch				Von den Lehrern hatten	
	Direktoren	Turnlehrer	Klassenlehrer	Turn- u. Klassenlehrer	einen Spielkursus mitgemacht	Turnlehrerbildungsanst. besucht
1.	2.	3.	4.	5.	6.	7.
Preußen	5	102	34	30	55	13
1. Ostpreußen	—	2	1	2	1	—
2. Westpreußen	—	3	2	1	1	3
3. Brandenburg m. Berlin	1	14	6	4	5[1])	6
4. Pommern . . .	—	8	—	4	5[2])	1
5. Posen	—	4	2	1	—	—
6. Schlesien	2	11	2	2	6	1
7. Sachsen	—	5	2	6	4[3])	—
8. Schleswig-Holstein . . .	1	3	1	2	3	—
9. Hannover	1	7	5	3	8[4])	—
10. Westfalen	—	15	3	2	4	1
11. Hessen-Nassau	—	4	1	1	3[5])	—
12. Rheinland	—	21	9	2	15	1
Andere deutsche Staaten .	—	35	20	11	16	8
1. Bayern	—	3	2	—	—	2
2. Sachsen	—	6	5	3	1	—
3. Württemberg	—	3	3	1	—	1
4. Baden	—	—	2	—	—	—
5. Hessen	—	—	—	—	—	—
6. Mecklenburg-Schwerin .	—	2	—	—	—	1
7. Sachsen-Weimar	—	3	1	—	1	1
8. Mecklenburg-Strelitz . .	—	1	—	—	1	—
9. Oldenburg	—	—	—	—	—	—
10. Braunschweig	—	3	3	4	7[2])	—
11. Sachsen-Meiningen . . .	—	—	1	—	—	—
12. Sachsen-Altenburg . . .	—	—	—	—	—	—
13. Sachsen-Coburg-Gotha .	—	3	—	—	1	2
14. Anhalt	—	2	—	—	1	—
15. Schwarzburg-Sondersh.	—	—	—	—	—	—
16. Schwarzburg-Rudolstadt	—	—	—	—	—	—
17. Waldeck	—	—	—	—	—	—
18. Reuß älterer Linie . . .	—	1	—	—	—	—
19. Reuß jüngerer Linie . .	—	1	—	—	—	—
20. Schaumburg-Lippe . . .	—	1	—	—	—	—
21. Lippe	—	—	1	—	1	—
22. Lübeck	—	—	—	1	1	—
23. Bremen	—	—	—	—	—	—
24. Hamburg	—	—	—	—	—	—
25. Elsaß-Lothringen	—	4	2	2	2	1
Überhaupt . . .	5	137	54	41	71	21

[1]) Die Turnlehrerin hat auf eigene Kosten den Kurs. absolv. [2]) Darunter 1 Turnlehrerin. [3]) Darunter hat 1 auf eigene Kosten den Kursus absolviert. [4]) Darunter 1 Direktor. [5]) Darunter 2 Lehrerimnen. — In den Städten unter 5000 Einwohn. wurden die Spiele geleitet in 6 Anstalten von Turnlehrern; in 2 von Klassenlehrern; in 3 von Klassen- u. Turnlehrern. 1 Lehrer ist auf der Zentralturnanst. ausgebildet.

Anstalten diese Frage genau beantwortet. Es ergiebt sich, daß 161 Anstalten berichtet haben, die Spiele würden nach wahlfreiem Entschluß der Schüler ausgeführt, während 98 die zwangsweise Beteiligung vorgezogen haben. In der That betonte die Mehrzahl der Berichte den Vorteil einer fakultativen Beteiligung. Der Spielbetrieb erhält einen freieren Charakter, die lähmende Unlust, welche oft genug durch den Zwang hervorgerufen wird, die Versuchung, den Fesseln zu entgehen, wird unterdrückt; statt dessen kann die lebhafteste Teilnahme, die Freude am eigenen Werke, an den eigenen Erfolgen sich bethätigen und so den Grund legen zu einem schnellen Aufblühen der Sache. „Niemand soll zum Spielen genötigt werden", läßt sich ein erfahrener Schulleiter vernehmen und zweifellos mit Recht, zumal was die Beteiligung am Spielen überhaupt anlangt. Indessen liegt hier eine Entwicklung vor, die, einmal eröffnet, sich nicht nach vorab festgestellten Maximen regeln läßt. Jeder Direktor muß wissen, wie er die Angelegenheit am besten an seiner Anstalt fördern kann.

Wo die Spielzeit einen Teil der Turnstunden ausmachte, war natürlich die Beteiligung eine obligatorische, meist selbst dann, wenn wegen körperlicher Fehler die Teilnahme am eigentlichen Turnen versagt war.

7. Wie viel Stunden werden wöchentlich zum Spiel verwandt?

Hier stellt sich zunächst eine durchaus ungleichmäßige Beantwortung heraus. Es kann hier nur bemerkt werden, daß die größte Anzahl der Anstalten ihre Turner und spielenden Mitglieder in besondere Abteilungen zu zerlegen pflegte, welche nun an verschiedenen freien Nachmittagen das Spiel übten. Überhaupt muß daran festgehalten werden, daß die Zahl der spielenden Knaben oft eine so große ist, daß es unmöglich erscheint, genauere Angaben über die Spielzeit zu erhalten. Aus der Spalte 5 der Zusammenstellung in der Tabelle 2 geht hervor, daß die Spielzeit zwischen 12, 3, 2, 1 und ½ Stunden wöchentlich schwankt, ungerechnet der Veränderungen, welche eine freiwillige Verlängerung der Spielzeit im Gefolge zu haben pflegt. Hier ist wohl zu beachten, daß die ganz vereinzelt dastehenden Fälle einer nach der Zeit weit ausgedehnten Spielübung aus den eigentümlichen Verhältnissen einiger Anstalten erwachsen, wo günstige Lage, hingebender Eifer des Leiters, endlich ein gewisser Grad von Wohlhabenheit die Grundbedingungen bieten.

8. Vereinigungen zum Zweck der Spielübungen.

Die Zahl der Vereinigungen ist nicht groß, aber doch nicht so unbedeutend, als man nach dem oft absprechenden Urteil der Berichterstatter annehmen sollte. Sie erreichte trotz aller pädagogischen Bedenken die Höhe von 28. Allein 9 davon haben den ausgesprochenen Zweck das Ballspiel zu pflegen, nur einer besteht als „Fechtverein" und trotzt so dem Schauder aller Gymnasialleiter vor der „Nachahmung studentischen Treibens". Zu diesen in der folgenden Übersicht aufgeführten Vereinigungen ist dann auch der Fußballklub in Elbing hinzuzunehmen, dessen Gründung im Jahre 1892 in Aussicht genommen worden war und inzwischen wohl erfolgt ist. Die Liste macht keinen Anspruch auf Vollständigkeit, wird aber vielleicht darauf hinwirken, daß künftighin gerade von seiten der Spielvereinigungen der Sache und den Bestrebungen des Zentralausschusses ein warmes Interesse entgegengebracht werden wird.

Tabelle 4. **Schülervereinigungen zur Pflege des Spiels.**

Stadt	Anstalt	Art der Vereinigung	Zahl der Spielenden
1.	2.	3.	4.
1. Bromberg . . .	Realgymnasium	Turnverein	35
2. Emden	Gymnasium	„	—
3. Nordhausen . . .	„	„	—
4. Hadersleben . .	Gymn. u. Realprogymn.	Radfahrerverein	—
5. Duderstadt . . .	Realprogymnasium	Fußballklub	—
6. Stade	Gymnasium	Turnverein	20
7. Verden	„	„	—
8. Lippstadt	Realgymnasium	Radfahrer	—
9. Rheine	Gymnasium	Turnverein	—
10. Düren	Realgymnasium	Ballspiel	—
11. M.-Gladbach . .	Gymnasium	Turnverein	30
12. Neuwied	Seminar	Turnvereinigung	30 %
13. Wetzlar	Gymnasium	Turnverein	—
14. Dresden	Handelslehranstalt	Fußballklub	24
15. Rossen	Seminar	Turnvereinigung	—
16. Schwerin	Gymnasium	Ballspiel	—
17. Eisenach	„	Turnverein	—
18. Braunschweig . .	„	Krikertverein	—
„ . .	„	Fußballverein	—
„ . .	„	Fechtverein	—
„ . .	Neues Gymnasium	Fußballverein	—
19. Osterode	Realgymnasium	Turnverein	—
20. Wolfenbüttel . .	Samsonschule	Sportklub	—
21. Eutin	Gymnasium	Turnverein	—
22. Attendorn	„	„	—
23. Brilon	„	Fußball- und Kroquetklub	—
24. Greiz	„	Fußballvereinigung	90 %
25. Gütersloh	„	Spielverein	30

Auch außerhalb des Schullebens hat sich das Spiel, wie die Umfrage erkennen läßt, zahlreiche Freunde erworben, hat das gemeinsame Streben zu einem engeren Zusammenschlusse der gleichaltrigen Personen geführt, und dies um so leichter, als Spielvereinigungen nicht die Aufbringung bedeutender Mittel für Turnhallen u. a. m. erforderlich machen. So sind denn von den Städten die unten genannten 102 in der Lage, zu berichten, daß die Turnvereine das Spiel pflegen. Außerdem werden 7 Jünglingsvereine und 4 akademische Turnvereine erwähnt. In 10 Städten spielte die kaufmännische und gewerbliche Jugend. Kaiserslautern endlich berichtete dasselbe von einem „geselligen Verein". Die zuerst aufgeführten 102 Städte sind folgende:

Altenburg, Angermünde, Aschaffenburg, Bamberg, Bielefeld, Bucholz, Bonn, Breslau, Celle, Delmenhorst, Detmold, Elberfeld, Erfurt, Ettlingen, Frankenstein i. Schl., Freiburg i. Br., Geldern, Geestemünde, Geislingen, Gleiwitz, Glückstadt, Göppingen, Görlitz, Gottesberg, Graudenz, Guben, Gumbinnen, Hagen, Hainichen, Halle a./S., Hamm, Harburg, Helmstedt, Hilchenbach, Hildesheim, Hörde, Hohenstein i. S., Jena, Kannstadt, Kamen, Kempten, Kiel, Kirchbach i. S., Koblenz, Königshütte, Koswig, Kreuznach, Labes, Leer, Leisnig, Lingen, Lößnitz, Lüdenscheid, Lübeck, Lüneburg, Marburg, Markneukirchen, Meiningen, Merseburg, Minden, Mittweida, München, Nauen, Neukloster, Nürnberg, Ober-Glogau, Ohligs, Oschersleben, Osnabrück, Pirna, Pyritz, Quedlinburg, Radeburg, Regensburg, Remscheid, Rheydt, Roßwein, Rothenburg a. Tauber, Rudolstadt, Schievelbein, Spremberg, Schönebeck, Schwetzingen, Schwiebus, Sebnitz, Stendal, Stettin, Stolp, Straußberg, Stuttgart, Tarnowitz, Traunstein, Trier, Tübingen, Tuttlingen, Wandsbeck, Weinheim, Wernigerode, Wesel, Zielenzig, Zittau, Zwickau.

Die Jünglingsvereine werden genannt in Aalen, Aschersleben, Eisenach, Eisleben, Gollnow, Merseburg, Rummelsburg i. P.

Die kaufmännische und gewerbliche Jugend spielte in Bremen, Gotha, Görlitz, Landsberg, Neiße, Ravensburg, Rybnik, Schleswig, Straßburg i. E., Straußberg, Thorn, Oppeln. Akademische Turnvereine werden für den Spielbetrieb endlich genannt in Berlin, Bonn, Breslau, Freiburg und Marburg. Endlich haben sich an verschiedenen Orten Vereine gebildet, welche bezwecken, das Jugend- und Volksspiel im Sinne des Zentralausschusses einzuführen. An alle diese Vereine ergeht hiermit die dringende Bitte, recht genaue Auskunft über Gründung, Bestehen, Mitgliederzahl u. a. m. im Laufe des Jahres an den Zentralausschuß gelangen zu lassen und so den Grund zu legen zu einem Zusammenschluß aller Kräfte gleicher Ziele und gleichen Strebens.

Mit den eben behandelten Fragen dürfte das Bild, wie die Enquete es über den Stand des Jugendspiels in Deutschland ermöglicht hat, im wesentlichen gezeichnet sein. Es bleiben noch diejenigen übrig, welche verwandte Arten der systematischen Pflege von Körper und Geist zum Gegenstand haben. Dies sind die Fragen 7, 8 und 9, deren Betrachtung in Rücksicht auf eine einheitliche Darstellung der Spielbewegung verschoben worden war.

9. Die Wanderfahrten.

Betreffs der Wanderfahrten der Schüler beschränkt sich die Berichterstattung meist auf die Nennung der üblichen Schulspaziergänge von längerer oder kürzerer Dauer. Auch diese sind, soweit sie sich auf die dort behandelten Arten von Anstalten beziehen, in der oben gegebenen Übersicht angeführt. Hier läßt sich nun nicht verkennen, daß der größere oder geringere landschaftliche Reiz der Umgebung einen großen Einfluß auf Häufigkeit und Dauer solcher Partieen ausübt. Indessen sind solche Ausflüge für Preußen durch den bekannten Ministerialerlaß vom 17. Juni 1886 sehr eingeschränkt, weitere, welche zwei und mehr Tage dauern, fast ausgeschlossen.

Als einen Gegensatz zu den hierin befolgten Grundsätzen möchten wir die alte Einrichtung wirklicher Wanderfahrten am Wolfenbütteler Gymnasium bezeichnen, über welche die Beilage zum Jahresbericht des Herzogl. Gymnasiums 1892*) folgende Nachricht enthält:

„Außer der Vornahme der Wahlen hat der Turnrat**) noch mancherlei Rechte und Pflichten. Er verwaltet das der Turngemeinde gehörende Eigentum (Puritz' Merkbüchlein für Vorturner, Trommeln, Querpfeifen u. s. w.); er trifft nach eingeholter Erlaubnis des Direktors für den gewöhnlich am vorletzten Schultage vor Michaelis stattfindenden Turnerball die erforderlichen Vorbereitungen; er beschließt darüber, wohin die alljährlich zu machende 2¹/₂tägige Turnfahrt unternommen werden soll. Für diese Fahrten, die zu Anfang oder Mitte Juni am Nachmittage des Sonnabends, am Sonntage vor dem Hagelfeiertage und an diesem selbst ausgeführt werden, hat sich im Laufe der Jahre eine bestimmte Reihenfolge, nach welcher die verschiedenen Gegenden des Ober- und Unterharzes in gewissen Zeiträumen besucht werden, ausgebildet. An ihnen nehmen Schüler von Obertertia bis Prima teil; die Zahl der Teilnehmer schwankt zwischen 40 und 80. Es ist eine seit dem Jahre

---

*) Das Turnen am Wolfenbütteler Gymnasium (1828—1892) von Oberlehrer Dr. U. Wahnschaffe, Wolfenbüttel 1892.

**) Der Ausschuß der turnenden Schüler, welcher in wichtigen Sachen die Entscheidung des Direktors einzuholen hat.

1828 an unserem Gymnasium ununterbrochen bestehende Einrichtung, daß diese Wanderfahrten, zu denen stets tüchtige Wegstrecken angesetzt werden, unter Führung und Leitung der Turnwarte ohne Begleitung von Lehrern unternommen werden. Gegen diese Einrichtung läßt sich, wie wir wohl wissen, mancherlei einwenden. Indes ist bislang nichts bekannt geworden, was dazu drängt, darin eine Änderung eintreten zu lassen. Durch die jahrelange Gewöhnung von der Sexta an wissen alle Mitglieder der Turngemeinde, daß sie den Anweisungen der Vorturner und ganz besonders der Turnwarte auf solchen Fahrten unbedingt Folge zu leisten haben. Es wird von den Schülern unserer Anstalt und vor allen von den Turnwarten für eine Ehrensache angesehen, sich auf diesen Fahrten derartig zu benehmen und zu führen, daß sie sich in jeder Beziehung des in sie gesetzten Vertrauens würdig erweisen, damit sie nicht des schon von ihren Vätern und Großvätern genossenen Vorrechtes verlustig gehen."

Gewiß wird diese wohl einzig in Deutschland dastehende Gewohnheit das Interesse der Pädagogen erregen, wenn sie auch kaum ohne jenes starke historische Bewußtsein ins Werk zu setzen wäre.

10. Die Eisbahnen.

Die Frage 8 betraf die Schaffung von Eisbahnen für Schüler, sowie die Pflege des Bewegungsspieles im Freien während des Winters. Hier ergab sich bezüglich des ersten Punktes nur die Thatsache, daß an den meisten Orten Eisbahnen vorhanden waren, welche — meist gegen ein geringes Entgelt — den Schülern zur Benutzung offen standen. Vielfach wurden die Schüler durch Lehrer zum Schlittschuhlaufen gemeinsam geführt, wozu der Nachmittag schulfrei gelassen wurde. An manchen Orten besorgten Eislaufvereine die Berieselung von Flächen für den Schlittschuhlauf; nur eine Anstalt aber bewässerte den Schulhof eigens, um den Schülern Gelegenheit zu dieser gesunden Bewegung zu geben. Spiele im Freien wurden auch im Winter geübt und zwar an den meisten Anstalten, welche einen durchgebildeten Spielbetrieb aufweisen. Daß hierauf die jeweilige Witterung von bestimmendem Einflusse ist, dürfte selbstverständlich sein.

11. Der Handfertigkeitsunterricht.

Als neunte Frage war eine solche nach dem Stande des Handfertigkeitsunterrichtes in der Stadt angefügt worden. Sie hatte die allgemein gehaltene Fassung: „Ist der Handfertigkeitsunterricht für Knaben dort eingeführt, in welchen Arbeitsfächern und mit welcher Beteiligung?" Hieraus ergab sich von vornherein, daß die Antworten auf diese Fragestellung nicht die Unterlage für eine selbständige Arbeit über jenen Gegenstand zu bilden haben würden. Das war auch nicht beabsichtigt; wohl aber sollte durch diese gelegentliche und bei den unterrichteten Stellen angebrachte Enquete eine Ergänzung anderweitiger Umfragen und Untersuchungen gewonnen werden; sie sollte und konnte zudem in den beteiligten Kreisen das Interesse für die Sache in gewissem Sinne auch in Rücksicht auf die körperliche Entwicklung wach halten und fördern, weil damit mittelbar eine geistige Entlastung und unmittelbar eine Übung und Schulung körperlicher Organe verbunden ist. So verdanken wir dem Einfügen dieser Frage immerhin schätzenswerte Nachrichten über den Stand des Handfertigkeitsunterrichts in Deutschland.

Im Oktober des Jahres 1891 waren durch den „Deutschen Verein für Knabenhandarbeit", welcher in erster Linie die Bewegung für den modernen Arbeitsunterricht vertritt, Fragebogen versandt worden, welche durch Vermittelung der in Leipzig erscheinenden und von Dr. Götze daselbst redigierten „Blätter für Knabenhandarbeit" zur Verteilung gelangten. Das Ergebnis dieser Enquete, welche genaue Auskunft über Gründung, Umfang, Kosten, Dauer u. s. w. des Unterrichts forderte, wurde zunächst in einer „Denkschrift über den erziehlichen Knabenhandarbeitsunterricht" (Leipzig 1892) den deutschen Landesunterrichtsverwaltungen überreicht und später in einem Bericht*) zusammengefaßt, dessen Ausführungen die hier gegebenen Gesamtzahlen und -Angaben entnommen sind, soweit sie nicht der eigenen Aufnahme entstammen. Auch bei dieser Bearbeitung erscheinen die Zahlen nur als Mindestzahlen, der Verfasser selbst klagt in der „Vorbemerkung": „Wenn es trotz aufgewendeter Mühe nicht gelungen ist, manche Lücken, Unrichtigkeiten und Mängel zu beseitigen, so wolle man die Schuld nicht dem Bearbeiter allein beimessen, sondern den privaten Charakter der Aufnahme .... berücksichtigen."

Nach dem auf Seite 17 gegebenen Ortsverzeichnis war der Handfertigkeitsunterricht bis Ende 1891 eingeführt in den nachfolgenden 216 Orten:

Aachen, Altröhrsdorf, Altstadt, Altshausen, Annaberg, Annaburg, Apolda, Aue, Auerbach, Augsburg, Barby, Barmen, Berlin, Beuthen,

*) Der gegenwärtige Stand des Arbeitsunterrichts im deutschen Reiche im Auftrage des deutschen Vereins für Knabenhandarbeit statistisch dargestellt von Alban Förster, Redaktionssekretär des Königl. sächsischen statistischen Bureaus. Dresden 1893.

Biebrich, Bismarckhütte, Bockenheim, Bönnigheim, Bonn, Borna, Bräunsdorf, Braunschweig, Bremen, Bremerhaven, Breslau, Brieg, Bunzlau, Buttstädt, Buxtehude, Charlottenburg, Colmar i. Els., Dalldorf, Danzig, Delitzsch, Detmold, Deutsch-Piekar, Dillenburg, Döbeln, Dörnhau, Donauwörth, Dramburg, Dresden, Düren, Düsselthal, Edenhagen, Eisenach, Elberfeld, Emden, Ems, Erfurt, Flensburg, Frankfurt a. M., Frankfurt a./O., Freiberg, Freiburg, Freiendiez, Geestemünde, Gehren, Gengenbach, Gera, Gerresheim, Giebichenstein, Gleiwitz, Glogau, Gmünd, Godesberg, Görlitz, Goslar, Gotha, Gottesberg, Gräfenhausen, Graudenz, Grimma, Großenhain, Großhennersdorf, Großseifen, Grünberg, Hagen, Hagenau, Halle, Hamburg, Hannover, Hemelingen, Hildesheim, Höchstenbach, Höhn-Urdorf, Holzwickede, Jastrow, Jena, Ilmenau, Kall, Kallmerode, Kamberg, Kammin, Karlsruhe, Kassel, Keitum, Kemperhof, Kiel, Kleinwelka, Kleve, Koblenz, Köln, Kottbus, Königsberg i. Pr., Königshütte, Koschmin, Landeshut, Langenhorst, Langensalza, Leipzig, Limbach, Linden, Lipine, Ludwigshafen, Lübeck, Lützen, Magdeburg, Mallmitz, Malstatt-Burbach, Marienberg, Markneukirchen, Mechernich, Mehlis, Meiningen, Metz, Moritzburg, Mülhausen, Mülheim a. Rh., München, Nagold, Naumburg, Neumünster, Neuß, Niesky, Nister, Nossen, Nürnberg, Oberbiber, Oberhausen, Oberndorf, Oberwaldenburg, Ohrdruf, Oppeln, Osnabrück, Ostrowo, Paderborn, Pankow, Petershagen, Pforzheim, Plauen i. V., Pleschen, Pogorzela, Posen, Potsdam, Quedlinburg, Ratibor, Regensburg, Relsberg, Reutlingen, Rheine, Römhild, Rudolfswaldau, Rudolstadt, Rüdesheim, Ruhla, Rummelsburg, Saarbrücken, Sanct Vith, Sanct Wendel, Scharley, Schleiz, Schleswig, Schlettstadt, Schmiedel, Schmiegel, Schneeberg, Schnepfenthal, Schöneck, Schreiberhau (Marienthal), Schubin, Schweidnitz, Seesen, Siegburg, Soest, Stade, Steglitz, Stettin, Stettin-Neu-Torney, Stollberg, Stralsund, Straßburg, Stuttgart, Tauberbischofsheim, Thorn, Tilsit, Trier, Vingst, Wahlscheid, Waldbröl, Waldkirch, Warendorf, Weimar, Weißenburg, Weißenfels, Westerland, Wiesbaden, Wünschelberg, Würzburg, Wüstegiersdorf, Wüstewaltersdorf, Zella-St. Blasii, Zerbst, Zwickau.

In diesen Orten waren 328 Arbeitsstätten im Betriebe, von denen 126 oder 34,41 Prozent selbständige Handarbeitsschulen waren, während 202 oder 61,59 Prozent ihren Betrieb andern Anstalten und Organisationen angefügt hatten. Diese letzteren verteilten sich auf 2 Gymnasien, 2 Realgymnasien, 5 Realschulen, 12 Lehrerbildungsanstalten (Seminare), 40 Volksschulen, 19 Waisenanstalten, 3 Militär-Erziehungsanstalten und Waisenhäuser, 4 Anstalten für Schwachsinnige, Zurückgebliebene u. s. w.,

9 Anstalten für verlassene und verwahrloste Kinder, 54 Kinderheime, -Horte, -Bewahranstalten, 13 Blindenanstalten, 25 Taubstummenanstalten, 1 Blinden- und Taubstummen- und 13 sonstige Anstalten.

Diesem Ergebnis gegenüber bleibt dasjenige der Jugendspielenquete naturgemäß weit zurück. Es enthält nur Berichte aus 106 Städten und der gleichen Zahl von Anstalten.*) Immerhin aber zeigt sich, daß 28 Städte das Vorhandensein von Einrichtungen für Handfertigkeits-unterricht angezeigt haben, welche in der Nachweisung der oben erwähnten Enquete nicht enthalten sind. Dieselben sind in der nachfolgenden Tabelle 5 durch einen Stern (*) kenntlich gemacht.

Es erübrigt sich, das übersichtlich zusammengestellte Material eingehender zu verarbeiten, da sich die Einzelangaben in der Tabelle selbst finden, eine weitergehende statistische Behandlung aber durch die Lückenhaftigkeit derselben ausgeschlossen wird. Wir verweisen schließlich noch ausdrücklich auf die gute Darlegung des Standes jener Bestrebungen in der gedachten Denkschrift und weiteren Veröffentlichung des Deutschen Vereins für Knabenhandarbeit, der gleich dem Zentralausschusse zur Förderung des Jugend- und Volksspiels unter der Leitung des Abgeordneten von Schenckendorff steht.

12. Die Mädchenspiele.

Die Frage 10 behandelte die für Mädchen besonders getroffenen Spieleinrichtungen. Auch hier hat sich ergeben, daß in einer größeren Anzahl von Anstalten die Turnspiele — vielleicht mehr noch als bei der männlichen Jugend — einen wichtigen Bestandteil des Schulturnens bildeten. Berichte über die Einführung eines besonderen Spielbetriebes erwiesen sich als seltener, erreichten indessen immer noch die Zahl von 39, deren wesentlicher Inhalt in der folgenden Übersicht (Tabelle 6) zusammengestellt ist. Besonders erfreulich erscheint hierbei die allgemeine Beteiligung der Schülerinnen, aus der sich die Freude am Spiel deutlich ergiebt und welche auch sonst in den Berichten hervorgehoben wird. Wir hoffen im nächsten Jahre diesen Teil eingehender zu behandeln und werden durch entsprechende Fragestellung die erforderlichen Unterlagen hierfür zu gewinnen suchen.

13. Die Kosten für die Spielgeräte und die Lehrerhonorare.

Die Kosten für die Spielgeräte u. a., sowie die Lehrerhonorare bilden den Inhalt der folgenden Frage 12. Hierbei ist zu bemerken,

*) Außerdem 1 Stadt bezw. Anstalt ohne Ortsangabe.

Tabelle 5.

Der Handfertigkeitsunterricht nach den Erhebungen des Zentralausschusses vom 15. Januar bezw. 15. Oktober 1892.

Preußen. And. deutsche Staaten.	Ort	Anstalt	Art des Unterrichts	Zahl der Teilnehmer
1.	2.	3.	4.	5.
Preußen.				
I. Ostpreußen:	Tilsit	Volksschule	Papparbeit u. Kerbschn.	50
II. Westpreußen:	Danzig	„	Papparb., Holzschnitzer., Hobelbankarbeit	
„	Graudenz	Realschule	Holz- u. Papparbeiten	18
„	*Kulmsee	Volksschule	Laubsägearbeiten	
„	Thorn	„	Papparb. u. Schnitzerei	50
III. Brandenburg mit Berlin:	Berlin	Realschule		
„	*Brandenburg	Waisenanstalt	Papparbeit	
„	Bunzlau	„	Papparb. u. Kerbschnitt	
„	Charlottenbg.	Realgymnasium	Papp-, Schnitz- und Hobelarbeiten	7 %
„	Frankfurt		Kerbschn., Hobelbankarb.	25
„	*Guben	Waisenhaus	Kerbschnitt	
„	*Oranienburg	„		
IV. Pommern:	Stettin	Knabenhort und jüd. Waisenhaus		
„	Dramburg	Volksschule	Holzschnitzerei	40
V. Posen:	*Bromberg	Realgymn. und Volksschule	Tischler-, Schnitz- und Papparbeiten	†)45
„	*Krotoschin	„	Tischler-, Schnitz- und Papparbeiten	
„	Pleschen	„	Kerbschn. u. Papparbeit	30
„	Posen	„	Holz- u. Papparbeiten	150
VI. Schlesien:	Beuthen	„	„ „ „	84
„	Breslau	„	Papparb. u. Holzschnitz.	84
„	Görlitz	„	Kerb-, Holz- u. Papparb.	200
„	Gottesberg	„	„ „ „ „	35
„	Gleiwitz	„	„ „ „ „	45
„	Königshütte	„		
„	*Neurode	„	„ „ „ „	100
„	Oppeln	„	Kerbschnitt u. Papparb.	85
„	*Sprottau	„	Papp- u. Schnitzarbeit.	30
„	Grünberg	Gewerbe- und Gartenbauverein		
VII. Sachsen:	*Eisleben	Volksschule	Papp-, Holz-, Kerbarbeit	20
„	Erfurt	Jugendhort	Papp- u. Holzarbeiten	
„	Halle	Volksschule	Papp-, Holz- u. Kerbarb.	200
„	Langensalza	Rettungshaus	Zimmerer- u. Buchbinderarbeiten	
„	Naumburg	Realprogymn.	Papparbeit	
„	*Nordhausen	Gymnasium	Papp-, Holz-, Kerbarbeit	7
„	Magdeburg	Realschule	„ „ „	1 %
„	*Merseburg	Volksschule	Tischlerei, Schnitzarbeit	48

†) Bezieht sich nur auf das Realgymnasium.

Noch: Tabelle 5.

1.	2.	3.	4.	5.
VIII. Schleswig-Holstein:	Flensburg	Volksschule	Buchbinder-, Tischlerarb.	
„	Kiel	„	Papp- u. Schnitzarbeit	100
„	*Lauenburg	Albinusschule	Papp- u. Buchbinderarb.	75%
„	Neumünster	Progymnasium	Kerbschn. u. Tischlerarb.	50
„	*Wandsbeck	Gymnasium	Kerbschn. u. Hobelarbeit	10
IX. Hannover:	Emden	Volksschule	Kerbschnitt, Laubsägen, Feilen	61
„	Geestemünde	„		
„	Hildesheim	„	Papp-, Hobel-, Kerbarb.	120
„	Linden	Jugendhort		
„	Osnabrück	Volksschule	Tischlerei	560
„	*Peine	„	Papparbeit	20
„	Stade	Gymnasium	„	8
X. Westfalen:	Langenhorst	Taubstummenanst.	Papparbeit, Kerbschnitt, Metallarbeit	
„	Paderborn	Blindenanstalt	Korb-, Stuhl-, Mattenflechten	
„	Petershagen	Taubstummenanst.	Papier-, Kerbschnitzarb.	
„	Rheine	Gymnasium	Papp- u. Holzarbeiten	80
„	Soest	Blindenanstalt	Korb-, Stuhl-, Mattenfl.	
„	Hagen	Volksschule		
XI. Hessen-Nassau:	Biebrich-Mosbach	Jugendhort	Holzarbeiten	
„	Bockenheim	Realschule	Kerbschnitt und Hobelbankarbeit	66%
„	Ems	Volksschule	Holz- u. Papparbeit	15
„	Wiesbaden	Gewerbeschule		
XII. Rheinland:	Aachen	Volksschule	Papp- u. Holzarbeit	80
„	Bonn	„	Papp-, Schnitz- und Schreinerarbeiten	54
„	*Duisburg	„	Papparbeit	22
„	Elberfeld	Jugendhort	Laubsäge- u. Papparb.	
„	*Essen	Volksschule	Papp- u. Kerbarbeit	80
„	*Euskirchen	Waisenhaus		20
„	Gerresheim	Volksschule	Papp- u. Holzarbeit	
„	Koblenz	„	Holz- u. Papparbeiten	60
„	Köln	„	Papp-, Schnitz-, Hobelbankarbeit	150
„	Malstadt	„	Papparbeit	30
„	Mülheim	Realgymnasium	Papp- u. Schnitzarbeit	40
„	Saarbrücken	Gymnasium		
„	*Steele	Waisenhaus	Holz- u. Papparbeit	
„	Trier	Volksschule	„ „ „	63
Andere deutsche Staaten.				
I. Bayern:	Augsburg	Volksschule		
„	*Kaiserslautern	„		15
„	*Kempten	Jugendhort		
„	München	Volksschule	Papp-, Schnitz- und Tischlerarbeit	83
„	Nürnberg	Waisenhaus		
„	Regensburg	Volksschule		

Noch: Tabelle 5.

1.	2.	3.	4.	5.
II. Sachsen:	Aue	Volksschule	Holz- u. Buchbinderarb.	
″	Freiberg	″	Papp- u. Hobelarb.	84
″	Glauchau	Realschule	Papp- u. Kerbschnitzarb.	12
″	Markneukirch.	Volksschule	Laubsägearb., Holzschnitz.	40
″	*Meißen	″		30
″	Roßen	Seminar		90
″	*Pirna	Realschule	Papparbeiten	20
″	Zwickau	Volksschule	Papp-, Hobelb.-, Kerbarb.	203
III. Württemberg:	*Hall	″	Anfert. v. Geldbeuteln a. Messing- u. Silberdraht	60
″	Stuttgart	″	Papp- u. Schnitzarbeiten	80
″	*Tübingen	″	Papparbeiten	
″	*Ulm	″	″	
IV. Baden:	Freiburg	″	Papparb., Holzschnitzerei	60
″	Karlsruhe	″	Papp-, Schnitz-, Hobelbank- und Metallarbeit	
″	Pforzheim	″	Papp-, Metallarb., Laubs.	130
V. Hessen:	*Gießen	″	Papparbeit	30
VI. Mecklenburg-Schwerin:				
VII. Sachsen-Weimar:	Apolda	″	Holzschnitz- u. Papparb.	24
″	Eisenach	″	Papparb. u. Kerbschnitt	
VIII. Mecklenburg-Strelitz:				
IX. Oldenburg:				
X. Braunschweig:				
XI. Sachsen-Meiningen:	Meiningen	″	Kerbschn., Hobelbankarb.	36
XII. Sachsen-Altenb.:	*Altenburg	″	Anfertigen von Düten, Bast- und Drahtflechten	47
XIII. Sachsen-Coburg-Gotha:	*Waltershaus.	″	Papparb., Holzschneiden	20
″	Gotha	Gewerbeverein	Papp-, Holzschnitz- und Hobelarbeit	55
XIV. Anhalt:				
XV. Schwarzbg.-S.:				
XVI. Schwarzbg.-R.:	Rudolstadt	Realschule	Papp-, Kerb-, Hobelbkarb.	45
XVII. Waldeck:				
XVIII. Reuß ält. L.:				
XIX. Reuß jüng. L.:	Gera	″	Kerbschn. u. Papparb.	
XX. Schaumb.-Lippe:				
XXI. Lippe:	Detmold	Gymnasium	Papparbeit u. Kerbschnitt	
XXII. Lübeck:	Lübeck	Volksschule	Papp-, Schnitz-, Hobelbk.	54
XXIII. Bremen:				
XXIV. Hamburg:				
*)XXV. Elsaß-Lothringen:	Hagenau	″	Holzschnitzarbeiten	45
″	Mühlhausen	″	Holz-, Papp-, Hobelbank- und Thonarbeiten	300

*) Außerdem ein Bericht ohne Ortsangabe.

Tabelle 6.

Die Spieleinrichtungen für Mädchen.

Stadt	Anstalt	Spielleiter	Anzahl der Spielenden	Wöchentliche Spielstunden
1.	2.	3.	4.	5.
1. Marienburg	Volksschule	Klassenlehrerin.	alle Kind.	2
2. Berlin	K. Lehrerinnen-Seminar u. Augustasch.	Lehrerinnen	80	2
3. Brandenburg	höhere Mädchensch.			
4. Krossen	" "	Lehrer resp. Lehrerinnen	40 %	2
5. Luckenwalde	" "	Turnlehrerinn.	alle Kind.	1/2
6. Bütow	Volksschule	Turnlehrer*)	24	2
7. Stargard	höhere Mädchensch.	Lehrer und Turnlehrerin	1/3—2/3 d. Sch.	1
8. Stettin	alle Schulen	Klassenlehrerin.	alle Kind.	1
9. Stolp	höhere Töchterschule	Turnlehrer	"	2—3
10. Bromberg	höhere u. Mittel-Töchterschule	"	80 bzw. 27%	1 bezw. 1/2
11. Krotoschin	höhere Töchterschule	Turnlehrerinn.		2
12. Posen	Volksschule	Klassenlehrer	75 %	1
13. Görlitz	Mädchen-Mittelsch.	Turn- und Klassenlehrer	90 %	3
14. Groß-Strehlitz	Volksschule	"	alle Sch.	1
15. Neurode	"	"		2—3
16. Alsa	"	"		1
17. Kiel	Mädch.- u. Mittelsch.			
18. Hannover	höhere Töchterschulen			
19. Osnabrück	alle Schulen			
20. Kassel	höhere Töchterschule	Turnlehrerinn.	70 %	4
21. Düren	Volksschule	2 Klassenlehrerinnen	alle Kind.	1
22. München	"	Lehrer und Lehrerinnen		
23. Nürnberg	alle Schulen	Turnlehrer		3—4 alle Tage von 5—7 Spielzeit ¹/₂—1
24. Rothenburg o. T.	höhere Töchterschule			
25. Chemnitz	alle Schulen			
26. Freiberg i. S.	Bürg.- u. Volksch.	Turnlehrer*)	120 bezw. 148	2
27. Kirchberg i. S.	Volksschule	Kl.- u. Turnlehr.	alle Kind.	1
28. Mittweida	Bürgerschule			1
29. Zittau	Stadtschule			3
30. Zwickau	Volksschule	Kl.- u. Turnlehr.	"	
31. Schwäb.-Gmünd	"			
32. Stuttgart	alle Schulen			
33. Freiburg	Volksschule			
34. Braunschweig	Frl. Lolle's höhere Töchterschule	Turnlehrerin.*)	Kl. 1—3	1
35. Osterode	Bürgermädchenschule	Klassenlehrer		
36. Schöningen	Volksschule			
37. Hagenau	höhere Mädchensch.	Kl.- u. Turnlehr.	alle Sch.	2
38. Saarburg	Volksschule	Kl.- u. Turnlehr.		3
39. Straßburg i. Els.	"			

*) Der Turnlehrer bezw. die Turnlehrerin hatte einen Lehrerspielkursus mitgemacht.

daß die Fragestellung bezüglich des ersteren Punktes, soweit die Schüler in Frage kommen, sich nur auf die Spiele beziehen kann, welche in selbständigen Spielstunden und unabhängig vom eigentlichen Schulturnen gepflegt wurden. Für das Lehrerhonorar kommt nur in Betracht, ob es aus einer oder der anderen der beiden oben genannten Quellen öffentlicher Herkunft fließt. Es ergiebt sich nun, daß von den 232 berichtenden Anstalten die meisten die Kosten für die Spielgeräte aus dem eigenen Budget bezahlen. Etwa 30 haben besondere Schülerbeiträge eingeführt; die übrigen — mit Ausschluß von 32, welche die Frage unbeantwortet gelassen haben — decken derartige Ausgaben aus der Stadtkasse.

Lehrerhonorar wird, wie sich aus der Spalte 10 der folgenden Tabelle 7 ergiebt, in den allermeisten Fällen gar nicht gezahlt und dort, wo solches gezahlt wird, ist zumeist die Stadt die Trägerin der Kosten. Es empfiehlt sich aber hier nochmals darauf hinzuweisen, welcher Segen durch die ausreichende Vergütigung der im Dienste des Spielbetriebes aufgewendeten Zeit gestiftet werden kann, wie sehr anderseits der Sache geschadet wird durch falsche Sparsamkeit in dieser Richtung. Uns liegen Berichte vor, welche sich bitter darüber beklagen, daß die von Freunden der Sache mühsam gepflegten Jugendspiele dadurch wieder eingegangen seien, daß das billige Verlangen nach einer meist verschwindend geringfügigen Schadloshaltung abgewiesen worden sei. Möchte doch in solchen Städten die weitere Stellungnahme der Stadtobrigkeiten ihre früheren Maßnahmen wieder gut machen.

14. Nachtrag und Schluß.

Mit der folgenden Übersicht (Tabelle 8), welche die Angaben derjenigen Städte enthält, die nach Abschluß der Aufbereitung des umfangreichen Materials eingelaufen sind, sei die Darstellung des Ergebnisses der Umfrage beschlossen. Hier sei ein kurzer Rückblick auf dasselbe gestattet und seien die Grundlinien des Bildes noch einmal vergegenwärtigt.

Als die Frucht der Enquete ergiebt sich trotz ihrer nicht zu leugnenden Lückenhaftigkeit, doch eine weite Ausbehnung des Jugendspiels in Deutschland. Die Bewegung, zuerst in schwachen Anfängen begonnen, hat in den wenigen, seitdem verflossenen Jahren weite Kreise des deutschen Volkes ergriffen. Die Staatsregierungen unterstützen sie wohlwollend. Die Schulbehörden und einflußreichen Pädagogen fördern sie auf allen Wegen, eine große Zahl thätiger Männer wirkt unermüdet dahin, dem Gedanken der körperlichen Volkserziehung Freunde zu werben. So sehen wir die Jugendspiele in allen Gauen des deutschen Vaterlandes

Tabelle 7.

Die Kosten für die Spielgeräte und das Lehrerhonorar in den Anstalten mit selbständigen Jugendspielen.

Preußen. Andere deutsche Staaten.	Anzahl der Berichte	Die Kosten für die Spielgeräte werden bei ... Anstalten getrag. durch d. Stadt	Anstalt	Schül.	Nicht beantwortet od. nicht mit Kost. verbd.	Das Lehrerhonorar wird bei .. Anstalten gezahlt durch die Stadt	Anstalt	Nicht beantwortet	Kein Honorar wird gezahlt in .. Anstalten
1.	2.	3.	4.	5.	6.	7.	8.	9.	10.
Preußen:	157	50	61	19	27	23	13	36	85
Provinzen:									
1. Ostpreußen	5	3	2	—	—	—	—	4	1
2. Westpreußen	6	3	2	—	1	1	—	2	3
3. Brandenburg m. Berlin	23	9	6	5	3	4	—	2	17
4. Pommern	12	2	5	3	2	1	—	2	9
5. Posen	4	1	1	—	2	—	—	2	2
6. Schlesien	15	7	7	1	—	5	3	2	5
7. Sachsen	13	4	4	1	4	2	1	3	7
8. Schleswig-Holstein	12	3	7	1	1	1	1	1	9
9. Hannover	13	2	7	3	1	1	2	1	9
10. Westfalen	20	3	10	2	5	3	4	3	10
11. Hessen-Nassau	7	1	1	3	2	1	—	5	1
12. Rheinland	27	12	9	—	6	4	2	9	12
Andere deutsche Staaten:	65	27	23	11	4	21	14	8	22
1. Bayern	6	5	—	1	—	2	2	—	2
2. Sachsen	13	3	4	5	1	3	5	1	4
3. Württemberg	7	3	1	3	—	2	—	1	4
4. Baden	2	1	1	—	—	—	1	1	—
5. Hessen	—	—	—	—	—	—	—	—	—
6. Mecklenburg-Schwerin	2	—	2	—	—	—	1	1	—
7. Sachsen-Weimar	4	3	1	—	—	3	—	—	1
8. Mecklenburg-Strelitz	1	1	—	—	—	1	—	—	—
9. Oldenburg	—	—	—	—	—	—	—	—	—
10. Braunschweig	11	5	3	1	2	4	3	2	2
11. Sachsen-Meiningen	1	—	1	—	—	—	—	—	1
12. Sachsen-Altenburg	—	—	—	—	—	—	—	—	—
13. Sachsen-Coburg-Gotha	3	1	2	—	—	1	—	—	2
14. Anhalt	2	—	2	—	—	1	—	1	—
15. Schwarzburg-Sondersh.	—	—	—	—	—	—	—	—	—
16. Schwarzburg-Rudolstadt	—	—	—	—	—	—	—	—	—
17. Waldeck	—	—	—	—	—	—	—	—	—
18. Reuß älterer Linie	1	—	—	1	—	1	—	—	—
19. Reuß jüngerer Linie	1	1	—	—	—	—	—	—	1
20. Schaumburg-Lippe	1	—	—	—	1	—	—	1	—
21. Lippe	1	1	—	—	—	—	—	—	1
22. Lübeck	1	1	—	—	—	1	—	—	—
23. Bremen	—	—	—	—	—	—	—	—	—
24. Hamburg	—	—	—	—	—	—	—	—	—
25. Reichsland	8	2	6	—	—	2	2	—	4
Unter 5000 Einwohner	10	2	7	—	1	—	1	3	6
Im ganzen	232	79	91	30	32	44	28	47	113

aufblühen und die Mühen reichlich belohnt. Und daß dies ermöglicht worden ist, fällt als ein nicht geringer Teil des Verdienstes den deutschen Städten zu. Wie viele sprechen nicht freudig ihre Zustimmung zu dem Werke aus und, was noch wichtiger ist, bethätigen sie durch erhebliche Leistungen an den Zentralausschuß. Wie viele fördern die Sache endlich durch Anlage von Spielplätzen, Besoldung von Lehrkräften und Hilfsmittel aller Art.

Freilich ist die Zahl derer noch nicht gering genug, welche die Bewegung unterschätzen, der Frage selbst kein Verständnis abgewinnen können, und leider erscheint auch bei so vielen der bureaukratische Gang der Berichterstattung das Interesse an der Sache im Keime vernichtet zu haben. Aber gewiß werden die Erfolge anderer Städte auch hier bahnbrechend wirken, wird der Segen der der Jugend zugewandten Wohlthaten auch die bis jetzt noch Säumigen belehren.

Heute kann das Jugendspiel vorerst nur vorbereitend wirken; es kann und wird dem Nachwuchse unseres Volkes die Lust an freier, frischer Bewegung erhalten und vermehren; es wird ihm die Formen an die Hand geben, in welchen sich diese körperliche Bewegung mit reger geistiger Thätigkeit verbindet. Es wird, frei von den Auswüchsen eines regelrechten Sportbetriebes, einen Wettstreit um den Preis der Kraft und Gewandtheit hervorrufen und so der einseitigen geistigen Ausbildung mit ihren Nachteilen die Waage halten.

Und wenn die Generation heranwächst, wird sie die liebgewonnenen Gewohnheiten ihrer Jugendzeit bewahren und das Volksspiel wird die Erwachsenen wie einst die Jugend versammeln. Dann wird dem deutschen Volke zu seinem Segen ein Gut wiedergegeben sein, das es in langer harter Arbeit, in politischem und wirtschaftlichem Ringen verloren hatte, und welches heute mehr wie je notwendig erscheint als Ergänzung und Unterstützung des in der Gesetzgebung, in der Wissenschaft und im täglichen Leben bethätigten sozialpolitischen Strebens.

Tabelle 8.

15. Zusammenstellung der nachträglich

1.	2.	3.	4.	5.	6.
1. Amberg	Spielplätze sind in Größe von 100 bis 1428 qm vorhanden.	In dem humanistischen Gymnas. für alle Klassen.	45.	In d. Turnst. d. Turnlehrer, außd. Spielpl. die Präfekten.	Wahlfrei.
2. Bautzen	Als Spielplätze dienen Turnplätze u. Exerzierplatz, auch Wiesen in Größe von 1 bis 4 ha.	a. Gymn. i. all. Kl. b. Realschule c. kath. Seminar d. evangelische Knabenbürgsch. e. evangelische Mädchenbürgsch.	a. 82,1 % b. — c. — d. Spiele nicht eingef. e. Die Spiele bilden einen wesentlichen Bestandteil des Turnunterrichts.	a. Turnlehrer, Kurs. n. abs. b. — c. — d. —	a. wahlfrei b. — c. pflicht., d.h. d. Turn. verb d. —
3. Darmstadt	Als Spielplätze dienen Schulhöfe in Größe von 2500—4000 qm, ebenso wird der Exerzierpl. benutzt.	In allen Schul. und in allen Klassen.	Gleich der Größe der Klasse.	Die Turnlehr., welche zugleich Klassenlehrer sind. Kursus nicht absolv.	Pflichtmäßig
4. Gevelsberg	Bei jeder Schule ein Spielplatz v. 10—20 a.	Die Spiele sind nicht eingeführt, es wird nur in den Turnstunden und in den Pausen gespielt.			
5. Goldap	Spielplätze sind nicht vorhanden.	Der Magistrat steht der Sache sympathisch gegenüber.			
6. Halberstadt	Der Spiel- u. Turnplatz hat eine Größe von 56 a 86 qm.	In all. Schul. u. für diejenig. Klassen, in welchen Turnunterr. erteilt wird.	50—60.	Die Turnlehrer; dieselben haben keinen Spielkurs. absolviert.	Pflichtmäßig.
7. Krimmitschau	1 Schulturnplatz u. 2 Spielplätze.	Die Spiele werden nur beim Turnunterricht ausgeführt.			
8. Landsberg a./W.	Als Spielplätze dienen 1 großer Rasenplatz und der Exerzierplatz.	Im Gymn. u. Realgymn. d. Kl. I-III, in d. übr. Schul. wird nur b. Turnunterricht gespielt.	Ungefähr 200.	Die Turnlehrer, welche einen Kursus nicht absolv. haben.	Pflichtmäßig.
9. Limbach	Als Spielplatz d. 2565 qm große Turnplatz.	In der Bürgerschule für die 4 oberen Klassen.	50 %.	Der Turnlehrer und wohl die Klassenl.; Kursus nicht absolviert.	Wahlfrei.
10. Memel	Die Schulhöfe werden als Spielplätze benutzt; dieselben sind 14 u. 64 a groß.	—	—	D. Turn- resp. die Klassenl., welche keinen Kursus absolv. haben.	Pflichtmäßig
11. Nakel	—	a. im Gymn. i. all. Kl. b. in den evang. Sch. Kl. I—III. c. in den kathol. Sch. Kl. I—III nur im Anschl. a. d. Turn. d. in der jüd. Sch. [illegible]	a. 30 für die einzelne Abteil. b. 40—50 in einer Klasse. c. 30—50 in einer Klasse. d. 40—50 in einer Klasse.	a. Turnlehr. b. Klassenl. c. Turnlehr. d. Turnlehr. Dies. hab. keinen Kursus absolv.	a—d Wahlfr.
12. [illegible]	Die Plätze sind 2000 u. 1800 qm groß.	a. Progymnasium für alle Kl. b. Knabenschule I—IV. c. Mädchenschule I—III	40—100.	Die Klassen- u. Turnlehrer; Kursus ist nicht absolviert.	Beim Turnen pflichtmäßig, sonst wahlfr.
13. Strasburg in Westpr.	2 Schulpl. 37 × 25 und 25 × 15 qm groß.	Knabenkl. IV. 2 Std. sonst nur in den Paus. gesp.	—	Kursus nicht absolviert.	z. Teil pflicht. z. Teil wahlfr.

Seminar 2—3, Gymn. 2.	Gegen Entgelt vorhanden.	—	Am Turnunterricht.	Anstalt. Lehrerhonorare sind nicht gezahlt.	Der Turnverein.
a. ja. b. 2. c. 1—2. d. — e. 1—2.	a. nein. b. gegen Entgeld vorhand. c. dasselbe. d. dasselbe. e. dasselbe.	a. — b. — c. — d. — e. —	a. — b. — c. — d. — e. —	a. Anstalt. Honor. wird nicht gez. b. — c. — d. — e. —	—
Mehrere.	Gegen Entgeld vorhanden; auch im Winter gespielt.	—	Für beide Geschlecht.	Schulkasse oder die Gemeinde.	In den Turnvereinigungen
1.	Unentgeltlich vorhanden; es wird im Winter nicht gespielt.	—	—	Kosten entstehen nicht.	—
1.	Gegen Entgelt vorhanden; im Winter finden Spiele nicht statt.	Nein.	Das Bestehende gilt auch für die Mädchen.	Die Stadt.	Nein.
1.	Gegen Entgeld vorhanden.	—	Auch für Mädchen.	Event. die Stadt-Gemeinde.	—
1.	Gegen Entgeld vorhanden; Bewegungssp. wird nicht gepflegt.	Im städt. Waisenh. in Hobelbankarbeit und Buchbinder.	—	Ein Lehrer, welcher einen Kursus absolviert hatte, leitete früher Jugendsp.	—
3—4.	Dasselbe.	Kerbschnitzerei, woran sich 27 Knaben beteiligen.	Ja.	Bis jetzt keine Kosten entstanden, d. Lehrer haben kein Honorar beansprucht.	Der Turnverein.
3—4.	Gegen Entgeld vorhanden, aber auch unentgeltl. dazu Gelegenheit.	—	Die Mädchen der höheren Schulen.	—	Der Männerturnverein.
a. 1. b. — c. — d. 1.	Gegen Entgeld vorhanden; es wird im Winter nicht gespielt.	—	—	a. die Anstalt, die Lehrer erhalt. kein Honorar.	—
a und b 3—8. c. 2—8.	Vorhanden u. zwar gegen Entgeld.	—	Ja.	Stadthauptkasse.	3 Turnvereine.
3—4.	—	—	Die erste Mädchenklasse.	—	—

III.

Verhandlungen und Vorträge in den Sitzungen des Zentralausschusses am 21. u. 22. Januar 1893 zu Berlin.

1. Der allgemeine Verlauf und die Ergebnisse der beiden Sitzungstage.

Von dem Vorsitzenden, von Schenckendorff, Görlitz.

Wenn unser Jahrbuch, seiner Bestimmung gemäß, anregend auf weitere Kreise des Volkes einwirken soll, so erscheint mir auch hier eine Darstellung in knappster Form geboten. Insbesondere gilt dies von der Debatte, die sich an die einzelnen Referate und die Vorträge angeknüpft hat. Hierüber mehr als den Gedankengang und das Schlußergebnis anzugeben, würde, so erwünscht dies auch für den Fachmann sein müßte, die Übersicht über das Ganze erschweren. Ich habe daher im Hinblick auf den Hauptzweck dieser Mitteilungen auch überall die Namen der einzelnen Debattierenden und ihre besonderen Auslassungen fortlassen zu müssen geglaubt. Dies erschien mir um so notwendiger, als das Jahrbuch bereits einen erheblichen Umfang angenommen hat. Eine Ausnahme war indessen da notwendig, wo es sich um besonders wesentliche Erörterungen handelte. Diese lagen vor bei der Erwiderung des Geschäftsführers der deutschen Turnerschaft, Herrn Dr. med. Goetz, auf mein Referat, betreffend die Stellung des Zentralausschusses zur deutschen Turnerschaft, sowie bei der Debatte über die Vorträge: „In wiefern nützen die Jugend- und Volksspiele der Armee?" Diese Teile der Gesamtdebatte sind daher unter dem weiter nachfolgenden Artikel Nr. 3 sowie in Nr. 5 c nach der stenographischen Aufnahme zum Abdruck gelangt.

Anwesend waren bei den Verhandlungen:

1. Seitens der Mitglieder des Zentralausschusses die Herren:
   Professor Dr. E. Angerstein, Berlin,
   Direktor Bier, Dresden,

Geheimer Ober-Regierungsrat, Direktor des Königlichen statistischen Amtes, Blenck, Berlin,
Gymnasialdirektor Dr. Eitner, Görlitz,
Schulrat, Professor Dr. Euler, Berlin,
Geschäftsführer der deutschen Turnerschaft Dr. med. Goetz, Leipzig-Lindenau,
Landtagsabgeordneter, Geheimer Sanitätsrat Dr. Graf, Elberfeld,
Stadtrat Grimm, Frankfurt a. M.,
Turninspektor Hermann, Braunschweig,
Professor Dr. Koch, Braunschweig,
Dirigent der Turnlehrer-Bildungsanst., Schulrat Dr. Küppers, Berlin,
Stadtschulrat Platen, Magdeburg,
Komm.-Direktor H. Raydt, Lauenburg a. Elbe,
Landtagsabgeordneter von Schenckendorff, Görlitz,
Landtagsabgeordneter, Gymnasialdirektor Dr. Schmelzer, Hamm,
Dr. med. F. A. Schmidt, Bonn,
Städtischer Turnwart Schröer, Berlin und
Oberlehrer Wickenhagen, Rendsburg;

2. Seitens der Behörden die Herren:
Generalinspekteur des Militär-Erziehungswesens, General der Infanterie von Keßler, Berlin,
Inspekteur des Kadettenkorps, General-Major von Amann, Berlin,
Geheimer Regierungsrat im Unterrichtsministerium Dr. Köpke, Berlin und
Mitglied des Königlichen statistischen Amtes, Dr. von Woikowsky-Biedau, Berlin.

Nach erfolgter Begrüßung der erschienenen Mitglieder und Gäste des Ausschusses berichtete der Geheime Ober-Regierungsrat Blenck in der Sitzung am 21. Januar über die Hauptergebnisse der Statistik für das Jahr 1892, welche im II. Teile dieses Jahrbuches bereits ausführlich zur Mitteilung gelangt sind. In der Debatte wurde angeregt, ob die Umfrage künftig nicht auch in den Städten unter 5000 Einwohnern, sowie bei den Landgemeinden stattfinden solle, und andererseits, ob es sich nicht empfehle, statt des seither eingeschlagenen Weges, nämlich die Schul- und Stadtbehörden um jährliche Zusendung der statistischen Mitteilungen zu bitten, der Regel nach mitten im Spielleben stehende Personen zu befragen. Der Geschäftsführer der deutschen Turnerschaft, Dr. Goetz, sagte seine Mitwirkung bei einer derartigen

Erhebung zu. Sodann kam in Anregung, ob sich nicht eine anderweite Fragestellung, welche zugleich Wiederholungen früherer bereits gemachter Mitteilungen ausschließt, empfehlen würde? Das Weitere wurde darauf dem Königlich statistischen Amt mit dem Ersuchen überlassen, betreffs der Fragestellung ein Einvernehmen mit dem Vorstande herbeizuführen. Die Erhebung selbst soll künftig erst am Schluß des Sommers stattfinden.

Es folgte der Bericht der Abteilungen I, II und III des Ausschusses über die letztjährige besondere Thätigkeit desselben. Hierüber berichteten die Vorsitzenden der Abteilungen, Dr. Eitner, A. Hermann und Dr. med. Schmidt. Die Aufnahme einer solcher Thätigkeit ist angesichts der kurzen Zeit des Bestehens unseres Ausschusses naturgemäß noch in der ersten Entwickelung begriffen. Diese Thätigkeit setzt nach dem bestehenden Organisationsplan des Ausschusses die Aufstellung von Grundsätzen für die einzelnen Abteilungen voraus. Von der Feststellung derselben für die Abteilung der Jugendspiele der Mädchen wurde vorerst noch Abstand genommen, bis weitere Beratungen und Rücksprachen stattgefunden haben. Die Grundsätze der beiden andern Abteilungen wurden auf Vorschlag des Gymnasialdirektor Dr. Eitner und des Dr. med. Schmidt, nachdem ersterer in eingehender und interessanter Weise über eine von ihm bewirkte Erhebung, die Methodik des Spiels betreffend, berichtet hatte, in der folgenden Fassung angenommen:

Grundsätze für die Jugendspiele der Knaben.

1) Die Jugendspiele für Knaben müssen selbständig neben dem obligaten Turnunterricht gepflegt werden; für sie ist ein schulfreier Nachmittag zu schaffen.
2) Die Anleitung zu einer richtigen Methode wie zur Erlernung der Spielregeln ist Sache der allgemeinen Lehrerausbildung. Bis auf Weiteres sind indeß besondere Lehrkurse in verschiedenen Landesteilen einzurichten.
3) Jede Anstalt stellt einen, den lokalen Bedürfnissen und Neigungen entsprechenden Kanon von Spielen, nach dem Alter der Schüler geordnet, auf.
4) Eine Spielordnung regelt den Betrieb der Spiele.
5) Während des Winters ist der Eislauf in erster Linie zu pflegen; ist derselbe nicht möglich, so treten Spiele an seine Stelle, die indeß nur ausnahmsweise in der Turnhalle geübt werden dürfen.
6) Die Gewährung von Spielplätzen und Eisbahnen ist Sache der

Kommunen, ohne daß jedoch Privatunternehmungen ausgeschlossen sind. Die Benutzung dieser Plätze soll möglichst kostenfrei gestattet sein.

7) Spielvereine unter den Schülern müssen, wo sie gestattet sind, unter Aufsicht des Direktors oder eines Lehrers stehen.

8) Die Jugendspiele sind an allen Knabenschulen zu einer dauernden Schuleinrichtung zu machen.

Grundsätze für die Volksspiele.

1) Für die Verbreitung der Volksspiele ist die Anregung durch die Presse — der Tageblätter, wie der turnerischen Fachzeitungen —, unablässig durch Übermittelung geeigneter Aufsätze anzustreben. Hierzu kann besonders auch das Jahrbuch des Ausschusses in seinen diesbezüglichen Abschnitten verwertet werden.

2) Neben der Anlage öffentlicher Spielplätze aus Gemeindemitteln ist die Einrichtung von Spielplätzen durch private Vereinigungen anzustreben. Um denselben hierzu geeignete Anleitung zu geben, sind die Erfahrungen, welche mit der Anlage von Plätzen aus privaten Mitteln bereits gemacht sind, zu sammeln, insbesondere auch die Erfahrungen mit Eisplätzen, welche in der wärmeren Jahreszeit als Spielplätze benutzt werden können.

3) Die Unterrichtsbehörden und Stadtverwaltungen sind um die Überlassung der Schulspielplätze für Volksspiele anzugehen.

4) Die Veranstaltung von Spielen bei Volksfesten ist möglichst zu zu verallgemeinern.

5) Es ist für die Abteilung von Volksspielen von besonderem Wert, in dauernder Fühlung und Verbindung mit der deutschen Turnerschaft zu bleiben.

6) Eine Hauptsache der Thätigkeit der Abteilung wird die Heranziehung der der Schule entwachsenen Jugend bis zum Eintritt ins Heer sein. Durch die Einführung der Sonntagsruhe ist für diese Bestrebungen ein neuer, besonders günstiger Boden gewonnen.

7) Zur Verwirklichung dieses Zieles empfiehlt sich vor allem der Versuch, regelmäßige Spiele und Übungen im Freien für die Schüler der Fortbildungsschulen einzurichten.

8) Es ist von Bedeutung, die Militär- und Kriegervereine, denen die Erhaltung der Gesundheit und Frische ihrer Mitglieder sowohl im Interesse der Wehrkraft wie der beruflichen Arbeitstüchtigkeit am Herzen liegen sollte, für die Veranstaltung von gemeinsamen Leibesübungen und Spielen zu gewinnen.

9) Es ist ferner zweckdienlich, daß die Abteilung besondere Anregungen zur Pflege des Spiels auch andern Vereinen zukommen läßt; so den akademischen Vereinen, namentlich den akademischen Turnvereinen, den kaufmännischen Vereinen, Gesellenvereinen u. a. m.

Es folgten darauf, wie im Eingange bereits erwähnt, das Referat über die Stellung des Ausschusses zur deutschen Turnerschaft und die Erwiderung des Dr. med. Goetz. Auf Antrag des Direktor Raydt wurde von einer weitern Debatte hierüber Abstand genommen.

Kassenbuch und Beläge waren von dem Gymnasialdirektor Dr. Eitner revidiert worden, welcher über das Ergebnis berichtete. Hiernach betrug die Einnahme, einschließlich eines Reservefonds von 2000 Mark, im Ganzen 10840,87 Mark, die Ausgaben 7943,43 Mark, sodaß ein Bestand von 2897,44 Mark auf das Jahr 1893 übernommen wurde. Dem Schatzmeister, Professor Dr. Koch, wurde für seine Mühewaltung der Dank des Ausschusses, sowie Decharge erteilt.

Von der Schriftenkommission, für welche Turninspektor Hermann berichtete, wurde außer den im Jahrbuch 1892 bereits genannten Spielbüchern noch empfohlen: Kreunz, Bewegungsspiel und Wettkämpfe für Mittelschulen und verwandte Fachanstalten; ein Handbuch für Lehrer und Schüler; Graz 1892, Franz Pechel, 240 Seiten klein 8°, 2 Mark.

Sodann berichtete ich über die Einrichtung des Jahrbuches für 1893, die in der hier gewählten Form genehmigt wurde.

Von dem Vorschlage des Vorstandes, einige Ausschußmitglieder in diesem Jahre nach Belgien, Schweden und der Schweiz zu entsenden, um die dort gepflegten Leibesübungen aus persönlicher Anschauung kennen zu lernen, worüber Gymnasialdirektor Dr. Eitner berichtete, wurde vorerst noch Abstand genommen. In der Debatte trat der Wunsch hervor, zunächst die deutschen Einrichtungen näher kennen zu lernen. Im Ganzen wurde die Wichtigkeit einer Einsichtnahme der ausländischen Einrichtungen im Prinzip anerkannt.

Die Frage, ob die Jahresversammlungen auch nach andern Orten zu legen seien, als nach Berlin, wurde im Prinzip bejaht, doch allseitig anerkannt, daß es sich aus Zweckmäßigkeitsgründen empfehle, vorerst noch Berlin beizubehalten.

Es folgten die Ergänzungswahlen des Vorstandes und des Ausschusses. Laut Beschluß der vorjährigen Versammlung scheiden vom Vorstande jährlich 2 und von dem Ausschusse ⅓ der Mitglieder aus. Vom Vorstande waren im vorigen Jahre ausgelost und wiedergewählt:

von Schenckendorff und Koch. Von den übrigen 4 Herren wurden dies Mal ausgelost: Schmidt und Raydt. Beide Herren wurden wiedergewählt. Von den Ausschußmitgliedern waren im vorigen Jahre ausgelost und wiedergewählt: die Herren Baumbach, Simon, Selle, Reinmüller, Goetz, Wickenhagen, Lion, Maul und Graf. Diesmal wurden ausgelost: die Herren Blenck, Witting, Eckler, Krosta, Thümen, Platen, Back, Schröer, Pfundtner und Böttcher. Sämtliche Herren wurden einstimmig wiedergewählt. Auf Vorschlag des Vorstandes wurden neu in den Ausschuß gewählt, der Dirigent der Königlichen Turnlehrerbildungsanstalt zu Berlin, Schulrat Dr. Küppers und der Seminardirektor Mühlmann zu Oranienburg.

Wegen vorgeschrittener Zeit setzte die Versammlung den Vortrag des Schulrat Euler: „Inwieweit können die Lehrerbildungsanstalten zur Förderung der Jugend- und Volksspiele mitwirken?" mit Zustimmung des genannten Herrn von der Tagesordnung ab. Dieser Vortrag soll, da die Debatte, die sich an denselben knüpfen würde, besonders fruchtbar zu sein verspricht, auf die nächstjährige Tagesordnung an günstigerer Stelle gesetzt werden.

Am 22. Januar begrüßte ich zunächst die Herren Vertreter der Militärverwaltung und des Kultusministeriums. Herr Geheimer Regierungsrat Dr. Köpke erwiderte:

„Meine Herrn, der Herr Minister Dr. Bosse bedauert lebhaft, infolge einer Fülle von dringenden Amtsgeschäften Ihrer Einladung zur heutigen Sitzung nicht Folge leisten zu können. Se. Exzellenz hat mich beauftragt, hier zu erscheinen, einmal um seinem Dank für diese Einladung Ausdruck zu geben, dann auch, damit ich in Stand gesetzt werde, ihm über das Ergebnis Ihrer Verhandlungen, die er mit dem regsten Interesse verfolgt, Vortrag zu halten. Meine Herren, ich entledige mich des Auftrages, soweit er sich auf die Abstattung des Dankes bezieht, indem ich den Herrn Vorsitzenden bitte, die Versicherung entgegenzunehmen, daß Se. Exzellenz sicher gern die Einladung angenommen haben würde, wenn dies möglich gewesen wäre. Dann aber bitte ich für meine Person um die Erlaubnis, den Verhandlungen beiwohnen zu dürfen, um dem zweiten Teil meines Auftrages gerecht werden zu können."

Darauf folgten die nachstehend unter Nr. 4—8 aufgenommenen Vorträge. An den Vortrag des Direktor Raydt, betreffend die Bildung von Vereinen für Leibesübungen in freier Luft, knüpfte sich eine teils zustimmende, teils bekämpfende Debatte. In letzterer Beziehung wurde hervorgehoben, daß die Turnvereine die beste Gelegenheit für alle diejenigen gäben, welche die Volksspiele pflegen wollten. Hiergegen machte sich von mehreren Seiten die Ansicht geltend, daß die bis jetzt gemachten Erfahrungen durchaus gegen diese Annahme sprächen. In Weiterem wurde ausgeführt, daß in manchen Städten solche vom Referenten empfohlenen Vereine keinen Boden finden würden, wiewohl die Spiele daselbst gepflegt würden. Doch einigte sich der Ausschuß dahin, daß je nach den lokalen Verhältnissen die Bildung solcher Vereine wünschenswert sei.

Eine längere Debatte knüpfte sich dann an den Vortrag des Stadtschulrat Platen über die Sonntagsruhe und die Volksspiele. In derselben wurde vielfach über die Gleichgültigkeit der Arbeitgeber sowie auch der jungen Leute, an solchen Spielen Teil zu nehmen, geklagt. Zum Teil bestehe auch eine offene Gegnerschaft der Lehrherren. Man müsse besonders die Spiellust wecken, was am besten geschehe, wenn man die Spielleiter aus der Reihe der jungen Leute selbst nehme. Vor allem sei ein zielbewußtes Vorgehen maßgebender Stellen, in Verbindung mit mitten im Volksleben stehenden Männern notwendig. Ferner müßten die Behörden dafür gewonnen werden, mehr öffentliche Plätze für das Spiel zu schaffen, auch müßten geeignete Schulhöfe für das Spiel am Sonntag freigegeben werden. Allseitig aber wurde anerkannt, daß die Belebung der Volksspiele eine notwendige Einrichtung für die geschaffene Sonntagsruhe sei, die von den jungen Leuten besonders vielfach mißbräuchlich benutzt werden würde.

Ebenso knüpft sich an den Vortrag des Professor Dr. Koch „über die Einrichtung von Wettspielkämpfen durch den Ausschuß", der eine Fülle von Anregungen brachte, eine interessante Debatte, in welcher die Forderung von Wettspielkämpfen, die bereits in den Turnwettkämpfen ihre Vorgänger haben, auf Wärmste empfohlen wurde. Der Ausschuß möge diese Angelegenheit dauernd im Auge bewahren.

Darauf war auch die Tagesordnung des zweiten Tages beendet und konnte ich Angesichts dieser bedeutungsvollen und reichen Ergebnisse mit den Worten die Sitzung schließen: Die zahlreichen Anregungen, welche diesmal in unsern Versammlungen gegeben sind, werden sicher zur weiteren, gedeihlichen Entwickelung der Bestrebungen dienen. Mehr und mehr geht der Zentralausschuß von der Propaganda zur praktischen Arbeit über. Mit dem Wunsche, daß die weitern Erfolge der heutigen reichen Aussaat entsprechen mögen, wurde die fünfstündige Sitzung geschlossen.

2. Die Stellung des Zentralausschusses zur deutschen Turnerschaft.

Von dem Vorsitzenden von Schenckendorff, Görlitz.

(Nach stenographischer Aufnahme).

Meine Herren! Bei der Begründung des Zentralausschusses am 21. Mai 1891 habe ich die Grundlinien der Stellung des Spielens zum Turnen dargelegt. Insofern die deutsche Turnerschaft als die Vertreterin des Turnens in Deutschland zu erachten ist, erläuterte ich dann weiter, in welches Verhältnis wir in unserer Stellung als Vertreter der Spielbewegung zu ihr treten sollten. Ich füge, meine damaligen Ausführungen ergänzend, das Folgende hinzu.

Schon GutsMuts bezeichnete als Mittel zur Erreichung einer harmonischen körperlichen Entwicklung die drei Richtungen: Turnen, Spielen und Erziehung zur körperlichen Arbeit. Ich habe in diesem Kreise nicht notwendig, darauf hinzuweisen, wie bei der Einheit der menschlichen Natur diese drei Richtungen in einander greifen und wie eine solche harmonische körperliche Schulung wesentlich auch auf die Entwickelung des Geistes, des Willens und des Charakters einwirkt, ja wie sie die notwendige Voraussetzung zu einer allseitigeren Entwicklung derselben ist.

Nun ist ohne weiteres zuzugeben, daß Turnen und Spielen — ich sehe von der dritten Richtung hier gänzlich ab — seit GutsMuts und Jahns Zeiten auch thatsächlich als zu einander gehörig erachtet worden sind und daß auch die deutsche Turnerschaft demgemäß das Spiel seither gepflegt hat. Doch ist es nicht minder eine Thatsache, daß gegenüber dem Spielen das Turnen wesentlich bevorzugt wurde, daß das Spielen demgemäß in seiner Ausbreitung und auch in seiner methodischen Entwicklung zurückblieb, und ferner, daß in den letzten drei bis vier Jahrzehnten in Deutschland nicht nur ein Stillstand, sondern sogar ein Rückgang im Spielleben der Jugend wie des Volkes eingetreten ist. Aus diesen Gründen erschien es, angeregt durch den Goßler'schen Erlaß, berechtigt, ja notwendig, besondere Vereinigungen zur Pflege des Spieles zu schaffen. Aus einer etwa zehnjährigen Vorarbeit auf diesem Gebiete heraus ist dann der Zentralausschuß erwachsen, und in unserem Jahrbuch für 1892 ist der Zusammenhang dieser Vorarbeit mit der Bildung des Zentralausschusses dargelegt worden.

Meine Herren, von Anfang an ist nun in unserm Kreise zum Ausdruck gebracht worden, daß das Spiel eine Ergänzung des Turnens bildet, daß beide eng zusammengehören und daß es die Aufgabe der Vertreter beider Richtungen sein müsse, sich gegenseitig zu fördern. So sind wir also nicht Gegner, sondern wir sind Verbündete. Diese Auffassung der Stellung des Zentralausschusses zur deutschen Turnerschaft ist besonders durch zwei Umstände auch zu einem positiven Ausdruck gekommen.

Es wurde von vornherein eine Reihe der leitenden Männer der deutschen Turnerschaft ersucht, dem Zentralausschuß als Mitglied beizutreten, darunter der Vorsitzende der deutschen Turnerschaft, Herr Direktor Maul, der Geschäftsführer derselben, Herr Dr. Goetz, und andere in der deutschen Turnerschaft besonders hervorragende Männer. Meine Herren, es geschah dies nicht, um uns sozusagen auf die Schultern der deutschen Turnerschaft zu stellen, sondern wir haben, wie die Entwicklung bisher gezeigt hat, uns in dieser Vereinigung auf eigne Füße gestellt.

Sodann haben wir uns im vorigen Jahre einmüthig zu dem Beschlusse geeinigt, die Unterrichtsverwaltung zu ersuchen, die jetzt gewährte dritte Stunde für das angewandte Turnen zu verwenden und für das Spiel einen besonderen freien Nachmittag zu gewähren. Bei einem engherzigen egoistischen Vorgehen unsrerseits konnten wir, da der freie Nachmittag noch nicht gegeben war, auch vielfach noch gar nicht gegeben ist, den Wunsch aussprechen, diese dritte Stunde um so mehr für das Spiel verwendet zu sehen, als in der Schulkonferenz, welcher anzugehören ich die Ehre hatte, bei der Gewährung der dritten Stunde vorwiegend an das Spiel gedacht worden ist. Ich habe mich dann öffentlich im Landtage bei der Position, die Turnlehrerbildungsanstalt betreffend, eingehender in diesem Sinne geäußert. Wir traten also entschieden für die Förderung des Schulturnens ein und haben damit bekundet, daß wir mittelbar das Turnen fördern wollen, wo wir Gelegenheit dazu haben. Meine Herren, kaum bedarf es eines weiteren Zusatzes zu dieser Bekundung und ich mache ihn nur, weil Herr Direktor Maul in seinen dankenswerten Ausführungen in der „Deutschen Turnzeitung“ darauf zurückgreift. Ich betone daher bei dieser Gelegenheit gern, daß die deutsche Turnerschaft und alle, welche ihr Bestreben unterstützen, sich ein entschiedenes und ein großes Verdienst um die nationale Wohlfahrt erworben haben und noch weiter erwerben, daß wir auch unsererseits das Schulturnen für ein wichtiges, ganz unentbehrliches Erziehungsmittel halten und daß es uns fern liegt, durch Förderung der Spiele in irgend einer Weise das Turnen zu schädigen oder zu verdrängen. Ein methodisches Schulturnen, welches eine strengere Unterordnung unter die gegebenen Vorschriften fordert und hierbei zielbewußt den Körper harmonisch schult, bildet mit dem Spiel, in welchem die Kräfte, dem gesteckten Ziele folgend, sich freier regen, zusammen erst ein Ganzes, und nur in dem geordneten Wechsel von Turnen und Spiel tritt der gedeihliche Einfluß hervor, den wir als Erzieher im Auge haben.

Wenn nun im Laufe der weiteren Spielbewegung und besonders im letzt vergangenen Jahre aus der Mitte des Zentralausschusses Angriffe auf das Turnen erfolgt sind, indem Bedenken gegen seine eigenartige Entwicklung geltend gemacht wurden, und wenn andererseits aus der Mitte der deutschen Turnerschaft Einwände gegen die Spielbewegung sich erhoben, indem man behauptete: ein besonderer Zentralausschuß sei nicht notwendig, ja dazu wäre die deutsche Turnerschaft allein stark genug gewesen, es habe das Spiel aus ihrer Mitte heraus schon seine genügende Pflege gefunden, das Turnen werde bei einer Zunahme der Spielbewegung nur eine Schädigung erfahren, ja, indem auch recht persönliche Angriffe auf einzelne unserer Mitglieder erfolgten: so handelt es sich hier doch immer nur um einzelne derartig sich äußernde Personen und es kann weder der Zentralausschuß als solcher, noch auch die deutsche Turnerschaft als solche, für diese Kundgebungen verantwortlich gemacht werden. Beide Angriffe unterscheiden sich aber doch dadurch, daß die aus unserer Mitte hervorgegangenen rein sachlicher Art gewesen sind, während diejenigen aus der deutschen Turnerschaft heraus mehrfach einen sehr persönlichen Charakter getragen haben.

Nur in einem Punkte konnte anscheinend ein gewisser Vorwurf mit Recht gegen uns erhoben werden, den auch Herr Direktor Maul in seiner Darstellung betont, daß nämlich solche Angriffe auf das Turnen in dem offiziellen Jahrbuch des Zentralausschusses für das Jahr 1892 enthalten gewesen sind. Meine Herren, das gebe ich zu, und dieser Vorwurf würde besonders mich und Herrn Dr. Schmidt als die verantwortlichen Herausgeber des Jahrbuches treffen. Aber, meine Herren, in dieser Beziehung nehme ich doch auf Seite 111 desselben Bezug, wo ausdrücklich betont worden ist, daß für seine Ausführung in diesem Jahrbuch jeder einzelne Autor die Verantwortung trage. Es ist an derselben Stelle weiter darauf hingewiesen worden, daß bei noch zum Ausdruck gekommenen Ungleichheiten in der Motivirung für das Spiel eine Anpassung aneinander im Laufe der Jahre sich sicherlich mehr ausbilden würde. Und, meine Herren, wer die Entstehung des ersten Jahrbuches verfolgt hat, wird zugeben, daß sein Inhalt nur unter dieser Voraussetzung veröffentlicht werden konnte. Dieser Vorbehalt ist aber auf jener Seite nicht genügend beachtet worden.

Wie dem aber auch sei, meine Herren, das müssen wir uns doch sagen, daß wir niemandem, der entweder dem Zentralausschusse oder der deutschen Turnschaft angehört, als Person es irgend wie verbieten können, daß er gegen die Entwickelung des Turnens oder gegen die des Spielens seine Bedenken geltend macht; das hieße doch auch, wenn ich der Auffassung von unserer Seite Ausdruck geben soll, jede gedeihliche Entwicklung des Spieles hemmen. Soll ich meine persönliche Stellung bei einem etwa weiteren Vorgehen von Angriffen, Wünschen und Mahnungen, die sich aus der Turnerschaft gegen uns richten, freimüthig darlegen — und ich glaube, der Zentralausschuß schließt sich (ich habe Fühlung nach dieser Richtung genommen) dem einmütig an — so sage ich, daß ich jeden Angriff auf unseren Spielbetrieb, wenn er sachlich berechtigt ist, willkommen heiße, ja daß ich ihn auch willkommen heiße, wenn ich ihn selbst in dem offiziellen Organ der deutschen Turnerschaft finde. Denn wir selbst sind davon überzeugt, daß wir erst im Anfang der Entwickelung stehen, und jeder gut und ehrlich gemeinte sachliche Einwurf wird uns daher willkommen sein, wo er auch stehe. Nur die Bitte würde ich aussprechen, daß derartige Einwürfe und Angriffe und Wünsche und Mahnungen doch jenen gerechten, ich möchte auch sagen, vornehmen Charakter tragen mögen, der sich aus der nationalen Mission ergiebt, die zu erfüllen wir nach unsern besten Kräften bestrebt sind; der auch den anders Handelnden Gerechtigkeit widerfahren läßt, der auch die Schwierigkeiten berücksichtigt, mit welchen wir zu kämpfen haben, und der auch durchblicken läßt, daß diese Einwände nur erhoben werden aus Liebe zur Sache und zur Förderung dieses wichtigen Teiles der großen Turnsache.

Meine Herren! bekundet das, wie ich glaube, unzweideutig und klar unsere Grundstellung zur deutschen Turnerschaft, und kommen wir zu gleicher Zeit, sage ich, mit diesem Angebot ihr entgegen, mit dem Angebot, daß wir von unserer Seite der deutschen Turnerschaft die Bahn in Bezug auf Wünsche und Angriffe gegen uns vollkommen freigeben, dann, meine Herren, erwarten wir aber auch von der deutschen Turnerschaft, daß eine gleiche und wohlgesinnte Grundstellung auch dortseits uns gegenüber eingenommen werde, und daß unsere Bestrebungen durch die deutschen Turner und Turnlehrer diejenige Förderung erfahren, die in ihrem Bereiche liegt.

Ich kann in diesem Sinne aus einem Briefe des Herrn Professor Keßler in Stuttgart, der in eingehender Weise an mich geschrieben hat und der leider durch Dienstangelegenheiten verhindert ist, persönlich hier zu erscheinen, folgende Stelle anführen, ja, ich kann auch sagen, daß nach einer Vorbesprechung in dieser Frage, sowohl mit Herrn Dr. Goetz wie mit Herrn Direktor Maul, ein solcher Wunsch auch dortseits als berechtigt anerkannt wird. Herr Professor Keßler, bekanntlich der Leiter des württembergischen Turnwesens, schreibt u. a. an mich:

„Ich meinerseits wünsche, wenn möglich, enge Fühlung oder gemeinsames oder doch bewußt gegenseitig förderndes Arbeiten; denn die deutsche Turnerschaft schließt eine Fülle von Kräften in sich, die der Förderung unserer Sache nur nützlich werden können, während andererseits die deutsche Turnerschaft in enger Fühlungnahme mit dem Zentralausschuß innerlich und äußerlich nur gewinnen kann."

Diese Worte unterschreiben wir im Zentralausschuß einmütig im vollen Umfange und in der Überzeugung, daß sie die richtige Basis für unsere beiderseitige Stellung bilden.

Meine Herren! Die gemeinsamen Ziele, die sowohl der Zentralausschuß wie die deutsche Turnerschaft zu erkämpfen haben, lassen uns klar und deutlich die Gemeinsamkeit unserer Interessen erkennen, unserer Interessen, die allein auf idealem und nationalem Boden erwachsen sind. Sind unsere Wege auch verschiedene, so sind unsere Ziele doch die gleichen; denn wir wollen gemeinschaftlich auch zu unserem Teil dazu beitragen, Gesundheit, Lebensfrische, Arbeitskraft und Freude am Dasein in jede einzelne deutsche Brust zu tragen und unsere Volks- und Wehrkraft zu stärken. Unter diesem Banner des Idealen und des Nationalen lassen Sie uns daher weiter Schulter an Schulter zum Wohle des Vaterlandes marschieren. (Lebhafter Beifall.)

---

3. Die Stellung der deutschen Turnerschaft zum Zentralausschuß.

Von dem Geschäftsführer der deutschen Turnerschaft Dr. med. Goetz, Leipzig-Lindenau.

Meine verehrten Herren! Ich bin dem Herrn Vorsitzenden sehr dankbar für die Worte, die er hier gesprochen hat, obwohl ich eigentlich auf dem Standpunkt stehe, daß eine besondere Verhandlung dieses Gegenstandes kaum notwendig sei. Wenn der Ausschuß der deutschen Turnerschaft, der der Vertreter der großen deutschen Turnerschaft ist, nicht vollständig mit den Bestrebungen unseres Zentralausschusses einverstanden wäre, würden wir eben nicht hier sitzen. Wir sind aber bereit gewesen, mitzuarbeiten; das ist das beste Zeichen, daß wir freudig und gern bereit sind, mit dem Zentralausschuß zu arbeiten. Unsere Ziele fußen ja, wie schon Herr v. Schenckendorff hervorgehoben hat, genau auf demselben Boden, auf dem Ziele, zum Besten des Vaterlandes mit zu helfen, daß ein gesundes, kräftiges Volk heranwächst. Es ist ja bei jeder neu auftretenden Bewegung natürlich, daß gewisse Reibungen eintreten. Wer sich daran noch erinnert, wird wissen: als der Amtsrichter Hartwig mit seinem Verein für Körperbewegung auftrat, that er es allerdings in einer Art und Weise, als wenn die deutsche Turnerschaft gar nicht existierte. Das machte damals auch böses Blut; und einer oder der andere Heißsporn für die Jugendspielbewegung hat wohl auch gesagt, die deutsche Turnerschaft habe für die Spiele nichts geleistet. Da können Sie es unsern alten treuen Turnlehrern auch nicht übel nehmen, daß sie sich wehren und sagen: wir haben das Spiel bereits lange betrieben; es ist gar nichts neues, was man jetzt will! Das ist alles gewesen, was gesagt worden ist. Der eine sagt es eben in einer derben, der andere in höflicher Form, wir sind eben nicht alle von demselben Holz geschnitzt, aber einen wirklichen Keil haben die Äußerungen, hüben und drüben, zwischen den Zentralausschuß und die deutsche Turnerschaft nicht hineingetrieben.

Ich meine: wir können uns vollständig mit dem begnügen, was Herr v. Schenckendorff gesagt hat. Ich erwidere nur das noch darauf, daß wir Turner gern bereit sind, mit Ihnen treu Hand in Hand zu gehen (Bravo!). Die deutsche Turnerschaft würde auch gar nicht die Zeit und die Mittel haben, Umfassendes für die Verbreitung der Jugendspiele zu leisten. Wir haben in der Zeit, wo vom Schulturnen überhaupt noch nicht die Rede war, uns auch bemüht, das Schulturnen überall einführen zu helfen und die deutsche Turnerschaft hat überall, besonders auch von Berlin aus ist das geschehen, ihre Kräfte eingesetzt. Das Schulturnen verdankt, das kann man heute sagen, zum großen Teil seine Einführung und Entwicklung den Anregungen der deutschen Turnerschaft. Nachdem aber das Schulturnen selbständig geworden, ist der Einfluß der deutschen Turnerschaft auf dasselbe selbstverständlich mehr und mehr zurückgetreten. Man muß eben solche Bewegungen, wenn sie gesund sind, auf eigene Beine stellen, wo sie zusammengehören, werden sie überall Hand in Hand gehen und so wird es auch zwischen der Turnerschaft und unserem Zentralausschuß sein, die schon durch die leitenden Personen in einander fließen. Ich habe die Hoffnung und die Überzeugung, daß eine Störung unseres Einvernehmens nie eintreten wird, wie meines Erachtens eine solche in der Grundauffassung beider Körperschaften überhaupt nicht vorhanden gewesen ist! (Lebhafter Beifall.)

4. Bericht über die Entwicklung der Bestrebungen des Zentralausschusses im Jahre 1892.

Von dem Vorsitzenden von Schenckendorff, Görlitz.

(Nach stenographischer Aufnahme.)

In unserer gestrigen Sitzung hat Ihnen der Direktor des Königlichen statistischen Amts, Herr Geh. Oberregierungsrat Blenck, ein auf statistischer Grundlage beruhendes Bild unserer Bestrebungen, über die Ausbreitung und den gegenwärtigen Stand derselben gegeben. Das, was der geehrte Herr uns vorführte, kann man als das sichtbare, bis jetzt zu Tage getretene Ergebnis, gleichsam als die gereifte Frucht oder als die weiter noch reifende Frucht unserer Bestrebungen betrachten. Es liegt mir nun ob, Ihnen über die innere Arbeit und Thätigkeit des Ausschusses im Jahre 1892 ein Gesamtbild zu entwerfen, den Zusammenhang unserer Thätigkeit mit jener thatsächlichen Ausbreitung anzudeuten und endlich einen Ausblick auf die weiteren Arbeiten des Ausschusses zu werfen.

Meine Herren, die Aufgaben, welche der Zentralausschuß sich gestellt hat, lassen sich etwa nach einer fünffachen Richtung hin verfolgen. Die erste ist die allgemein anregende. Er will zur Belebung des Verständnisses der Sache, zur thatsächlichen Förderung der Jugend- und Volksspiele in Deutschland beitragen und, wo es erforderlich ist, durch Einrichtung von Spielplätzen und durch andere geeignete Mittel die Sache fördern — er will deshalb kontinuierliche Anregungen geben bei Behörden, bei Städten, Schulanstalten, Lehrern, Ärzten, geeigneten Vereinen, und ebenso will er in der politischen Presse, wie in der pädagogischen, turnerischen und medizinischen Fachpresse durch Artikel und Verbreitung von Notizen zu wirken suchen. Es ist dies in dem letzten Jahre, wie ich glaube, in ausgedehntem Maße geschehen und — ich kann sagen und nur dankend anerkennen — fast durchgehend auf fruchtbaren Boden gefallen. In dieses Gebiet fällt auch weiter die Herausgabe unseres Jahrbuches, das Abhalten von öffentlichen Vorträgen und dergleichen mehr. Es würde nun, meine Herren, bei der Reichhaltigkeit unserer heutigen Tagesordnung zu weit führen, die auf diesem Gebiete unternommenen Schritte auch nur in den wesentlichsten Punkten anzudeuten. Es ist aber, was ich zu erwähnen doch nicht verfehlen möchte, hervorzuheben, daß durch diese Anregungen im Volksleben eine Stimmung gefördert worden ist, die, indem sie aus der Erkenntnis der Tragweite dieser Bestrebungen erwuchs, die beste Vorbedingung für die Weiterentwicklung derselben, ja, die günstigste

Lebensatmosphäre bildet, in der unsere gute Sache gedeihen und wachsen kann. Ja, diese Stimmung hat auch ihrerseits dazu beigetragen, den Blick im Volksleben für die Notwendigkeit der größeren Ausbreitung aller hygienischen Einrichtungen mehr zu öffnen und die maßgebenden Kreise williger für deren Durchführung zu machen. Ich kann sagen, daß von diesem Gesichtspunkt aus auch der deutschen Turnerschaft, wie ich mich innerlich überzeugt halte, ein weiterer Zuwachs entstehen wird. Es werden, indem auf die Bedeutung und die Notwendigkeit der körperlichen Entwicklung und Schulung fortdauernd verwiesen wird, auch mehr und mehr weitere Kreise sich ihr zuwenden, als es bisher vielleicht der Fall gewesen ist.

Meine Herren, alle Veranlassung haben wir, dem preußischen Minister des Inneren dankbar zu sein dafür, daß er das Königlich statistische Büreau ermächtigt hat, die von uns für 1892 eingeleitete und auch weiterhin zu erhebende Statistik zu bearbeiten. Meine Herren, unsere Statistik kommt hiermit auf eine wissenschaftliche Grundlage und legt in zusammenfassender und übersichtlicher Weise sowohl die sichtbaren Ergebnisse unserer Bestrebungen offen dar, als sie uns auch die Lücken unzweideutig erkennen läßt, die noch weiter bestehen und die uns eine Anregung geben müssen, an den Stellen entsprechend anzusetzen, wo dies noch notwendig ist. Wir haben aber auch durch dieses Mittel ein Propagandamittel ersten Ranges in der Hand, indem weit mehr wie alle Überzeugung von der Nützlichkeit der Bestrebungen Zahlen und Thatsachen reden. Wie von dieser Seite her auch weiter in den deutschen Kalendern für unsere Sache gewirkt werden wird, haben wir gestern aus dem beredten Munde des Herrn Geheimen Oberregierungsrats Blenck erfahren und, meine Herren, ich nehme hier Gelegenheit, sowohl dem Herrn Minister des Innern, Grafen zu Eulenburg, als auch dem Königlichen statistischen Amte, insbesondere seinem verehrten Direktor, den verbindlichsten Dank des Ausschusses an dieser Stelle auszusprechen.

Im weiteren, zum zweiten, liegt es in unserer Aufgabe, besondere Kurse zur Ausbildung von Lehrern und Lehrerinnen in den Jugend- und Volksspielen abzuhalten. Im Jahre 1892 fanden in 7 Orten 12 solcher Kurse statt, und es wurden nach den vorliegenden Berichte im Ganzen 396 Lehrer und 284 Lehrerinnen ausgebildet. (Vergleiche Artikel Nr. 21 im I. Teil dieses Jahrbuchs.) Im Jahre 1893 wird die Zahl der Orte sich mehr wie verdoppeln, die Zahl der Kurse wird vielleicht darüber noch hinausgehen. (Am Schlusse des Jahrbuchs sind diese Kurse in einem Tableau zusammengestellt.)

Wir müssen eben mehr und mehr dem Ziele zustreben, thunlichst in jeder Provinz, in jedem einzelnen deutschen Lande Gelegenheit zur Ausbildung im Spiel zu geben, bis der Punkt erreicht ist, wo wir sagen können: das Spielleben in Deutschland ist in vollen Fluß gekommen. Aber, meine Herren, das ist ja nicht durch einen nur einmaligen Besuch eines solchen Kurses zu erreichen; wer die Spiele wirklich richtig leiten will, der muß möglichst mehrere Mal teilnehmen, ja, der muß sich am eigenen Orte dann jahrelang in die Sache vertiefen. Denn nur mit dem vollen Hineinarbeiten in die Einzelheiten und Feinheiten gewinnen die Spiele zunehmend Interesse und können derart geleitet werden, daß sie das gleiche Ziel beim Spieljünger erreichen. Also ich kann nur die Bitte und den Wunsch aussprechen, daß die Teilnehmer an solchen Kursen sich nicht einmal, sondern mehrmals hinbegeben; das wird sicherlich zur Förderung der Sache beitragen.

Drittens, meine Herren, erteilte der Zentralausschuß allen denjenigen Stellen Auskunft, welche über Litteratur, Einrichtungen aller Art, Spielplätze, Spielgeräte und dergleichen Auskunft wünschten. In dieser Richtung hat insbesondere unser sehr rührige Herr Geschäftsführer, Direktor Raydt, neben anderen zahlreichen Arbeiten, gewirkt, und waren die betreffenden Wünsche und Nachfragen sehr erheblich.

Viertens liegt es in unserer Aufgabe, auch eine Entwicklung nach innen herbeizuführen: es ist die Entwicklung der inneren Spielmethode. Nach dieser Richtung hin wird es sich empfehlen, daß gerade die Herren Abteilungsvorsitzenden diesen Teil unserer Aufgabe besonders im Auge haben. Das ist es auch im wesentlichen gewesen, was Herr Direktor Eitner als Vorsitzender der Abteilung bei seiner besonderen statistischen Aufnahme im Auge gehabt hat. Wenn es im Weiteren nun auch nicht nötig ist, daß eine Verbindung mit so zahlreichen Stellen im Lande besteht, als er sie im ersten Jahre angebahnt hat, so wird es sich doch empfehlen, mit einer Reihe von Zentren — will ich sagen — der Spielbewegung dauernd in Verbindung zu bleiben und von daher die Mitteilungen zu erbitten, wie wir die innere Methode sowohl für die Jugend- als für die Volksspiele weiter entwickeln können. Ja, meine Herren, wir müssen nach dieser Richtung noch ein Weiteres anstreben, nämlich auch die zweckmäßigsten Spiele selbst zu ermitteln, sei es örtlich, sei es für allgemeine Verhältnisse. Wir haben zwar für die Jugendspiele — das unterliegt keinem Zweifel — eine so reiche Auswahl durch GutsMuts und Jahn und durch die weitere Entwicklung; aber hinsichtlich der Volksspiele, müssen wir uns sagen, ist immer noch eine gewisse Lücke vorhanden. Wenn Erwachsene spielen wollen, so muß auch ihr geistiges Interesse dabei in Thätigkeit sein. Gewiß haben wir Barlauf, das Schlagballspiel und andere vorzügliche Spiele; ob sie aber geeignet sind, allgemein das geistige Interesse derart rege zu halten, daß sie andauernd zur Übung anreizen, will ich dahingestellt sein lassen. Wir stehen eben im Anfang unserer Bestrebungen und aus dem Gesichtspunkt der Aufgabe, die Spielmethode auszubilden und die rechten Spiele für Erwachsene zu ermitteln, erwächst uns auch die Pflicht, den Blick auf das Ausland zu richten und die gleichartigen Vorgänge in den andern Ländern zu verfolgen — ich sage — zur Erweiterung des Blickes für unsere eigenen Bestrebungen. Nun, meine Herren, daß in einer wenig mehr als 1½jährigen Thätigkeit und Wirksamkeit des Ausschusses dieses Gebiet noch sehr wenig hat gefördert werden können, liegt in der Natur der Sache. Wir werden aber diese Aufgabe, die ebenfalls zu erfüllen wir die Verpflichtung übernommen haben, nicht aus dem Auge verlieren dürfen, und wenn in der gestrigen Sitzung beschlossen worden ist, zunächst noch von der Entsendung von Delegirten nach Belgien, Schweden u. s. w. Abstand zu nehmen, so will auch ich gern zugeben, daß es jetzt noch etwas früh sein mag, diesen Teil der Thätigkeit entschiedener aufzunehmen, aber ich kann hoffen, daß aufgeschoben nicht aufgehoben ist, und daß Sie es dem Vorstande anheimgeben, den geeigneten Zeitpunkt hierfür zu ermitteln.

Endlich, meine Herren, lag uns fünftens auch die Verpflichtung ob, unser Unternehmen wirtschaftlich sicher zu stellen. Mit Dank können wir hier in erster Linie auf unseren Herrn Kultusminister Dr. Bosse blicken, der im vorigen Jahre uns 2000 Mark für die Förderung unserer Zwecke zuwendete. Ich spreche dem Herrn Minister auch an dieser Stelle den Dank des Ausschusses für diese Zuwendung aus und kann daran nur die innige Bitte knüpfen, eine solche Förderung uns doch für einen gewissen Zeitraum von Jahren auch weiterhin zu teil werden zu lassen, bis wir zu einer größeren Entwicklung gekommen sind. Einen Verein wollen wir ja nicht bilden — wir haben genug Vereine —, wir wollen auch weiter ein Initiativausschuß bleiben, und ich glaube, den Nachweis dafür, wie auch wir das allgemeine erziehliche Interesse fördern, haben wir bereits gebracht. Ich hoffe, daß es uns gelingen wird, diesen Nachweis auch weiter führen zu können.

Meine Herren, nächstdem haben aber auch die Provinzen zum erstenmal ihr Interesse bewiesen, ich bin darüber aufrichtig erfreut. Die Anregung dazu hat unser Geschäftsführer, Herr Direktor Raydt als Mitglied der Provinzialvertretung von Schleswig-Holstein gegeben, indem er selbst es dort durchgesetzt hat, für uns einen Zuschuß von 500 Mark zu erlangen. Meine Herren, man sieht auch hier wieder, daß Zahlen und Thatsachen eine größere Wirkung ausüben als Worte. So haben wir zu unserer Freude jetzt schon vier Provinzen, welche uns je 500 Mark zugewendet haben, nämlich nächst der genannten Westfalen, die Rheinprovinz und Sachsen.

Dann sind wir aber endlich auch Dank schuldig den deutschen Städten, welche unseren Bestrebungen sich mehr und mehr zuwenden. Die Zahl derer, welche dem vorjährigen Antrage unsererseits entsprachen, auf je 1000 Einwohner eine bis zwei Mark jährlich auf fünf Jahre uns zu gewähren, ist bis jetzt auf 55 gestiegen, wobei wir uns nur an die Städte bis zu 5000 Einwohnern gewendet haben. Das Nähere ergiebt sich aus der folgenden Zusammenstellung, in welcher, wenn uns der Beitrag zunächst für einen kürzeren Zeitraum, oder von einem späteren Termin ab bewilligt wurde, dies besonders vermerkt ist:

Altona	100	Mk.
Belgard (für 1892) .	10	„
Bielefeld (für 1892)	40	„
Blankenburg a. H. (für 3 Jahre) . . .	10	„
Bonn	40	„
Burtscheid	20	„
Bütow	5	„
Celle	20	„
Cosel (Schlesien) . .	6	„
Duisburg	60	„
Eckernförde	10	„
Ehrenbreitenstein . .	3	„
Eisenach (für 1892) .	10	„
Eupen	15	„
Frankenberg i. S. . .	5	„
Frankenstein (Schles.) .	12	„
Frankfurt a. M. . .	200	„
Freiberg i. S. (für 1892)	30	„
Friedberg (Hessen) .	10	„
Gmünd (Schwäb.) .	20	„
Gumbinnen . . .	10	„

Hamm i. W. (von 1893 ab, jährl. neu zu bew.)	25	Mk.
Harburg (für 1892) .	30	„
Heidelberg	50	„
Helmstedt	10	„
Jena (für 1892) . .	20	„
Kalk (für 1892) . .	15	„
Kempen i. Pos. . . .	10	„
Kiel	100	„
Königsberg i. Pr. . .	100	„
Konstanz	25	„
Landeshut i. Schles. (vom Jan. 1893 ab auf 5 J.)	14	„
Leipzig (für 1893) .	300	„
Leobschütz	15	„
Lindau (von 1894 ab auf 5 Jahre) . .	5	„
Lötzen	5	„
Malstadt-Burbach . .	20	„
Minden	20	„
Neu-Ruppin . . .	15	„
Neustadt O.-Schl. (f. 1892)	20	„

Offenbach	40 Mk.	Schweidnitz (für 1892)	25 Mk.
Oschatz	10 „	Sondershausen . .	10 „
Penig	13 „	Straßburg i. E. . .	120 „
Posen (für 1892) .	75 „	Stuttgart	150 „
Potsdam	50 „	Ueckermünde	9 „
Rudolstadt	12 „	Waldheim	10 „
Ruhrort	20 „	Weimar (von 1893 ab)	25 „
Schöneberg b. Berlin (für 1892) . . .	30 „	Summa	2034 Mk.

Ich spreche auch allen diesen Städten den verbindlichsten Dank des Ausschusses aus.

Meine Herren, so kann man auf die Gesamtbewegung in unserer Sache also immerhin mit einer gewissen Befriedigung zurückblicken; aber ich meine, es wäre unzutreffend und auch eine Überschätzung, wollten wir annehmen, daß alles nur unserer eigenen Initiative oder der eigenen Thätigkeit entsprungen wäre. Meine Herren, von einer solchen Überhebung wollen wir in unserem Kreise uns jederzeit fernhalten. Ich muß vielmehr dankend anerkennen, daß auch die Landesunterrichtsverwaltungen, die Militärbehörden, die oberen Schulbehörden, die Kommunalverwaltungen, die Turnerschaft und viele Vereine und eine Reihe einzelner Persönlichkeiten aus eigener Initiative heraus sehr wesentlich zu diesem Gesamtbilde mit beigetragen haben. Wir können nur dankbar dafür sein, daß sie so energisch für die Förderung eingetreten sind. Diese Erfolge liegen, wenn wir nach der psychischen Ursache sehen, im Ganzen darin, daß die Neigung und der Sinn für unsere Bestrebungen längst im deutschen Gemüte vorhanden und vorbereitet war, daß es unsererseits nur einer zusammenfassenden Arbeit, nur der Aufstellung klar bewußter und bestimmter Ziele und des Ansetzens an geeigneten Stellen bedurfte um diese Gesamtergebnisse zu erreichen.

Meine Herren, in einer Zeit, welche hervorragend nervös und genußsüchtig ist, in welcher die Kulturverhältnisse auch vielfach zu gesundheitswidriger Lebensart zwingen; in einer Zeit, welche sozial von Unterströmungen erfüllt ist, ja, ich kann auch sagen, in welcher die Weltlage ein wehrkräftiges und kampfgerüstetes Volk erfordert —, meine Herren, ich sage: da sind auch unsere Bestrebungen, welche auf die Erhöhung der Volkskraft, der Gesundheit, ja auch weit darüber hinaus, auf die Entschlossenheit, auf die Geistesgegenwart, auf die Gesittung hinzielen — in einer solchen Zeit, sage ich, sind unsere Bestrebungen vollkommen am Platze und werden der Wohlfahrt des Landes dienen. Möchte es uns im Gemeinschaft mit den anderen nach der gleichen Richtung hin wirkenden Faktoren gelingen, uns diesem Ziele von Jahr zu Jahr mehr und mehr zu nähern. (Lebhafter Beifall.)

---

5. Inwiefern nützen die Jugend- und Volksspiele der Armee?

Berichterstatter, Geheimer Sanitätsrat Dr. Graf, Elberfeld.

(Vorträge und nachfolgende Debatte nach stenographischer Aufnahme.)

Meine Herren, als unser verehrter Vorsitzender, Herr von Schenckendorff, mir das Referat über das eben genannte Thema übertrug, stiegen zunächst zwei Bedenken in mir auf: das erste mehr allgemeiner Art lautete dahin, daß, wenn eine Sache überhaupt gut und richtig ist — es dann nicht noch nötig sei, ihre Verwertung für bestimmte Zwecke hervorzuheben. Darauf konnte ich mir aber die Antwort geben, daß die Jugendspiele noch lange nicht Gemeingut unserer Nation, nicht einmal der höheren Lehranstalten geworden sind, daß die Statistik noch bedenkliche Lücken zeigt und daß namentlich das wichtigste Desiderat, die Beschaffung geeigneter Plätze, an sehr vielen Orten noch der Erfüllung harrt. Darum ist der Nachweis bestimmter Vorteile, die mit der Verallgemeinerung verbunden sind, von nicht geringer praktischer Bedeutung.

Das zweite Bedenken war mehr persönlicher Art, daß nämlich beide Referenten Ärzte sind. Da durfte ich mir nun sagen, daß mein verehrter Kollege, Herr Dr. Schmidt, der Korreferent, eine ganz unbezweifelte technische Autorität auf diesem Gebiete ist, daß er aus einer reichen persönlichen Erfahrung sprechen kann, was mir nicht in dem Maße vergönnt ist, daß mir aber vielleicht insofern eine gewisse Berechtigung über die vorliegende Frage zu sprechen zustehe, als mir in der Schulkonferenz das Thema „Überbürdung" und später als Mitglied der Siebener-Kommission die „Schulhygiene" im weiteren Sinne übertragen war.

Bei dem vorliegenden Thema: Inwiefern nützen die Jugend- und Volksspiele der Armee? werden wir zunächst die Bedürfnisfrage zu erörtern haben. Wir fragen uns: was soll die Heeresverwaltung mit Recht verlangen, und welche Mängel unserer Jugenderziehung in Bezug auf die verminderte Wehrfähigkeit hat sie zu beklagen?

Da mir über den letzteren Punkt ein ausreichendes statistisches Material nicht zu Gebote steht, so knüpfe ich zunächst an das an, was uns von amtlicher Seite in der Schulkonferenz mitgeteilt wurde. Sie könnten mir mit Recht entgegenhalten, daß die dort gemachten Angaben sich nur auf höhere Schulen beziehen. Aber vorläufig sind die Jugendspiele vorwiegend auf die höheren Lehranstalten beschränkt, sodann haben die letzteren für unseren vorliegenden Zweck insofern einen höheren Wert, als aus ihnen der größte Teil des späteren Offizierkorps hervorgehen soll. Auf die Bedeutung der Volksspiele wird der Herr Korreferent des näheren eingehen.

In der Schulkonferenz wurden auf Grund der Erhebungen des Königlichen Kriegsministeriums die Zahlen von Preyer und anderen, welche einen enorm hohen Prozentsatz der zum Einjährigfreiwilligendienst Berechtigten als dauernd untauglich hinstellten, auf das bescheidene Maß von 22 Prozent reduziert; dagegen stellten die Angaben, welche der Vertreter der Medizinalabteilung des Kriegsministeriums, Herr Oberstabsarzt Dr. Werner machte, doch unzweifelhaft fest, daß ein Vergleich der verschiedenen Kategorien der Gestellungspflichtigen zu Ungunsten der höheren Schulen ausfalle. In erster Linie stand hier unter den Gründen für die Untauglichkeit die ungenügende allgemeine Körperentwicklung. Aber auch da, wo diese allgemeine Körperschwäche nicht zur Dienstuntauglichkeit führt, bildet sie für die Qualität des Soldaten, für seine Leistungsfähigkeit sowohl im Ertragen von Strapazen, wie in der raschen Erfüllung seiner Aufgaben ein wesentliches Hindernis. Die Turnstunden allein vermögen da nicht zu helfen; Licht und Luft muß der jungen Pflanze zugeführt werden und eine harmonische Entwicklung der verschiedenen Muskelgruppen und Sinnesorgane führt zur allgemeinen Kräftigung.

Ein weiterer Prozentsatz der zeitlich oder dauernd Untauglichen war bedingt durch die Herzfehler — nicht durch organische Klappenfehler, welche eine anstrengende Gymnastik ausschließen, sondern durch die sogenannten nervösen Herzfehler, eine sehr häufige Krankheit der Gegenwart, oft auf der Grundlage von angeborener schwacher Herzmuskulatur, welche unter Umständen zur Herzerweiterung führen kann. Bei solchen Leiden ist große Vorsicht geboten; sie treten aber weit seltener da auf, wo von Jugend auf das Turnen im Freien und das Spiel in seine Rechte tritt.

Ein sehr großer Prozentsatz unserer Schüler der höheren Lehranstalten leidet an Myopie; sie bedingt nur bei einem drittel Prozent des gesamten Ersatzes die Untauglichkeit, während sich dieser Prozentsatz bei den Einjährig-Freiwilligen auf 6¹/₂ % erhöht; aber auch unter den tauglich Befundenen der letzteren Kategorie giebt es noch 30 % Myopische. Wenn wir nun bedenken, daß dieser Fehler für die Kriegstüchtigkeit ein sehr wesentliches Hindernis ist, ein viel wesentlicheres, als man gewöhnlich annimmt, so muß sicher jedes Hülfsmittel dankbarlichst begrüßt werden, was hier Abhilfe verspricht. Die Korrektur durch die Brille reicht ja für die Durchschnittsleistungen aus, aber die Brille eignet sich besonders für den Dienst des Kavalleristen sehr schlecht, und ihre Beschädigung oder Trübung kann sowohl für Infanterie wie für Kavallerie verhängnisvoll sein; namentlich bei den jetzigen Gefechtsdistanzen und bei dem rauchlosen Pulver ist genaues Erkennen in der Ferne durchaus notwendig. Und die Myopie wird auch dadurch noch hinderlicher für die mit ihr Behafteten, daß ein großer Teil derselben in der Dämmerung schlechter sieht, als die Normalsichtigen und daß ebenso ihre Sehschärfe oft herabgesetzt ist.

Welchen Einfluß eine richtige Schulhygiene, namentlich auch eine genügende Körperbewegung im Freien mit der dabei notwendigen Gewöhnung des Auges an das Fernsehen, hat, lehrt die Abnahme der Kurzsichtigkeit in den Kadettenanstalten, und das Jugendspiel bringt auch den Vorteil des für einen Soldaten so überaus wichtigen Distanzschätzens mit sich. So dürfte es auch keinem Zweifel unterliegen, daß der Einfluß der Jugendspiele auf Atmungs- und Kreislauforgane, sowie auf Kräftigung der Rumpf- und Brustmuskulatur ein sehr günstiger ist und daß damit und mit der gleichzeitigen Übung der Beine der so wichtige Laufschritt, die Marsch- und Manövrierfähigkeit wesentlich gesteigert wird. Gewandtheit, Gelenkigkeit, Abhärtung — dies alles sind wichtige Eigenschaften für den Soldaten.

Nicht minder hoch anzuschlagen ist der Einfluß der Jugendspiele auf die geistigen Eigenschaften, welche der Militärdienst in Krieg und Frieden verlangt: kluge Berechnung, Benutzung kleiner Vorteile, rascher Entschluß, Energie und Ehrgeiz — sie werden geweckt und gepflegt, und die Disziplin, die Unterordnung des Einzelnen und das Zusammenwirken ganzer Massen zu einem einheitlichen Zwecke werden hier gelernt und geübt.

Aber, so könnte man fragen, wird nicht das alles weit besser, weit erfolgreicher dadurch bewirkt, daß man die Jugend militärisch erzieht, daß man durch die Verpflanzung des militärischen Unterrichtes in die Schulen den jungen Menschen schon früh zum Soldaten macht, dem Lande aber und der Armee große Opfer an Geld und Zeit erspart? Meine Herren, in letzter Konsequenz ist das die Frage der Volksheere, welche ja immer noch einem Teile unserer Mitbürger als Ideal vorschweben. Wenn ich mich gegen diese Forderung erkläre, so könnte mir zunächst Inkonsequenz vorgeworfen werden, da ich selbst in der Schulkonferenz den Exerzierunterricht als obligatorisch für Knaben- und Mädchenschulen verlangt habe. Nun, meine Herren, schon diese Ausdehnung auf die Mädchenschulen beweist, daß bei diesem Antrage eine ganz andere Absicht obwaltete. Ich würde diesen Unterricht lebhaft begrüßen und lasse ihn auch oft in Familien privatim anwenden als Mittel zur Verbesserung der Körperhaltung, zur Kräftigung der Rückenmuskulatur, als Palliativmittel gegen die Skoliose.

Jene Bewegung für die militärische Jugenderziehung ist ja nicht neu; sie schwebte namentlich den Männern, welche die Befreiungskriege von der Napoleonischen Fremdherrschaft vorbereiteten, als Ideal vor.*) In Fichte's Reden an die deutsche Nation wird auf die notwendige Umgestaltung der nationalen Erziehung hingewiesen, Gneisenau schrieb damals seine bekannte Abhandlung „Über die militärische Organisation der Schulen im Lande"; Ernst Moritz Arndt sprach sich 1813 im gleichen Sinne aus: „Keine stehenden Heere, sondern ein ganzes Volk von Soldaten durch Vorübung der ganzen männlichen Jugend!" Guts-Muths, der große Vorkämpfer für die Gymnastik der Jugend, hatte schon Ende des vorigen Jahrhunderts die kriegerische Waffenübung der Jugend in sein Programm aufgenommen; 1814 während der Volkserhebung präzisirte er seine Forderungen und wollte in Städten und Dörfern die männliche Jugend in Kompagnien und Bataillonen sammeln, ein versuchter Krieger des Ortes als Hauptmann und Lehrer an ihrer Spitze. Aber ebenso deutlich spricht Guts-Muths im Jahre 1817 in seinem Turnbuch es aus, daß er die kriegerische Ausbildung, die Einführung der völligen Waffenübung bei der Schule verwirft; er fürchtet eine zu militärische, die Freiheit des Körpers und des Geistes einengende Erziehung, eine Unterdrückung der jugendlichen Fröhlichkeit, einen Verlust an Zeit, indem in der langen Dauer der Schul- und Lehrjahre nur das erreicht werde, was der Rekrut in kurzer Zeit erlernt; er fürchtet ferner eine einseitige Entwicklung, eine Gliedersteifheit; er will deshalb nur durch allgemeine turnerische Vorbildung die Wehrhaftigkeit steigern. Ähnlich stand Friedrich Ludwig Jahn zur Sache: er verlangte dreijährige Dienstzeit: ein Jahr als Dienstlerner, ein Jahr als Dienstthuer, das dritte Jahr als Dienstlehrer. Nie hat er das Turnen als Ersatz für die militärische Ausbildung erklärt. Noch heute dürften die Worte des Hauptmanns v. Schmeling, die er 1819 schrieb, giltig sein: „Ist auch die Vorbereitung für den Krieg, die Entwicklung aller geistigen und leiblichen

*) Vgl H. Stürenburg: Wehrpflicht und Erziehung. Berlin 1879.

Kräfte Sache der Erziehung und der Turnkunst — die Waffenübungen selbst, durch welche diese in Übereinstimmung gebracht werden müssen, um durch Regelmäßigkeit und Ordnung den gemeinsamen Zweck zu erreichen, können hier nicht angestellt werden; sie müssen ihrer Natur nach der Schule und den Turnplätzen fernbleiben."

Seit jener Zeit sind noch die Schriften von Rüstow von großem Einfluß auf die öffentliche Meinung gewesen. Aber selbst die Schweiz, in welcher Rüstow lange Jahre lebte, hat sich gegen die Aufnahme seiner Vorschläge erklärt, und die sogenannten Schweizer Kadettenkorps, nicht etwa Schulen für Berufssoldaten, sondern militärische Organisationen der Schuljugend, sind nur vereinzelt in großen Städten ins Leben getreten.

Die Anregungen, welche nach dieser Richtung in den letzten Wochen Bebel im Reichstag gab, sind Ihnen allen noch in frischer Erinnerung.

Von einem Mittel zur Erreichung jenes Zieles, welches noch, nachdem schon das geflügelte Wort von dem „Schulmeister", der die Schlacht von Königgrätz gewonnen, in die Lande gegangen war, durch den Leipziger Dozenten Dr. Walcker im Jahre 1873 empfohlen wurde, nämlich der Besetzung der Volksschullehrerstellen durch Unteroffiziere, würde ich gar nicht reden, wenn nicht das „Militärwochenblatt" in seiner vorletzten Nummer in einem Artikel „über militärische Jugenderziehung", der übrigens übereinstimmend mit uns die Waffenübungen in der Schule verwirft, zu dem gleichen Vorschlage gelangte. Meine Herren, ich glaube nicht, daß ich hier in eine Kritik dieses Vorschlages weiter einzutreten brauche.

Soll ich kurz meine Stellung zu dieser Frage der eigentlich militärischen Jugenderziehung rekapitulieren, so stehen außer den bisher angeführten noch folgende Bedenken entgegen: das, was der Soldat jetzt in einem bis 3 Jahren lernen soll, läßt sich nicht auf 10 bis 20 Jahre verteilen; die Zeit vom 14. bis 20. Lebensjahr würde lediglich bei den höheren Anstalten in dem gedachten Sinne sich verwerten lassen, für die jungen Leute, die schon einem Berufe angehören, wäre dafür keine Möglichkeit gegeben. Die höheren Schulen aber, für welche wir mit Mühe und Not die dritte Turnstunde und allwöchentlich bei gutem Wetter einen bis zwei Sommernachmittage für Jugendspiele gewonnen haben, würden uns keine Zeit dafür gönnen; bei annähernd gleichen Unterrichtszielen würde die „Überbürdung" durch eine Hinterthür wieder hineingeschmuggelt werden. Der Grad von Disziplin, der von dem Soldaten verlangt werden muß, und ebenso die für ihn notwendigen körperlichen Strapazen, vertragen sich nicht mit der Erziehung der Jugend. Was in dieser Hinsicht in den Kadettenanstalten geleistet wird, also bei einer ausgewählten, für den militärischen Beruf bestimmten Schaar, die in einem Internate unter besonderer hygienischer Aufsicht steht, — das kann für die übrigen Schulen nicht verallgemeinert werden. So bleibt uns dann nur übrig, durch Turnen und Jugendspiele der harmonischen Entwicklung des ganzen Menschen fördernd zur Seite zu stehen, welche auch ein so gründlicher Kenner der soldatischen Ausbildung, wie der General v. Wittich, als einen sehr wesentlichen Vorläufer der eigentlichen militärischen Schulung ansieht. Herr v. Wittich sagte schon 1861: „Die Gymnastik muß bei uns bis in die Volksschule ihre eingreifende Wirksamkeit ausüben und die Lust an körperlichen Übungen muß dem Volkscharakter wieder eingepflanzt werden.“ Meine Herren, diese Lust wird durch die Jugendspiele in hervorragendem Maße bewirkt und erhalten, und so werden sich dieselben auch hierdurch für die Wehrhaftigkeit unserer Nation als nutzbringend erweisen. (Lebhaftes Bravo.)

Mitberichterstatter Dr. med. F. A. Schmidt, Bonn:

Meinen ergänzenden Ausführungen über die Frage: „Inwiefern nützen die Spiele und Leibesübungen im Freien der Armee?“ möchte ich zunächst den Satz voranstellen: daß alle Bemühungen, welche auf Erhöhung der Wehrkraft unserer Jugend, d. h. ihrer Militärtauglichkeit, abzielen, in gleicher Weise der Arbeitskraft und Arbeitstüchtigkeit unseres Volkes im Frieden zu Gute kommen. Dies um so mehr, als die Mittel hierzu, und das hat auch mein geehrter Herr Vorredner schon ausgeführt, keineswegs einen ausgesprochen militärischen Charakter haben sollen, sondern ganz in den Rahmen allgemeiner Leibesübungen fallen, wie wir sie von je zur Erhöhung leiblicher Gesundheit, geistiger Frische und arbeitsfreudiger Willenskraft in unserm Vaterland zu fördern suchten. —

Von den im Jahre 1876 auszuhebenden jungen Leuten mußten 48,58 Prozent zurückgestellt werden, während 12,82 Prozent als untauglich ausgemustert wurden. Nachdem durch Kaiserliche Verordnung vom 31. August 1880 die Ausmusterung aller Leute mit Mindermaß aufgehört hat, haben sich diese Zahlen bis 1895 allmählich verschoben, indem die Zahl der Zurückgestellten langsam anwuchs bis auf 54,21 Prozent der Heerespflichtigen, während die der Ausgemusterten sank auf 7,43 Prozent.

Wir können daraus also nur die Thatsache entnehmen, daß von den heerespflichtigen Jünglingen weit über die Hälfte zurückgestellt werden muß: das heißt den Grad von Körperentwickelung, welcher zur Ertragung der

Anstrengungen des Waffendienstes allermindestens notwendig ist, noch nicht erreicht hat.

Es fragt sich nun, ob durch allgemeinere Verbreitung von Leibesübungen und Spielen im Freien

1) diese Zahl der schlecht oder unfertig Entwickelten vermindert,
2) aber auch die Leistungsfähigkeit der wirklich Tauglichen gesteigert werden kann.

Wie bekannt ist es neben schwächlicher Muskulatur vor allem schlechte **Brustentwicklung**, welche das Mindermaß von Leistungsfähigkeit bedingt. Schlechte Brustentwicklung heißt aber nichts anders als unfertige Entwicklung von **Lunge** und — auch ohne das Vorhandensein direkter Messungen dürfen wir dies aus dem engen funktionellen Verhältnis der beiden großen Brustorgane schließen — von Herz.

Die Entwicklung dieser Organe, welche ihrerseits auf Blutbildung und Ernährung bedeutenden Einfluß haben, ist eben für den Heeresdienst von hervorragendster ja von ausschlaggebender Wichtigkeit.

Andauernde Marschtüchtigkeit; das Ertragen von Gewaltmärschen; die Möglichkeit beim Felddienst größere Strecken im Laufschritt zurückzulegen, Anhöhen zu ersteigen oder hinaufzustürmen und dann sofort noch frisch und angriffskräftig zu sein — ist durchaus gebunden an die Leistungsfähigkeit von Lunge und Herz.

Die Schulung dieser Organe ist die körperliche Unterlage der Felddienstfähigkeit.

Nun sind aber grade die Lebensjahre, welche dem Heeresdienst vorangehen, **die Jahre der Entwicklung oder der Reifung** vom 14. bis 20. diejenigen, welche für die endgültige Entwicklung der Lungen und namentlich des Herzens von überwiegendster Bedeutung sind. Es sind dies aber — von den gelehrten Berufen abgesehen — auch diejenigen Jahre, wo der Knabe dem Schulzwang entwachsen ist, in die Berufslaufbahn tritt — und wo für ihn die Leibesübungen in der Schule aufhören zu einer Zeit, wo sie grade am nötigsten und am wirksamsten zu werden beginnen. —

Einige Zahlen mögen die Wachstumsverhältnisse von Herz und Lungen in der Entwicklungszeit näher darlegen.

Es wächst in den Jahren von 14—20

die Körperlänge durchschnittlich um das 1,18fache } nach Axel Key,
das Körpergewicht „ „ „ 1,42 „ } Quételet u. a.

das Volum der Lungen durchschnittlich um das 1,63fache nach Beneke
„ „ des Herzens „ „ „ 1,92 „ „ „

Auf 100 cm Körperlänge berechnet, beträgt nach Beneke

	Volum des Herzens	Volum der Lungen
am Schluß des 1. Lebensjahres	57—62 cm	300—360 cm
„ „ „ 13.—14. „	83—100 „	640—710 „
„ „ der Entwicklung	130—168 „	820—1050 „

Auf die gleiche Körperlänge besitzt der reife Mann eine 3—4mal so große Muskelmasse des Herzens — und 3mal so großen Lungeninhalt, als das neugeborene Kind.

Die Wachstumsgröße ist nach Beneke durchschnittlich

in den Jahren von 7—14.	für das Herz	jährlich	5,6—7,6 cm
„ „ „ „ „	„ die Lungen	„	5,0—4,5 „
„ „ Entwicklungsjahren	„ das Herz	„	1,9—3,0 „
„ „ „	„ die Lungen	„	10,0—14,5 „

Dieses verhältnismäßig so mächtige Wachstum des Herzens und der Lungen ist das hervorstehendste anatomische Kennzeichen der Reifeentwickelung.

Es geht aus diesen entwicklungsgeschichtlichen Thatsachen, die mit zahlreichen Erfahrungsthatsachen sich decken, hervor, daß alles das was die volle ungehinderte Entwicklung von Herz und Lungen fördert, für die Reifeentwicklung des jungen Mannes bis zu 20. Lebensjahr und damit auch für dessen militärische Diensttauglichkeit von grundlegendster Wichtigkeit sein muß.

Nun bedürfen aber Herz und Lungen zu ihrem steten Wachstum und zur kräftigen Ausbildung genau so wie die anderen Körperorgane besonderer Wachstumsanregungen, und diese werden auch hier durch zeitweise erhöhte funktionelle Thätigkeit, d. h. durch Übung, gegeben.

Herz und Lungen werden aber nicht direkt willkürlich geübt, wie Bewegungsnerv und Muskel, sondern auf indirektem automatischem Wege durch reichliche Körperbewegung. Arbeit großer Muskelmassen erfordert reichliche Sauerstoffzufuhr — diese liefert durch vermehrte Leistung das Herz, indem es viel mehr Blut umtreibt — sowie reichliche Kohlensäureausscheidung — und diese bewirken die Lungen durch vermehrte und nach allen Durchmessern vertiefte Atmung. Die Bewegungsformen aber, welche ohne Übermüdung einzelner Muskeln große Muskelmassen anhaltend in Bewegung setzen, und damit am anhaltendsten Lungen- und Herzthätigkeit steigern,. welche ferner aber auch durch ihren rhythmischen Gang den Kreislauf gleichmäßig beschleunigen und damit dem Herzen die günstigsten und übendsten Arbeitsbedingungen schaffen: sind die Schnelligkeits- und Dauerbewegungen, Laufen, Bergsteigen, Marschieren, Schwimmen u. s. w., und die Form, in welcher der Lauf besonders ausgiebig und zuträglich geübt wird, ist das Bewegungsspiel.

image

not

available

image
not
available

Diesen Bewegungsformen ist für Herz- und Lungenentwicklung der hervorragendste Wert zuzuerkennen. Es genügt aber nicht die Organe des Blutumlaufs und der Atmung allein durch so entsprechende Bewegung zu üben: sondern diese Bewegung muß auch unter Umständen geschehen, daß die stoffliche Unterlage aller Lebensthätigkeiten, und der Herz- und Lungenthätigkeit insbesondere, entsprechend gekräftigt, das heißt, daß die Blutbildung gefördert werde. Hierzu gehört neben entsprechender Nahrung vor allem die freie Luft.

Welchen anders nicht zu ersetzenden Wert für die Mehrung des Blutgehalts und für die Bildung roter Blutkörperchen grade die Bewegung in freier Luft, in Licht und Sonne hat, das wissen wir Aerzte aus alltäglicher Erfahrung. So hoch ich persönlich den Wert regelrechter Turnübungen im geschlossenen Raum der Turnhalle für die Entwicklung der Muskulatur, für die Hebung der Geschicklichkeit, der Willenskraft und Entschlossenheit schätze, und so wertvoll gewiß auch diese Eigenschaften für den Heeresdienst sind — für die Ausbildung der Lunge und des Herzens, für vermehrte Blutbildung und damit vermehrte Lebensenergie und Widerstandskraft leisten sie nicht das was, reichliche Bewegungen im Freien leisten. Voreingenommen ist wer das Gegenteil behauptet.

Wir wissen durch die klassischen Untersuchungen von Axel Key, wie sehr das Schulleben durch Hinderung ausreichender Bewegung grade die Blutbildung beeinträchtigt. Ebenso zeigte Key, daß auf den schwedischen Schulen bei allen Altersklassen das Körperwachstum, wie es sich durch Gewichtszunahme äußert, im Sommerhalbjahr um ¹/₃ größer ist als im Winterhalbjahr — eben weil im Sommer reichlichere Bewegung in Licht und Luft stattfindet als im Winterhalbjahr, und damit auch reichlichere Wachstumsanregung.

Ganz sicher werden diese Verhältnisse in den Jahren von 14—20, wo die Entwicklung von Lungen und Herz so sehr im Vordergrund steht, also die Entwicklung von Organen die der Wachstumsanregung durch gesteigerte Thätigkeit ganz besonders bedürfen, noch mehr sich geltend machen.

Der Lehrling, welcher mit 14 Jahren in die Werkstube, den Fabriksaal, in das Bergwerk, in das Kontor, in die Schreibstube gebannt wird, entbehrt jener Anregungen, wird notwendigerweise in der Entwicklung verkümmern oder doch zurückbleiben gegenüber dem, welchen sein Beruf zur ausgiebigen Arbeit im Freien zwingt. Die Jugend in Industriebezirken wird eine minderwertige Entwicklung aufweisen gegenüber der Jugend in ackerbautreibenden Landstrichen — besonders dürftige Gegenden mit kümmerlichstem Lebensunterhalt natürlich ausgenommen.

Nach einer vor kurzem veröffentlichten Angabe steht die Provinz Ostpreußen, die vorzugsweise ackerbautreibende Bevölkerung aufweist, mit 60 Prozent Militärtauglichen des Ersatzes an der Spitze der preußischen Provinzen; Brandenburg — durch die Hauptstadt Berlin — mit 41 Prozent Tauglichen an letzter Stelle. Schon 1870/71 hatte nach derselben Quelle der Industriebezirk Waldenburg nur 20 Prozent, der benachbarte Landkreis Striegau aber 60 Prozent Taugliche.

Diese Zahlen sind um so bemerkenswerter, als im Reiche die Landbevölkerung in fortwährender Abnahme begriffen ist gegenüber der Stadtbevölkerung. Zu Anfang des Jahrhunderts stand die Ziffer der Land- zur Stadtbevölkerung wie 5:1, heute steht sie schon wie 1,9:1,2. Nicht lange, so wird sie gleich stehen. Und mit dieser andauernden Verschiebung steht uns eine Verringerung der leiblichen Tüchtigkeit unseres gesamten Ersatzes in Aussicht.

Alle Anstrengungen, der Jugend in den Entwicklungsjahren, den Handwerkern, den Kaufmannslehrlingen, den jungen Industriearbeitern u. s. w. durch reichliche regelmäßige Bewegung im Freien körperliche Frische und Tüchtigkeit, namentlich Kräftigung der Organe der Atmung und des Kreislaufs, Förderung der Blutbildung und damit volle ungehinderte Reifeentwickelung zu schaffen, sind daher für die Tüchtigkeit unseres Heeres von höchster Bedeutung. Nicht Vorwegnahme militärischer Dienstformen und Drills ist anzustreben: das sei lediglich der spezifisch militärischen Heereserziehung überlassen. Unsere Bestrebungen zielen dahin: dem Vaterland eine kraft- und saftvolle, tüchtig entwickelte leistungsfähige und ausdauernde deutsche Jugend als Grundlage des Volksheeres zu schaffen.

Spiele im Freien, Marsch-, Lauf-, Springübungen, Turnen, Bergsteigen, Wandern, Schwimmen, im Winter Schlittschuhlaufen u. s. w. — das sollen die Mittel sein. Dazu müssen wir die Jugend der Jahre von 14—20 heranzuholen suchen, denn diese Jahre sind die übungsbedürftigsten aber auch besonders übungstüchtige.

Es ist ein vaterländisches Werk, wenn auf dieses Ziel die freiwillige Arbeit tüchtiger Männer gerichtet wird. Hier ist die langjährige Arbeit deutscher Turnvereine mit ihren Lehrlingsabteilungen zu erweitern, sei es im Rahmen des Gegebenen, sei es durch Neuorganisationen, die ich mir besonders im Anschluß an die Fortbildungsschulen denke. Zu dieser Arbeit im Dienste des Vaterlandes sollten auch mithelfen die gewiß hierzu besonders befähigten Angehörigen des Heeres im Beurlaubtenstande.

Unserm Volke ist die Sonntagsruhe gegeben: nun, lassen wir nicht die heranwachsende Jugend allzufrüh dem entnervenden Wirtshausbesuche und anderen niedrigen Vergnügungen verfallen. Befreunden wir sie wieder mehr mit der ewigen Erzieherin, der freien Gottesnatur, und mit der Freude an frischer stärkender Bewegung in fröhlichem Wettkampf mit den Altersgenossen.

Erst wenn diese freiwillige Arbeit einen nennenswerten Umfang nicht erreichen sollte, und im Lärm des Tages solche Anregungen ungehört verfallen, dann möge im Interesse der Arbeits- und Wehrkraft und damit der Existenz unseres Volkes die Frage ernsthaft erwogen werden, ob nicht eine leibliche Erziehung der Jugend auch über die Schuljahre hinaus zu einer verpflichtenden werden soll und muß. (Lebhafter Beifall.)

Debatte über diese beiden Vorträge.

Generalmajor v. Amann:

Meine Herren, es interessiert Sie vielleicht, zu wissen, wie das Kadettenkorps sich zu dieser Sache stellt. Wenn, wie Herr Dr. Graf erwähnte, Gneisenau und auch GutsMuts den Gedanken hatten, militärische Übungen für die Jugend, das Exerzieren, in die Schulen einzuführen, so ist dabei zu berücksichtigen, daß man damals noch mehr als jetzt mit dem Worte „Exerzieren" eine ganze Menge Übungen zusammenfaßte, welche nicht bloß militärisch sind. In dem Worte „exerzieren" steckt von dem, was die Turnerei hat, was die Jugendspiele haben, eine ganze Menge, und wenn von dem Exerzieren in Familien die Rede ist, so ist das eigentlich weiter nichts, als eine andere Art der Gymnastik oder sagen wir lieber des Turnens. Gneisenau wußte nichts vom Turnen und bezeichnete wohl alle Körperausbildung mit „Exerzieren", und wenn GutsMuts sich später korrigierte und das Militärische fern halten wollte, so ist das nur ein Beweis, daß er zur Erkenntnis des Unterschiedes zwischen der allgemeinen und der eigentlich militärischen Ausbildung kam. Wir machen heute in unsern Kadettenanstalten genau denselben Unterschied, wir behandeln die jüngeren Kadetten durchaus nicht als künftige Soldaten, sondern zunächst sind sie Knaben und wir sind in der Jugenderziehung. In allen Voranstalten wird daher das rein Militärische ganz zurückgehalten. Wenn die Zöglinge einmal Parademärsche machen, so geschieht das zum Vergnügen, und wenn sie bei einem Ausfluge in den Wald Spitze und Vortrab bilden, so hat das mehr Ähnlichkeit mit einem Spiel wie „Räuber und Soldaten", als mit einer militärischen Gefechtsübung. Wir legen jetzt in den Kadetten-Voranstalten nicht Wert auf das militärische Turnen, sondern auf das rein deutsche Turnen, das Jugendturnen, weil wir darin den besten Erfolg für unsere

Bestrebungen sehen. Daß wir dabei etwas strenger auf Ordnung achten, als manche Schulen, das geschieht im Interesse der Gleichmäßigkeit des Ganzen und der Erziehung zur Unterordnung, aber nicht weil das „militärisch“ ist. Erst wenn die Kadetten in die Obertertien und besonders in die Hauptanstalt kommen, beginnen sie nach und nach mit dem militärischen Turnen, d. h. wir bilden sie zu künftigen Turnlehrern der Armee aus, und damit tritt eine neue Aufgabe an uns heran, die uns sehr stark belastet. Wir müssen ihretwegen beim Turnen viel darauf halten, daß die Kadetten nicht blos turnen können, sondern daß sie auch Kenner des Turnens werden; denn in der Armee wird nun einmal verlangt, daß ein Kadett, der als Sekundaner abschließt, als Turnlehrer brauchbar ist, und wer als Selektaner oder Oberprimaner abschließt, muß das Turnen leiten können. Daran ist die Armee gewöhnt und das Kadettenkorps führt es auch durch. Ein besonderes Bedürfnis, Militärisches ins Turnen hineinzubringen, haben wir sonst nicht. Die militärische Erziehung, von der ich weiter nicht spreche, wird im allgemeinen durch das ganze Internat bewirkt, wie Herr Dr. Graf richtig hervorhob. Wir profitiren davon, daß unsere Kadetten ausgesucht gesund sind; wir nehmen keine Schüler auf, die mit Fehlern behaftet sind. Wir gehen aber auch darin konsequent vor, daß wir nicht einzelne Paradeturner ausbilden und keine Liebhaberei gestatten. Wir räumen auch den Eltern nicht soviel Einfluß auf die Teilnahme am Turnunterricht ein, daß wir auf ihren Wunsch die Zöglinge einfach dispensieren, sondern wenn es heißt, daß ein Knabe nicht turnen kann, raten wir den Eltern, sich zu überlegen, ob er überhaupt sich für unsere Erziehung eignet. Selbstverständlich haben unsere Ärzte einen großen Einfluß hierauf, und der Kadett wird sofort zeitweise dispensiert, wenn der Arzt es für notwendig hält. Im allgemeinen aber verlangen wir Turnen für alle. Wir stellen auch unsere Statistik in diesem Sinne auf. Wir beurteilen das Turnen einer Kompagnie nicht danach, wieviel Paradeturner — im Kadettenkorps nennt man sie Korsoturner, weil dort das Turnfest „Korso“ heißt — sie ausbildet, sondern danach, wie sie durchgebildet ist bis auf den letzten Mann, und das ist es gerade, was uns das Vertrauen in der Armee erhält; denn wenn ein Kadett zum Regiment kommt, so weiß es, daß es wenigstens einen Turner bekommt.

Dieselbe Idee liegt dem Betriebe des Schießens zu Grunde. Wir denken garnicht daran, unsere jungen Kadetten mit Armeewaffen schießen zu lassen; das thun wir erst bei Primanern und Selektanern. Dagegen wissen wir, daß, um das Interesse für die Sache zu fördern, es außerordentlich zweckmäßig ist, ihnen ein Spielgewehr, ein Gartengewehr in die Hand zu geben. Das ist wieder ein Beweis, daß wir die eigentlich militärische Ausbildung trennen wollen von der für die Jugend passenden Körperausbildung. Auf andern Gebieten ist es ähnlich.

Ich möchte also feststellen, daß der Begriff „exerzieren“ aus einer Zeit stammt, wo es das Turnen im deutschen Volke noch nicht gab, und daß das Exerzieren daher die allgemeine (nichtmilitärische) Körperausbildung mit umfassen mußte. Wenn die letztere auf den Schulen möglichst intensiv betrieben wird, hat die Armee den größten Vorteil davon. Ich glaube aber ganz gewiß, daß es falsch wäre, wenn weiter gegangen würde, wenn die Truppenausbildung, die eigentlich kriegerische Thätigkeit — sagen wir Gefechtsbewegungen z. B. — die Entwicklung von Schützenlinien u. dergl. m. mit hineingezogen würde. Ich fürchte, dann müßte man den jungen Leuten, wenn sie in die Truppe kommen, sagen: Nun vergeßt einmal erst, was Ihr dort gelernt habt; nun wollen wir von vorn anfangen.

Geheimer Oberregierungsrat Blenck:

Meine Herren, wenn ich gestern in meinem Berichte über die Ergebnisse der ersten Untersuchung der Jugend- und Volksspiele darauf hinzuweisen hatte, daß bei den Volksschulen sich anscheinend eine viel zu geringe Neigung, Volks- und Jugendspiele zu treiben, gezeigt hätte, so sind gerade die heutigen Ausführungen in dieser Beziehung erklärend gewesen. Ich hatte gestern keine Veranlassung, auf den Grund jener Erscheinung einzugehen, und der Grund ist ein sehr nahe liegender. Wir haben vorzugsweise zu klagen, daß die Schüler in den höheren Unterrichtsanstalten in verhältnismäßig größerer Zahl kriegsuntüchtig seien, als die Schüler aus den Volksschulen, und das liegt ja in verschiedenen Ursachen. Vielleicht, daß die höhere geistige und ethische Entwicklung einen gewissen Rückschlag auf die Bildung des Körpers ausübt; jedenfalls sehen wir, daß ein großer Teil der Studierten nicht blos an einer gewissen Körperschwäche leidet, sondern namentlich an Augenschwäche, die so ausführlich vom ersten Herrn Referenten hervorgehoben ist. Wenn das der Fall ist, dann ist das Bedürfnis, diesen Mängeln abzuhelfen, selbstverständlich bei den Leitern der höheren Unterrichtsanstalten ein viel größeres, und die Schüler in den unteren Anstalten sind an und für sich in ihrer ganzen Entwicklung im Hause, aber auch in ihrer ganzen Thätigkeit, nachdem sie die Schule verlassen haben, nicht so ausschließlich darauf angewiesen, diesen Mängeln noch abzuhelfen. Die Fortbildungsschulen sind vorhin erwähnt. Das ganze Fortbildungsschulwesen hat sich seit Jahren so entwickelt, daß die geistige und ethische Bildung fast ausschließlich in den Vordergrund gestellt ist. Ich kann daher die Anregung des Herrn Dr. Schmidt nur lebhaft begrüßen, daß, wenn man hier die Ausbildung in einer gewissen Anzahl von vorgeschriebenen praktischen Gegenständen, deren man in neuester Zeit höchst empfehlenswerte hat, hinzufügen wollte — die Größe des Erfolges lasse ich dahingestellt sein, ich erwähne da z. B. die Stenographie —, daß man neben diesen es ermöglicht, wenn schon das Bedürfnis nicht so groß ist, auch noch die körperliche Tüchtigkeit der aus der Volksschule entlassenen jungen Leute bis zu der Zeit hin, wo sie in das militärpflichtige Alter eintreten, zu unterstützen. Ich wollte mir diese kurze Bemerkung nur in Ergänzung des gestern Angeführten erlauben, weil ich allerdings glaube, daß ein so großes Bedürfnis bei den Volksschülern nicht vorliegt, wie bei der großen Zahl derer, die leider in so scharfer Weise von zwei Seiten charakterisiert werden konnten.

Wenn Herr Dr. Schmidt von den Quetelet'schen Zahlen ausgegangen ist, so möchte ich sodann noch kurz darauf hinweisen, daß diese nur einen bedingten Wert haben. Adolf Quetelet hatte bekanntlich seinen homme moyen erfunden, ein in der Welt nicht vorkommendes ideales Wesen, das aus dem Durchschnitte sehr verschiedener Rassen zusammengestellt war und uns Menschen bringt, wie sie in der Welt niemals gelebt haben. Die verschiedene Volksrassen äußern sich körperlich sehr verschieden, so gut wie geistig; wir müssen aber mit realen Menschen rechnen. Ich erwähne das nicht mit Tadel; aber die Quetelet'schen Zahlen bieten nicht einen Beweis. Dieser homme moyen hängt an der Decke; man kann ihn nach allen möglichen Seiten beschauen; aber der wirkliche Durchschnitt kommt im menschlichen Leben selten vor.

General der Infanterie v. Keßler:

Meine Herren, ich wollte mir erlauben, mit ein paar Worten auch meine Ansicht zur Sache zu äußern. Zunächst bin ich persönlich — ich spreche nur meine persönliche Ansicht aus — der Meinung, daß wir im besten Sinne ein Volksheer schon haben. Wir haben ja gar kein stehendes Heer, sondern wir haben nur ein stehendes Lehrpersonal, und da läuft alles durch die Schule, durch die Lehrzeit, die, wie wir gehört haben, auf drei Jahre angeschlagen war, und wenn sie jetzt heruntergesetzt werden soll, thun wir wirklich schon ein Übriges. Also meiner Überzeugung nach haben wir ein Volksheer. Was soll nun die Jugenderziehung dafür leisten? Nach der beredten, eingehenden Darstellung der beiden

Herren Referenten brauche ich weiter gar nichts hinzuzufügen, als, wenn das geschieht, wenn wir tüchtige Persönlichkeiten erziehen — nicht bloß körperlich, sondern auch geistig und sittlich tüchtige Persönlichkeiten — dann dienen wir nicht bloß den Zwecken des Krieges, sondern wir dienen in viel höherem und einschneidenderem und wichtigerem Maße den Zwecken des Friedens.

Was die körperliche Ausbildung als solche anbelangt und die Art der Behandlung, so kann ich nach dem, was Herr General v. Amann erläutert hat, nur sagen: im Kadettenkorps wird gerade neben dem notwendigen militärischen Zuschnitt der Äußerlichkeiten soviel wie möglich die freie Bewegung der Knaben gestellt, damit für die einzelnen Persönlichkeiten die Gelegenheit da ist, sich zu entwickeln. Sie einzuschnüren, wäre ganz verkehrt; dann würden wir keine Männer, keine Charaktere erziehen, und die brauchen wir vor allen Dingen: gesunde, tüchtige Leute nach jeder Richtung hin. Das scheint mir ganz richtig getroffen zu sein in den Worten, die Herr v. Schmeling nach der Darstellung des Herrn Dr. Graf geäußert hat, daß nämlich in der Jugenderziehung, in der Entwicklung der Jugend es sich zunächst um die Ausbildung des einzelnen handelt. Was nachher die zusammengestellte Masse zu thun hat, das lernt sie viel besser in einer viel kürzeren Zeit, mit viel intensiverer Arbeit in der Armee selbst, in der Truppe.

Turninspektor Hermann:

Die Auseinandersetzungen der beiden Herren Referenten haben gewiß in uns allen die Überzeugung fest werden lassen, daß, wenn es sich darum handelt, zu fragen, was geschehen muß für die körperliche Ausbildung der Jugend bei ihrem Heranwachsen bis zu dem Zeitpunkte, wo sie zum Militär ausgehoben wird, daß wir da sagen: bei der Ausbildung des Körpers, in welchem sich vorwiegend eine gute Lungen- und kräftige Herzthätigkeit zeigen muß, wenn er zum Soldaten brauchbar sein soll — das sind ja doch die Punkte, worauf beim Militär besonders Rücksicht genommen werden muß — bekommt die Jugend alle diese hervorragenden und nötigsten Eigenschaften zweifellos am besten, wenn dafür gesorgt wird, daß sie recht viel, kräftig und ausgiebig sich in frischer, freier Luft bewegt. Ich stelle also nicht diejenige Leibesübung in den Vordergrund, die man im allgemeinen unter systematischem Turnen versteht. Es ist dieses meiner Ansicht nach nur eines der mitwirkenden Faktoren für Hebung der Militärthätigkeit. Vielleicht ist man auch im Irrtum, wenn man meint, die Jugend der höheren Schulen liefere im Ganzen ein schlechteres Material als die der Volksschulen. Ich meine, es ist festgestellt worden, daß überhaupt auf dem Lande die Brauchbarkeit für das Militär dreimal höher ist, als in den Städten, und man sollte daraus den Schluß ziehen und hat ihn ja auch gezogen, daß man im allgemeinen gerade in dem ausgedehnten Aufenthalte in der frischen, freien Luft und in der kräftigen Bewegung im Freien einen treibenden Grund findet für die gesunde Entwicklung von Lunge und Herz. Meine Herren, gewiß, die sog. technische Turnübung, die auch der Soldat treibt, bildet ihn mit aus zur Gelenkigkeit und Behendigkeit, und das ist auch etwas, was hinzukommen muß, was den an und für sich kräftig und gesund dastehenden Körper weiter ausbilden hilft. Die ganze Schulung des Militärs bei der Ausbildung ist vorwiegend auf Bewegung, auf Dauerbewegung im Freien ausgedehnt, und die Leute, die bei der Aushebung vielleicht etwas weniger der militärischen Anforderung genügen, werden in der Militärdienstzeit doch so vollwüchsig und kräftig gemacht, daß sie als tüchtig entlassen werden können. Deshalb ist gerade die Militärdienstzeit und die ganze militärische Übung, welche ein so hervorragendes Mittel für die Entwicklung der Gesundheit, Körperkraft und Ausdauer ist, eine Schule des deutschen Volkes, wie wir keine bessere haben.

Dr. med. Goetz:

Meine verehrten Herren! Es ist eigentlich den lichtvollen Äußerungen der Herren Kollegen Dr. Graf und Dr. Schmidt kaum etwas hinzuzufügen, sowohl was die, ich möchte sagen, pädagogische Begründung des Herrn Dr. Graf, wie die physiologische des Herrn Dr. Schmidt angeht. Beide waren so klar, daß wir über das Allgemeine der Frage wohl einig sind. Der Grundgedanke ist eben der, daß unsere Erziehung so beschaffen sein muß, daß sie den Menschen für das ganze Leben, für den ganzen Kampf ums Dasein, den jeder zu bestehen hat, fähig macht. Und dieser Kampf ums Dasein erstreckt sich auch auf den Kampf um das Dasein des Vaterlandes. Die Erziehung muß so sein, daß der junge Mann, wenn er ins Leben tritt, auch fähig ist, die Wehre zu ergreifen und für das Wohl, die Unabhängigkeit und Freiheit des Vaterlandes einzutreten und zu kämpfen. Darüber sind wir alle einig. Die Wege, das zu erreichen, sind ja außerordentlich vielfach. Ich bin natürlich ganz dagegen, die Erziehung rein militärisch zu gestalten, habe aber nichts dagegen, daß in dieser Beziehung sich einzelne Bestrebungen geltend machen, die äußerlich eine militärische Form haben, wie z. B. Exerzierschulen u. dergl. Sie sind vielleicht mehr eine Spielerei, haben aber jedenfalls den Vorzug, die

Leute heraus ins Freie zu bringen und sie zu körperlichen Übungen anzuleiten.

Den Mitteilungen des Herrn Kollegen Graf inbetreff der höheren Schulen habe ich eine Bemerkung hinzuzufügen, die mir vor Jahren einmal der Kriegsminister Bronsart v. Schellendorf mitteilte, daß nämlich die Bestimmungen über den Dienst der Einjährig-Freiwilligen von der Voraussetzung ausgehen, die Söhne der besser gestellten Bevölkerungsklassen, die einjährig-freiwillig dienen wollen, als körperlich schwächeren Teil unserer Bevölkerung zu betrachten. Die Deutsche Turnerschaft verlangte damals, man möchte von Reichswegen bestimmen, daß von denjenigen, die einjährig-freiwillig dienen wollen, nicht blos ein gewisses Maß höherer geistiger Ausbildung, sondern auch ein gewisses Maß der Ausbildung in Leibesübungen gefordert werde. Wir wollten durch Einführung dieser Bestimmung die Jugend der besser gestellten Stände moralisch zwingen, ihre Leibeskräfte zu üben und auszubilden und wollten dadurch dem Vaterlande eine kräftigere Jugend aus diesen Ständen heranziehen helfen. Da erfolgte nun die Antwort des Kriegsministers, das ginge nicht, weil die Anforderungen an die körperliche Tüchtigkeit der Einjährigen geringer wären, als die bei den übrigen Rekruten. Ich erwähne das, weil daraus hervorgeht, daß besser von Staatswegen alle Kräfte eingesetzt werden müßten, diesen Teil der Jugend mehr zu kräftigen. Ist er a priori der schwächere, wie man annimmt, so ist am allermeisten notwendig, daß er körperlich leistungsfähiger gemacht wird. Es ist eine wahre Wohlthat, daß der größere Teil dieser Jugend sich in den höheren Schulen bis nahe an den Zeitpunkt befindet, wo sie militärisch zu dienen hat, weil da noch ein Zwang zur Leibesübung angewendet und mehr geschehen kann, als in den Kreisen unserer Jugend, die mit 14 Jahren aus der Schule entlassen werden. Da ist es nun eine außerordentlich wichtige Aufgabe, zu erwägen, was für diese Jugend geschafft werden kann. Kollege Schmidt hat schon angedeutet, daß es vielleicht wünschenswert wäre, auch zwangsweise mit Leibesübungen vorzugehen. Ich halte das im Allgemeinen für unmöglich. Unsere Deutsche Turnerschaft hat seit 1860 immer wieder auf Mittel und Wege gesonnen, wie der Teil der Jugend, der vom 14. Jahre ab jedes Zwanges ledig ist, zur Pflege der Leibesübung veranlaßt werden kann. Wir haben schon 1860, dann später zweimal und jetzt zum drittenmal den Einzelstaaten, beziehentlich dem Reichstage Petitionen vorgelegt, die in bescheidener Weise Vorschläge machten. Die militärischen Kreise sind allerdings unsern Vorschlägen nicht geneigt gewesen. Wir haben nämlich gesagt: man muß der Jugend — die vom

14. Jahre ab in körperlicher Beziehung machen können, was sie wollen — für die Zeit, da sie militärisch zu dienen hat, gewisse Vergünstigungen bieten, wenn sie tüchtig in Leibesübungen vorgebildet in den Dienst eintritt und diese leibliche Ausbildung nachweisen kann. Wir haben den Vorschlag gemacht, solchen jungen Leuten Vergünstigungen durch Dienstverkürzung, schnellere Beförderung zum Gefreiten oder Unteroffizier zu bieten und sie so gewissermaßen moralisch zu zwingen, wenn sie Interesse haben für eine günstigere Stellung, sich in der Zwischenzeit von der Schule bis zum Dienen in leiblichen Übungen auszubilden und zu kräftigen. Der Vorschlag liegt jetzt dem Reichstag in Form einer Bitte vor, die Reichsregierung zu ersuchen, wenigstens diese Frage in Erwägung zu ziehen. Wir haben dieser Petition noch andere Punkte hinzugefügt, die den Wunsch aussprechen, die Reichsregierung möchte die einzelnen Regierungen ersuchen, mehr für die Leibesübungen in den Schulen zu thun, wie bisher, beispielsweise dafür zu sorgen, daß überall und in allen Schulen der Turnunterricht und das Spielen obligatorisch eingeführt werde; sogar in unserem Turnerlande Sachsen ist es auf dem Lande und in kleinen Städten, weil die Mittel fehlen, noch nicht so weit gekommen, daß überall obligatorisch geturnt wird. Wir haben ferner darauf hingewiesen, daß es eine ungeheuer wichtige Sache wäre, wenn überall der Turnunterricht und die Spiele auch für das weibliche Geschlecht eingeführt würden. Denn, meine Herren, die gesunde Erziehung unserer männlichen Jugend hat gewiß an sich ihren hohen Zweck; wenn wir aber nicht auch gesunde Mütter erziehen, die gesunde Kinder bekommen können, so ist unsere Zukunft eine trübe. Es ist grauenhaft, in welcher Masse jetzt Frauenerkrankungen auftreten, die man früher garnicht kannte. Die jungen Mädchen, wenn sie in die Ehe treten, liefern ungeheuer oft den Beweis, daß unmittelbar nach dem ersten Wochenbett Krankheiten eintreten, die ein Unglück fürs ganze Leben für sie, für die Ehe und für die Fortpflanzung des Geschlechtes sind. Die Herren, die sich darum gekümmert haben, kennen alle die Unzahl z. B. von Unterleibsoperationen, die sich gegenwärtig glücklicherweise unter der Herrschaft der Aseptik nötig machen — es ist geradezu unheimlich. Diese Leiden sind nicht etwa früher nicht erkannt worden, sondern sie sind thatsächlich nicht dagewesen. Es ist unmöglich, wenn das so fortschreitet, daß unserem Volk in Zukunft gesunde Nachkommen in normaler Zahl erwachsen. Es muß Wandel geschaffen werden und dazu gehören, außer Verbannung der Modethorheiten, Leibesübungen, besonders Beinübungen, tüchtiges Laufen u. dergl., was den Unterleib gesund erhält.

Die zwei Punkte, die Heranziehung der Jugend vom 14. Jahre ab zu Leibesübungen und stramme Einführung der Leibesübungen für Mädchen, das sind unter allen Umständen die Hauptziele, die in Zukunft inbetracht zu ziehen sind. Man mag finden, daß die von der Turnerschaft ausgesprochenen Wünsche, namentlich inbetreff der Vergünstigungen für leiblich tüchtig vorgebildete Soldaten, zu weit gehen; es liegt aber ein gesunder Kern drin, und wenn wir die Überzeugung haben, daß wir den größten Teil der Jugend über 14 Jahre nicht direkt zwingen können, den Leib zu üben, so müssen wir eben daran denken, einen indirekten Zwang auf sie auszuüben, indem wir ihr einen Vorteil bieten.

Geheimer Sanitätsrat Dr. Graf:

Ich brauche nicht hervorzuheben, daß ich mit den Ausführungen des Herrn Dr. Goetz, daß die bessere körperliche Erziehung unserer weiblichen Jugend gleichfalls der Armee zu gute kommen wird, vollständig einverstanden bin. Ich glaube nun, es auch im Namen meines Herrn Kollegen und Korreferenten aussprechen zu dürfen, daß die allseitige Zustimmung, die unsere Ausführungen in der Versammlung gefunden haben, ein sehr befriedigendes Gefühl erwirkt hat, und daß es für uns von ganz besonderem Wert ist, daß von der Stelle, wo die reichste Erfahrung und das größte Interesse an dieser Sache vorwaltet, von seiten der Herren Vertreter der Militärverwaltung, im großen und ganzen dieselben Anschauungen geäußert sind, die wir in unsern Ausführungen vertreten haben.

Ich will nur mit zwei Worten auf die Ausführungen des Herrn Geheimrat Blenck zurückkommen, der unter den Gründen für die größere Untauglichkeit der Schüler höherer Lehranstalten auf die Überbürdung, die geistige Überanstrengung eingegangen ist. Meine Herren, glücklicherweise sind jene übertriebenen Befürchtungen und Angaben, die sich eine Zeit lang in unserem Volke breit machten, auf ihr bescheidenes Maß zurückgeführt worden, und die Zahlen, welche Axel Key für Schweden angab über Schulstunden und häusliche Arbeitszeit, sind bei uns an keinem Orte auch nur annähernd erreicht worden. Wir haben weit mehr die Verzärtlichung, die Verweichlichung, die Genußsucht und den schädlichen Einfluß sehr vieler Elternhäuser hervorheben müssen als die Klagen, die sich auf den Schulbetrieb selbst beziehen. Es ist die Unterschätzung der körperlichen Ausbildung, des Turnens und der Spiele, die wir in sehr vielen sogenannten gebildeten Familien finden, und ich muß es als eins der Ergebnisse der Schulkonferenz sowohl, wie als einen Hauptvorteil unserer Ausschußbestrebungen begrüßen, daß wir immer mehr und mehr einem größeren Verständnis begegnen, und daß auch das Dispensieren vom Turnen durch strengere Verordnungen von oben immer schwerer gemacht worden ist.

Geheimer Oberregierungsrat Blenck:

Ich muß mich entweder versprochen haben gegen meinen Willen oder ich bin mißverstanden worden. Ich habe die Überbürdung der höheren Lehranstalten überhaupt nicht berührt; ich berührte nur den Fall der lediglich geistig weiter bildenden Fortbildungsschulen, indem ich an die Ausführungen des Herrn Dr. Schmidt anknüpfte und sagte, es würde auch dort sehr wünschenswert sein, wenn es ermöglicht werden könnte, auch nach der körperlichen Seite hin eine Ausbildung eintreten zu lassen.

Außerdem möchte ich ausdrücklich feststellen, daß ich selbstverständlich die Jugendspiele auch für die Volksschule nach Möglichkeit eingeführt haben will. Ich hatte ja nur zu erklären, warum meines Erachtens von seiten der unteren Schulkreise ein anscheinend ziemlich heftiger Widerstand geleistet würde. Es fällt und fiel mir nicht ein, die Überbürdung auf den höheren Schulen hier irgendwie heranzuziehen, und wenn ich die Kurzschrift berührte, hatte ich die höheren Schulen nicht im Sinne, die sie sehr gut brauchen können, sondern die Kreise der Volksschulen.

---

6. Die Bildung von Vereinen für Leibesübungen in freier Luft.

Von H. Raydt, Lauenburg a. Elbe.

Meine Herren, wenn man in unserer Zeit, wo jeder Durchschnittsdeutsche vier bis fünf Vereinen angehört, von der Bildung neuer Vereine zu reden anfängt, begegnet man sehr leicht einem großen Vorurteil, und wenn wir in unserm Zentralausschuß uns nur beschäftigen wollten mit Spielen für unsere männliche und weibliche Jugend, würde man vielleicht von einer solchen Vereinsbildung, wie ich sie Ihnen vorschlagen will, Abstand nehmen können. Aber wir sind ja alle vollständig einig in dem Gedanken, daß wir nicht allein für die kräftige Ausbildung unserer Jugend sorgen, sondern daß wir unsere Bewegung weiter hinaustragen wollen in das ganze Volk, daß wir arm und reich, alt und jung, hoch und niedrig immer mehr und mehr wieder hinausführen wollen aus der Stuben- und Wirtshausluft in die freie Gottesnatur, auf daß dort im Spiel, im munteren Tummeln auf grünem Anger, in Strom und See, und im Winter auf der spiegelnden Fläche des Eises — daß da aus den kräftigen körperlichen Übungen heraus wieder unserm ganzen Volke die Gesundheit erwachse und uns allen erhalten bleibe bis ins späteste Alter hinein. Es ist bekannt, daß ein Reisender gesagt hat, die Engländer stürben nicht im Greisenalter, sondern im grünen Alter, „in a green old age", eben weil sie bis ins späte Lebensalter hinein Leibesübungen treiben. Das muß auch bei uns erreicht werden. Auch wir müssen frisch bleiben bis ins Alter hinein, und wenn wir in solchem frischen Alter sterben, müssen wir eine Nachkommenschaft hinterlassen, auf die das Vaterland mit Recht weiter bauen kann, eine Nachkommenschaft gesund an Leib und Seele. Wenn wir diese weiteren Zwecke ins Auge fassen, können wir aber m. E. die Bildung solcher Vereine für Leibesübungen in freier Luft nicht wohl entbehren.

Mir ist schon früher und besonders oft, seit ich die sehr ehrenvolle, wenn auch nicht ganz dornenlose Stellung als Geschäftsführer dieser hohen Gesellschaft habe, die Anfrage eingereicht worden, was wohl praktisch zu thun wäre, um unsere Bestrebungen in die Wirklichkeit überzuführen, und zwar nicht blos Anfragen aus Preußen und dem übrigen Deutschland, sondern auch besonders aus Österreich. Wenn mir die Verhältnisse des betreffenden Ortes dargelegt wurden, bin ich in vielen Fällen zu der Ansicht gekommen, daß dies nur durch Vereinsbildung möglich sei.

Ich möchte derartige Vereine am liebsten nennen „Vereine für Leibesübungen in freier Luft". Es ist das ein Titel, der alles, was unser Zentralausschuß will, umfaßt.

Vor allem gehören dahin die eigentlichen Jugend- und Volksspiele, wie Faßball, Schlagball, Barlauf u. s. w. Dann muß aber auch das Baden, Schwimmen und Rudern der Thätigkeit solcher Vereine anheimfallen. Meiner Ansicht nach sollte kein Deutscher da sein, der nicht auch schwimmen könnte, und gerade Baden und fleißige Schwimmübungen sind bei uns noch ziemlich im Rückstande. Da können derartige Vereine, wie ich sie teilweise gebildet habe und zu deren weiterer Bildung ich auffordern möchte, zu ihrer Einführung außerordentlich beitragen. Auch das Rudern, das ja ein Ruderboot erforderlich macht und daher verhältnismäßig viel Kosten verursacht, aber eine höchst wünschenswerte Übung ist für beide Geschlechter, für alt und jung, kann gerade durch solche Vereine sehr gefördert werden. Außerdem können Wanderfahrten, von denen ich außerordentlich viel halte, durch solche Vereine am besten verbreitet werden. Hierhin gehört auch das Radfahren, im Winter Schlittschuhlaufen und vielleicht auch das Skilaufen, welches ja jetzt an Ausbreitung in Deutschland zu gewinnen scheint. Auch wenn noch andere neue Spiele und Sports dieser Art aufkommen sollten, können sie alle unter den Sammelnamen „Leibesübungen in freier Luft" zusammengefaßt werden, und deshalb habe ich diesen Titel dafür vorgeschlagen.

Diese Vereine müßten in erster Linie es sich angelegen sein lassen, einen Spielplatz zu schaffen, und das ist ja in vielen Fällen nicht so ganz leicht, aber einem Vereine kann es am ersten gelingen; er kann sich wenden an die Stadtvertretung, die Kreisvertretung und den Fiskus, wenn solchem derartige Plätze zur Verfügung stehen. Es ist ja gerade von der Militärverwaltung in außerordentlich liebenswürdiger Weise unseren Bestrebungen entgegengekommen worden, indem viele Exerzierplätze zur Verfügung gestellt sind. Außer der Beschaffung und Einrichtung könnten unsere Vereine auch die Benutzung dieser Spielplätze regeln, und das ist meiner Ansicht nach auch notwendig, damit diese Plätze nicht überfüllt werden und keine Unordnung vorkommt. Auch können die Vereine dahin wirken, daß andere geeignete Plätze, z. B. Schulplätze, unsern Zwecken zur Verfügung gestellt werden; sie können den Behörden gegenüber auch die Garantie übernehmen, daß nichts beschädigt oder alles etwa Beschädigte gut wieder hergestellt wird.

Ferner müssen ja für Spiel und Sport immerhin manche Mittel beschafft werden, und die machen in kleinen Städten erfahrungsmäßig große Schwierigkeiten. Es ist eine der gewöhnlichen Anfragen, die ich als Geschäftsführer bekomme: „Woher sollen wir das Geld nehmen?" Da ist sehr schwer zu raten, denn es sind in der That reichliche Mittel nötig. Sie sind erstens nötig zur Beschaffung von Spielgeräten. Wenn wir weiterhin das Baden und Schwimmen mit berücksichtigen, muß danach gestrebt werden, daß allen Schülern und Erwachsenen eine Badestelle unentgeltlich oder doch möglichst billig zu Gebote steht. Dasselbe gilt vom Rudern und vom Schlittschuhlaufen, wo zur rechten Zeit eine Bahn hergestellt werden muß und das macht bei Schneefall oft erhebliche Kosten. Ferner können noch in Betracht kommen Trommeln und Pfeifen zur Benutzung auf Wanderfahrten, dann auch Unterstützung an Ärmere, die an solchen Touren sonst oft nicht teilnehmen könnten und so wird eine ganze Menge Mittel erforderlich sein, wenn unsere Bewegung in ihrer ganzen Ausdehnung gedeihen soll.

Ein solcher Verein kann diese Mittel am leichtesten sich schaffen, wenn an seiner Spitze eine populäre Persönlichkeit steht, die sich die rechte Mühe um die Sache giebt. Zuerst müssen natürlich eine Anzahl Mitglieder geworben werden, deren Beiträge einen Grundfond bilden. Dann kann sich der Verein mit Erfolg wenden an die Magistrate der Städte, vielleicht auch an die Kreisvertretungen und an einzelne reiche Leute, die zu größeren Aufwendungen zu haben sind. Es ist auch erfahrungsmäßig, wo solche Vereine bestehen, die Beschaffung der Mittel immer eine verhältnismäßig leichte Sache gewesen.

Wo nun im allgemeinen eine unsern Zwecken günstige Stimmung in einer Stadt vorhanden ist, wird der Zentralausschuß gern zur Vereinsbildung behülflich sein. Es ist oft von gutem Erfolge, wenn ein fremder Redner hinkommt und durch einen Vortrag in einer öffentlichen Versammlung die Gründung eines Vereins anregt. Wenn irgend möglich, stellt der Zentralausschuß einen Redner für diese Zwecke kostenfrei zur Verfügung.

Die Statuten für solche Vereine, deren Notwendigkeit für manche Verhältnisse m. E. feststeht, liegen Ihnen in einem kleinen Entwurfe vor. Es ist der Grundsatz dieses Entwurfes gewesen, nur notwendige allgemeine Bestimmungen aufzunehmen und alles Spezielle zu vermeiden.

Es fragt sich bei diesen Satzungen, wie sie hier entworfen sind, ob nicht eine andere gute Sache noch mit diesen Vereinen für Leibesübungen in freier Luft verbunden werden kann, ich meine den Knabenhandarbeitsunterricht, der im Winter zum Teil sehr gut an die Stelle treten kann, wenn keine Gelegenheit zum Schlittschuhlaufen ist. Es würde sich dieses Statut dazu eignen, wenn man im § 1 einen entsprechenden Satz dazwischensetzte und die Überschrift auch darauf ausdehnte. Aber das ist nicht für alle Gegenden geeignet, und gerade beim Entwurf dieser Statuten wollte ich unsere eigentliche Sache nicht durch diese Kombination erschweren. Wo es aber angeht, möchte ich diese Verbindung sehr empfehlen. — Weiter empfiehlt es sich, daß der Vorstand solcher Vereine nicht zu klein gewählt wird. Es müssen so ziemlich alle einflußreichen Persönlichkeiten hinein, sowohl aus der Stadt wie aus dem Kreise, der Landrat, der Bürgermeister, sowie Vertreter der Geistlichkeit und der Lehrerschaft. Besonders wird immer darauf zu sehen sein, daß die Männerturnvereine, wo solche vorhanden sind, an diesen Vereinen sich beteiligen, und daß man womöglich sämtliche Mitglieder eines Männerturnvereins zum Beitritt bewegt. Man könnte vor die Frage gestellt werden, ob nicht die Turnvereine selber dazu da sind, diese Bewegung mit in die Hand zu nehmen und ob nicht deshalb die Gründung solcher besonderen Vereine überhaupt zu verwerfen ist. Meine Herren, die Geschichte der Entwicklung der Männerturnvereine hat doch gezeigt, daß kaum darauf zu rechnen ist, daß wirklich in so erheblichem Maße, wie es durch unsere Art von Vereinen geschehen soll, dieser Zweig der körperlichen Ausbildung von ihnen betrieben wird. Es sind auch manche in den Turnvereinen der allerdings verkehrten Meinung, daß das wirkliche Turnen durch die Pflege der Leibesübungen in freier Luft leicht beeinträchtigt werden kann. Weiterhin bestehen die Männerturnvereine häufig aus solchen Leuten, die nur am Abend Zeit haben und denen es ganz unmöglich ist, an solchen Vergnügungen — so will ich es mal nennen — wie Spielen in freier Luft, Wanderfahrten u. s. w. teilzunehmen. Ich fürchte, daß, wenn man alles solches nur den Männerturnvereinen überlassen würde, dadurch leicht eine Vernachlässigung der ganzen Sache sich herausbilden könnte. Deshalb empfehle ich die Gründung solcher besonderen Vereine, aber mit dem ausdrücklichen Zusatz, daß man mit den Männerturnvereinen Hand in Hand gehen soll. So bin ich z. B. in Lauenburg von vorn herein dem Männerturnverein beigetreten und turne in der Altersriege mit, wenn ich Zeit finde. Gleichzeitig sind so ziemlich alle Mitglieder des Männerturnvereins dem Verein für Leibesübungen in freier Luft beigetreten. Das Beispiel zeigt also, daß, wenn es nur richtig angefangen wird, die vollste Harmonie herrscht. Auch Militär- und Kriegervereine müssen herangezogen werden und im Vorstande vertreten sein, denn es ist außerordentlich wünschenswert, wie von Herrn Dr. Schmidt hervorgehoben ist, daß diese, denen die Pflege der patriotischen Gesinnung Hauptaufgabe ist, auch dafür sorgen, daß ihre Mitglieder Körper und Geist frisch erhalten durch kräftige Leibesübungen in freier Luft.

Zum Schluß möchte ich noch einen Grundgedanken hervorheben, der meiner Ansicht nach durch alle solche Vereine sich hindurchziehen muß. Wie wir in Deutschland bei allen irdischen Dingen, die eine Bedeutung haben, uns hauptsächlich fragen sollen: nützt diese Sache dem Vaterlande? — und der Gedanke an das Vaterland die Dinge heiligen soll, so muß auch unsere Vereine ein warmer patriotischer Zug durchwehen. Wenn ein solcher Hauch das Leben der Vereine durchwärmt und durchleuchtet, sollen alle die kleinlichen Streitereien fort, welche sonst leider so oft bei den Vereinigungen der Menschen vorkommen. Dann wird es aber auch leicht sein, größere Mittel zu erhalten, wenn die Begeisterung für das Vaterland hilft. Die Grundlage, auf der alle diese Vereine für Leibesübungen sich aufbauen müssen, sollte immer sein: „Pro patria est, dum ludere videmur, Es ist für das Vaterland, wenn wir zu spielen scheinen.“

7. Die Sonntagsruhe und die Volksspiele.

Von Stadtschulrat Platen, Magdeburg.

Meine Herren, mit dem 1. Juli des vergangenen Jahres hat die Reichsgesetzgebung dem deutschen Volke eine Sonntagsruhe beschert und man darf freudig feststellen, daß selten eine solche Einmütigkeit bei den gesetzgebenden Faktoren vorhanden gewesen ist, wie gerade bei Festlegung des betreffenden Gesetzes. Es ist ja hierbei von den verschiedensten Gesichtspunkten ausgegangen. Die einen meinten, man müsse das Volk vor allen Dingen religiös fördern; darum ist die Zeit des Gottesdienstes frei gelegt worden. Man glaubte, daß, würde nur erst die nötige Zeit gegeben, der Gottesdienst auch besucht werden würde. Hiermit, so meinte man weiter, würde auch die sittliche Förderung Hand in Hand gehen. Auf der anderen Seite wünschte man, es solle nach der Arbeit der Woche der Mensch sich auch einmal als Mensch fühlen und frei über eine gewisse Zeit verfügen können.

So wollte man eine große Förderung des geistigen, sittlichen und religiösen Lebens unseres Volkes erreichen und glaubte, die materielle Schädigung, die für den einzelnen sowohl wie für einen großen Teil des Volkes mit dieser Sonntagsruhe verbunden sein würde, mit in den Kauf nehmen, ja gering schätzen zu sollen gegenüber der großen Menge von idealen Schätzen, die damit dem Volke gewonnen werden würden. Ja, man meinte, daß diese materielle Schädigung zum Teil dadurch würde ausgeglichen werden, daß in der arbeitsfreien Zeit des Sonntags die geistige und körperliche Frische des Arbeiters größer und dadurch seine Leistungsfähigkeit für die Woche gesteigert werden würde, als wenn er auch am Sonntag unter der Arbeitslast der Woche dahinginge.

Ich glaube, man hat mit diesem Gesetze im Prinzip das Richtige getroffen; ob aber die Durchführung die erstrebte Absicht verwirklichen wird, ob wirklich die Einwirkung auf die Hebung des Volkes überall vorhanden sein wird, ob vor allen Dingen die, für die das Gesetz gegeben ist und für die es eine Wohlthat sein soll, sich der Verantwortlichkeit bewußt werden, die ihnen dadurch auferlegt ist, daß sie nämlich den rechten Gebrauch von dem ihnen gegebenen Geschenk machen, das ist eine schwer zu beantwortende Frage. Man wird annehmen müssen, daß die älteren Personen, die nach dem äußeren Lebensgenuß nicht mehr so drängen wie die überschäumende und zum Teil leichtfertigere Jugend, einen guten Gebrauch von der ihnen gewährten Wohlthat machen werden. Sie werden im Umgang mit der Familie, auf Spaziergängen, im Lesen guter Bücher, in Korrespondenz, im Besuch des Gotteshauses u. s. w. diejenige Stärkung des Leibes und der Seele suchen und finden, die sie befähigt, dann auch die Last der Woche fröhlicher zu tragen, und sie werden damit instand gesetzt werden, sich als Menschen zu fühlen in ihrer Menschenwürde.

Aber, meine Herren, die Jugend, die gewiß zum Teil noch nicht erkannt hat, daß ihr für die Benutzung der freien Zeit eine Verantwortlichkeit zufällt, wird diese Gabe ganz gewiß gern benutzen, um sich dem Genuß in die Arme zu stürzen. Wenn die heranwachsenden jungen Leute hinauseilen in Gottes freie Natur und dort nur genießen würden, was Gott ihnen beschieden, oder wenn sie im Winter sich tummeln würden auf der Eisfläche — ja, dann würde auch für diese Jugend das Gesetz ein großer Segen sein. Aber die Erfahrung hat jetzt bereits gelehrt, daß vielfach das Gegenteil der Fall ist. Auf dem Lande wird ja der Mißbrauch, der mit dieser freien Zeit getrieben werden kann, nicht so groß sein; da ist jeder junge Mann, jedes junge Mädchen bekannt bei den Leuten, und es wird sich jeder einzelne, auch wenn er noch so jung ist, wohl hüten, seinen Ruf aufs Spiel zu setzen. Aber in großen Städten, wo jeder seine Wege ungekannt allein gehen kann, steht die Sache doch ganz anders. Gewiß, auch da ziehen des Sonntags im Sommer die jungen Leute hinaus zu sogenannten Partien, aber sofort vereint Männlein und Weiblein, und es ist ganz zweifellos, daß das, was sie dort treiben, das Licht des Tages recht oft nicht wird sehen dürfen. Es steht ebenso fest, daß, zumal wenn die Tage kürzer werden, die Tingeltangel in den großen Städten und die Vergnügungslokale oft durchaus nicht guter Art die Sammelplätze für diese noch nicht herangewachsene Jugend beiderlei Geschlechts sind, und es ist auch nicht zu leugnen, daß bei den nun gegen früher geänderten Sonntagsverhältnissen die Ausgaben, die pekuniären Opfer der Jugend viel bedeutender werden, als sie früher gewesen sind. Woher kommen nun die erforderlichen Mittel? Es kann kaum ausbleiben, daß, da Vater und Mutter diese vielfach nicht geben werden, um teure Partien in Damenbegleitung zu machen, einzelne, um sich des Vergnügens nicht zu berauben, unerlaubte Wege gehen werden. So bin ich der Meinung, daß für einen Teil der heranwachsenden Jugend der erhoffte Erfolg von diesem Gesetze nicht eintreten wird, ja daß dasselbe für einen Teil unserer Jugend schwere Gefahren in sich birgt, deren Folgen zu übersehen wir augenblicklich noch gar nicht in der Lage sind. (Sehr richtig!)

Meine Herren, wie ist da Abhilfe zu schaffen? Auf dem Wege der Gesetzgebung nicht und durch Polizeiverordnungen auch nicht; das wäre wenigstens sehr verkehrt. Es ist meiner Ansicht nach nur zu helfen durch die Einwirkung der Erwachsenen auf die Jugend. Der einzelne wird das auch nicht können; es bleibt infolge dessen gar nichts weiter übrig, als die gemeinsame Thätigkeit der Erwachsenen, Einwirkung durch Vereine u. s. w. Die Kirche — das ist Ihnen bekannt — hat diese Gefahr auch bereits erkannt; sie bemüht sich auch in der verschiedensten Weise, die Jugend heranzuziehen, freilich im Sommer viel weniger als im Winter. Das reicht aber nicht aus.

Da tritt nun die Bewegung, deren Träger wir sind, gerade zur rechten Zeit mit Darbietung ihrer Hilfe ein. Wir wollen die Jugend in geordneter Weise heranziehen im Sommer zum Spiele, im Winter zum Eislauf. Was wir bisher erreicht haben, ist meiner Ansicht nach die sichere Bürgschaft dafür, daß unser Streben, besonders in großen Städten in vollem Umfange verwirklicht, wohl geeignet ist, der geschilderten Gefahr entgegenzutreten und sie zu mildern. Gelingt es uns, die Jugend heranzuziehen zu fröhlichem Spiel, so wird bei sehr vielen das Streben nach Sinnengenuß nicht mehr die Hauptsache sein, werden nicht mehr die Kneipen mit ihren schalen Vergnügungen, die unbedingt weitere sittliche Schäden nach sich ziehen, der Hauptanziehungspunkt für die Jugend sein; dann wird der einzelne wohl erkennen, wie er durch das Kneipenleben Schaden leidet an Leib und Seele, während auf den Spielplätzen Kraft gesammelt wird zu ernster Arbeit an den Werktagen und damit eine viel edlere Befriedigung gewonnen wird.

So wird die Jugend herangezogen und heranwachsen zu einem sittlichen, geistig und körperlich tüchtigen Menschengeschlecht. Daher, meine Herren, weiter in gemeinschaftlicher Arbeit auf dem betretenen Wege! Ich bin überzeugt, wir sind auf dem rechten Wege, indem wir an dieser gefahrdrohenden Stelle eingreifen; ich meine, wir können unserem Vaterlande große Dienste leisten, indem wir den Schäden entgegentreten, die aus diesem Gesetze stammen, das an und für sich nur ein Segen genannt werden muß. Es müssen überall in erster Linie die Lehrer, vor allem die Turnlehrer und die Turnvereine, herangezogen werden für den Dienst der Volksspiele; überall müssen letztere auf der breitesten Grundlage aufgebaut werden mit Heranziehung von so vielen Hilfskräften als irgendwie denkbar ist. Es ist eine Ehrenpflicht gerade auch für unsere Lehrerschaft, daß sie, die berufen ist, an der Hebung unseres geistigen und sittlichen Volkslebens mitzuarbeiten, hier mit aller Kraft eintritt, aber auch dann eintritt, wenn es nicht möglich ist, dafür Lohn zu empfangen, und ich bin der Überzeugung, daß es nur eines lauten Rufes an unsere Lehrerschaft bedarf — ich habe in Magdeburg die Erfahrung gemacht —, um sie zu begeistern für diese Arbeit, wenn ihnen gezeigt wird, welche großen Gefahren wirklich vorhanden sind. Bisher habe ich noch immer gesehen, daß die Lehrer bereit sind, die materiellen Interessen hintenanzusetzen, wenn es gilt, ideelle Ziele zu erreichen. Geschieht das, dann glaube ich, wird die Sache der Volksspiele glänzende, große Erfolge haben und da, wo Gesetzgebung und Polizei nicht mehr wirken können, großen Segen stiften. (Beifall!)

---

8. Über die Einrichtung von Wettspielkämpfen durch den Ausschuß.

Von Professor Dr. Koch, Braunschweig.

Sunt quos curriculo pulverem Olympicum
collegisse iuvat, metaque fervidis
evitata rotis palmaque nobilis
terrarum dominos evehit ad deos.

In seinem „Deutschen Volkstum" will Jahn bei der Feier der Volksfeste, die er plant, die Wettspiele der Jugend auf den ersten Tag angesetzt wissen, und die Sieger im Wettkampfe sollen durch Preise und andere Auszeichnungen geehrt werden. Darin folgt er einer wohl berechtigten Sitte, die durchaus nicht nur den beiden berühmten Völkern des Altertums eigentümlich ist, sondern sich mehr oder weniger bei allen Völkern wieder findet, soweit sie sich ein kräftiges Volksleben erhalten haben. Knaben und Jünglinge sollen vor versammelter Volksgemeinde ihre Körperkraft und Gewandtheit im friedlichen Wettkampfe darthun und messen, zum Beweise, daß sie ernstlich bemüht gewesen sind, sich zum Waffendienste für ihr Vaterland vorzubereiten. Wenn den Siegern zum Schlusse für ihre tüchtigen Leistungen Lohn und Ehre gespendet wird, so wollen wir es ihnen gönnen, daß sie in solchen Augenblicken, wo Aller Augen mit anerkennender Bewunderung auf ihnen ruhen, im stolzen Gefühle ihre Kraft mit Niemand tauschen möchten und sich in der That „dem Herrn der Erde" gleichfühlen.

Wie bei jeder Leibesübung, so treibt beim kräftigen Spiele die Aussicht auf die ihm winkende Palme und der Wetteifer mit Seinesgleichen jeden Teilnehmer dazu an, es mit dem Spiele ernst zu nehmen, alle Anstrengungen willig zu ertragen und sich und seine Kraft voll einzusetzen. Die Parteispiele haben in dieser Beziehung den Vorzug, daß der Einzelne nicht für sich allein, sondern für die ganze Partei sich anstrengt und darum, wenn er lässig ist, von seinen Genossen ermuntert wird, aber auch seinen persönlichen Ehrgeiz dem Gesamtzwecke unterordnen muß. Am besten ausgebildet nach dieser Richtung hin sind die englischen Spiele Cricket und Fußball, die den Wetteifer der Einzelnen am höchsten zu steigern und ihn doch im Interesse des Zusammenspielens der Partei richtig zu zügeln wissen. Unsere deutschen Spiele werden sich, wenn sie mit größerer Regelmäßigkeit und dann auch mit höherer Kunst gespielt werden, zum Teil in ähnlicher Weise gestalten lassen, wobei sie dann freilich von dem Reize ihrer heiteren Natürlichkeit etwas einbüßen. So ist z. B. das deutsche Schlagballspiel in Altona unter Rektor Tönsfeld dadurch wesentlich umgewandelt, daß der Sieg nach der Zahl der von jeder Partei im Ganzen gemachten Läufe (nach dem Laufmale hin und zurück) entschieden wird. Nach seinem Berichte hat seitdem die Spielerschar auf jedes andere sonst beliebte Spiel verzichtet, hält sich selbst zum regelmäßigen Besuche des Spielplatzes an, kurz, spielt durchgehends mit so hohem Interesse, wie wir es sonst bei deutschen Knaben leider selten, bei englischen gewöhnlich finden. Dieser große Eifer bei Wettspielen beschränkt sich nicht auf die Spielenden und Übenden, er pflegt auch die Zuschauer in Mitleidenschaft zu ziehen. Zunächst reizt er auch bei an sich keineswegs ganz vollkommenen Leistungen andere mächtig zur Nachahmung. Dann aber findet auch in weiteren Kreisen ein Spiel, das sichtlich mit Aufwand aller Kräfte und mit höchster Lust und Liebe betrieben wird, vermöge des seelischen Reizes, den es ausübt, am leichtesten allgemeine Anerkennung.

Auf solche Erfahrungen stützt sich die anregende Thätigkeit des großen englischen Cricketvereins, des allen Engländern auf der ganzen Welt wohl bekannten und lieben M. C. C., d. h. des Marylebone Cricket-Clubs, über dessen Bedeutung ich Raydt's „Englische Schulbilder in deutschem Rahmen“ nachzulesen bitte. Dieser Verein veranstaltet während des ganzen Sommers täglich auf seinem Spielplatze in London große Wettspiele meist von dreitägiger Dauer, zu denen sich alljährlich nach und nach die ausgezeichnetsten Spieler aus England und gelegentlich auch aus Australien, Amerika und Indien einfinden. Außerdem entsendet der Verein aber regelmäßig in alle Landesteile zahlreiche gut eingespielte Cricketriegen, die in den verschiedenen Städten Englands sich mit den besten Spielern dort messen und ihnen so Gelegenheit geben, zu erproben, welche Fortschritte sie schon gemacht haben, und wie viel sie in der edlen Kunst des Spiels noch lernen müssen. Die Engländer lieben es, alle ihre Einrichtungen als auf uralter Sitte beruhend hinzustellen und geben nicht gern zu, daß die jetzige Blüte aller Leibesübungen bei ihnen eigentlich erst in der Mitte unseres Jahrhunderts begonnen hat. Der M. C. C. hat jedenfalls durch seine Bemühungen außerordentlich viel dazu beigetragen. Er widmet sich zwar ausschließlich dem Cricket, aber grade bei der eifrigen Pflege dieses Spiels hat man in England die kräftige Bewegung in freier Luft wieder schätzen und lieben gelernt. Die ältere Geschichte des Vereins, die bis in das vorige Jahrhundert zurückreicht, teilt das Geschick der älteren römischen; sie ist infolge eines Brandes, der seine ältesten Akten sämtlich vernichtete, in mythisches Dunkel gehüllt. Aber man wird nicht irre gehen, wenn man die Haupterfolge seiner Thätigkeit in die Mitte des jetzigen Jahrhunderts setzt. Denn in diese Zeit fällt die Gründung der verschiedenen andern größeren Vereine in England, die sich der Pflege der Spiele und Leibesübungen in freier Luft widmen.

Können und sollen wir diesem englischen Vorbilde zu folgen versuchen? Es warnt davor eine doppelte Erwägung: erstens haben die Engländer die alte Volkssitte, kräftige Leibesübungen im Freien zu treiben, nie so so gänzlich aussterben lassen, wie es leider an vielen Orten bei uns der Fall ist, und zweitens besitzen sie ihrer Eigenart nach für alles, was mit dem Sport zusammenhängt, weit mehr Sinn. Doch wenn wir auch das was an ihren Einrichtungen übertrieben erscheinen muß, hier streng ausschließen, so dürfen wir doch nicht verschmähen, was sie Nachahmungswertes bieten. Und das finde ich hauptsächlich darin, daß wir uns mit unseren Spielen in die Öffentlichkeit hinauswagen müssen. Wir können zwar nicht wie der englische M. C. C. Spielriegen in alle deutschen Städte aussenden, die überall Anregung und Vorbild bieten, auch fehlt es uns zunächst noch an einem solchen Mittelpunkte für das deutsche Spielleben, wie es Lords Ground in England ist; aber wir haben die Möglichkeit, durch Veranstaltung von Wettspielen unsere Sache bedeutend zu fördern. Freilich darf dabei namentlich anfangs die nötige Vorsicht nicht außer acht gelassen werden, um in jeder Weise ein Gelingen der Wettspiele zu sichern. Es kommt uns sehr zu gute, daß schon längst ein erfreulicher Anfang damit gemacht ist.*)

Aber verletzen wir nicht damit die deutsche Sitte? Ganz gewiß nicht, wenn wir bei unserem Vorgehen uns nach dem Beispiele der deutschen Turner richten, wie sie es mit ihrem Schauturnen der einzelnen Schulen

*) Über Veranstaltung von Wettspielen handelt ausführlicher meine Schrift: „Wodurch sichern wir das Bestehen der Schulspiele". Verlag von B. Göritz, Braunschweig. 1887.

und Vereine, mit ihren schönen Gaufesten und den großartigen allgemeinen deutschen Turnfesten geben. Unbedenklich dürfen wir darauf rechnen, daß zu geschickt veranstalteten und eifrig ausgefochtenen Wettspielen sich ebenso die schaulustige Menge, einsichtsvolle Sachkenner und wohlwollende Gönner einstellen werden. Unsere deutsche Turnerschaft zeichnet sich durch festes Zusammenhalten der einzelnen Vereine und durch ihre weite Verbreitung über ganz Deutschland aus. Deshalb ist es von großem Werte für unsere Sache, daß Dank den Bemühungen des Dr. Schmidt aus Bonn auf dem zehnten Turntage in Hannover für das Spiel und die volkstümlichen Wettübungen im Freien eine größere Beachtung auf den Turnfesten und damit im Turnbetriebe überhaupt gesichert ist. Voraussichtlich werden die Wettspiele an den Turnfesten in weiten Kreisen anregend wirken, und hoffentlich werden sich der deutschen Turnerschaft, je mehr sie so auch diese Seite der Leibesübungen berücksichtigt, um so mehr rüstige Jünglinge und Männer anschließen. Möge der auf dem Turnfeste in München gemachte gute Anfang und der in Hannover erzielte Fortschritt zu einem glücklichen Ergebnisse führen!

Zu einem deutschen Volksfeste, wie es von Jahn geplant war, eignet sich der Sedantag wegen der meist günstigen Witterung im Spätsommer ganz vortrefflich. Ein Siegesfest soll das Fest nicht mehr sein, aber wenn Jahn unter Anderem sagt, daß ein Staat nicht nach Belieben ein Volksfest anordnen könne ohne sich lächerlich zu machen, und wo Volksfeste gefeiert werden sollen, vorher ein Volk sein müsse, so erscheint danach der zweite September als Geburtstag unseres neuen deutschen Reiches auch seiner Bedeutung nach als besonders geeignet. So haben denn auch Schulen und Turnvereine, die sich die Pflege vaterländischer Gesinnung zur Aufgabe machen, an diesem Tage vielfach Wettübungen und Wettspiele veranstaltet. Ein wirkliches Volksfest für alle Deutschen ist der Tag aber leider noch immer nicht. Unter den Orten, an denen es gelungen ist, eine gemeinschaftliche Feier aller Volksklassen durchzuführen, zeichnet sich Braunschweig dadurch aus, daß schon seit 1875 im Mittelpunkte der dortigen Feier regelmäßig gelungene Volkswettübungen (bekanntlich unter Leitung des Turninspektors Hermann) stehen. Daß diese Wettkämpfe den Eifer unserer Jugend für solche Übungen außerordentlich erhöht haben, ist unverkennbar. Leider sind daneben die eigentlichen Spiele am Sedantage in den Hintergrund getreten, und die damit gemachten Versuche haben, von einem Stoßballspiel des Männerturnvereins im Jahre 1891 abgesehen, nicht mehr als einen Achtungserfolg erzielt. Geplant war für 1892 als erster Versuch ein möglichst einfaches Spiel, ein Wett-Tauziehen von Riegen aus unseren sämtlichen höheren und niederen Schulen, bei dem als Altersgrenze das 14. Lebensjahr angesetzt war. Die Riegen sollten durchs Los geordnet parweise einander gegenüber treten und die Sieger sich untereinander messen, bis nur eine Riege unbesiegt blieb, die dann einen entsprechenden Ehrenpreis erhalten sollte. Voraussetzung war, daß die Knaben sich zwar nicht wie geübte Erwachsene bis auf eine Viertelstunde und länger behaupten würden, aber doch so weit eingeschult waren, daß sie einer bloßen Überrumpelung nicht erlagen. Zum ersten Anfang werden sich für Volksfeste so einfache Übungen am besten eignen, namentlich da sie eine schnelle und sichere Entscheidung ermöglichen.

Weit weniger Schwierigkeiten macht die Veranstaltung von Wettspielen an Schulfesten. Und doch werden meist auch dabei die eigentlichen Spiele zu sehr vernachlässigt. Es erklärt sich das wohl daraus, daß es schwer hält, innerhalb des Kreises der Schüler einer Anstalt die feindlichen Parteien, die sich im Wettkampf messen sollen, zweckgemäß zu bilden. In den meisten großen Schulen Englands, die fast ohne Ausnahme Internate sind, bekämpfen sich bei solchen Gelegenheiten die Spielriegen der einzelnen „Häuser“ (so nennt man die verschiedenen großen Pensionsanstalten, worin die Schüler untergebracht sind.) Die Angehörigen jedes Hauses fühlen sich als untereinander zusammen gehörig; ihre Riege vertritt beim Wettspiel die Ehre ihres Hauses. Unsere Klassen können nie solche Parteien abgeben, da es zwischen ihnen wegen des Altersunterschiedes an Gleichheit fehlt, und was die Hauptsache ist, sie alljährlich ihren Bestand wechseln, so daß ein rechtes Gefühl der Zusammengehörigkeit nicht Zeit hat sich zu entwickeln. Nun kommt es aber grade bei den Partiespielen wesentlich darauf an, daß die beiden Parteien auf ihre Ehre etwas halten und um derselben willen ihr Bestes thun. Auch das Interesse der Zuschauer ist wesentlich davon abhängig.

Den besten Beweis für die segensreiche Wirksamkeit am Wettspielen haben die Spielplätze von Berlin in diesem Winterhalbjahr geboten. Wer Gelegenheit gehabt hat, in den Herbsttagen an einem Sonntag Nachmittag einen Blick z. B. auf das Tempelhoferfeld zu werfen, wird sich beinah nach England versetzt gefühlt und auf einen von dessen stark belebten Spielplätze zu sehen geglaubt haben. Im Laufe der letzten beiden Jahre haben sich zahlreiche deutsche Fußballvereine in Berlin gebildet, die sich auf den verschiedenen Seiten der Weltstadt ihren Fleck zum Spielen aufsuchen. Dieses frische Leben verdankt seinen Ursprung der Thätigkeit des deutschen Fußball- und Cricketbundes, der in den zwei Jahren seines Bestehens unter seinen Mitgliedern die Kunst und den Eifer beim Spiel außerordentlich zu steigern und viele andere junge Männer zur Teilnahme heranzuziehen verstanden hat. Sehr erfreulich ist es, daß diese in der Hauptsache aus jungen Kaufleuten zusammengesetzten Vereine mit turnerischen Kreisen Fühlung gesucht und gefunden haben. Die wohl gelungenen Wettspiele, die einer der Berliner Vereine mit der Spielvereinigung des Leipziger Allgemeinen Turnvereins ausgefochten hat, legen ein zuverlässiges Zeugnis dafür ab, daß auch diese Vereine ihre tüchtigen Leibesübungen in echt turnerischem Sinne betreiben.

Auch anderswo haben dergleichen Wettspiele mit gutem Erfolge stattgefunden. In Braunschweig z. B. haben unsere Gymnasiasten wiederholt mit fremden Fußball- oder Cricketriegen sich gemessen, so mit anderen hiesigen Schulen, mit hiesigen Engländern und mit Gymnasiasten aus Hannover und Göttingen. Selbstverständlich ist es dabei gelegentlich heiß hergegangen, doch ist nie der friedliche Wettkampf in eine Prügelei ausgeartet, wie das von Gegnern der Wettspiele in Österreich als Befürchtung geäußert ist. Aber es ist jedesmal für unser Spielleben eine sehr wirksame Anregung gewesen.

Welche Stellung soll unser Zentralausschuß zu dieser Frage einnehmen? Eine ähnliche Thätigkeit wie der Marylebone Cricketklub in England kann er nicht entfalten. Immerhin aber darf er sich auf rein theoretische Belehrungen nicht beschränken. Im vorigen Jahre ist ein erster wichtiger Schritt zu praktischer Wirksamkeit gemacht durch die Anregung zur Veranstaltung von Lehrerspielkursen nach dem in Görlitz gebotenen Vorbilde. Ein zweiter Schritt muß die Anregung zur Veranstaltung von Wettspielen sein. Jahn will, daß die Besten von den Obsiegern in den Wettspielen aus den Kirchspielen in die Kreisstadt, die Besten des Kreises in die Markstadt, die Besten der Mark in die Landesstadt geschickt werden sollen. Darnach müssen die Musterleistungen in den verschiedenen Spielen und den damit verbundenen Volksübungen in Berlin zur Schau gestellt werden. Indeß erscheint es nicht ausgeschlossen, daß wir Deutsche in diesem Falle von dem englischen Urbilde abweichen und uns an das griechische halten. Sicherlich ließe sich irgendwo mehr in der Mitte Deutschlands, vielleicht auch in Frankfurt a. M., wo die Spiele so eifrig betrieben werden, ein deutsches Olympia entwickeln. Es kommt dabei wesentlich auf ein glückliches Vorgehen an.

Die Erfolge, die in England durch die Bewegung zu Gunsten der Spiel- und der Leibesübungen in freier Luft erzielt sind, können uns wohl mit Neid erfüllen und müssen uns anspornen, ihnen möglichst bald gleich zu kommen. Hoffentlich vergeht nicht mehr lange Zeit, bis alle

Magistrate unserer deutschen Städte ebenso die Wichtigkeit unserer Sache würdigen und ihr gegenüber dieselbe Stellung einnehmen, wie das drüben überall geschieht. Ich kann mir nicht versagen, hier eine sehr bezeichnende Stelle aus dem Berichte des Londoner Stadtrats von 1892 einzuschieben, die ich der Zeitschrift des Berliner Fußball- und Cricketbundes, der Spiel- und Sportszeitung, entnehme: „Der Zustand der Parks und öffentlichen Plätze Londons ist ein sehr zufriedenstellender. Die Förderung der Spiel- und Leibesübungen ist einer der angenehmsten Teile unserer Arbeit. Im vergangenen Jahre wurden nicht weniger als 6700 Plätze für Cricket und 1000 Plätze für Fußball hergestellt und verwaltet, sowie auch sehr viele Tummelplätze für Kinder. Außerdem sind in den verschiedenen Parks schön eingerichtete Ankleidezimmer zum freien Gebrauch der Spieler errichtet worden, um sie vor der Gefahr der Verführung, die beim Besuche der Wirtshäuser zu diesem Zweck vorliegt, zu bewahren."

Möchten doch unsere deutschen städtischen Behörden recht bald es lernen, diese Fürsorge für Spielplätze als „einen der angenehmsten Teile ihrer Aufgabe" zu betrachten! Freilich wird es in den meisten deutschen Städten nicht leicht zu erreichen sein, daß wie in London für je 2000 ihrer Einwohner drei Cricket- oder sagen wir Schlagballspielplätze und außerdem für je 5000 noch ein ausreichender Fußballspielplatz hergestellt und in Stand gehalten würde. Um diese bessere Würdigung unserer Sache zu erzielen, werden wir vor allem unsere Scheu davor, mit den Spielen vor die Öffentlichkeit zu treten, überwinden müssen. So werden wir auch am leichtesten weitere Kreise für uns gewinnen. Schon haben auch in manchen deutschen Städten, wie das in England allgemeine Sitte ist, wohlhabende Privatleute große Summen hergegeben, um Spielplätze für die Jugend zu gewinnen; so in Königsberg, Bremen und Braunschweig. Der Anblick einer jubelnden Kinderschar bei munterem Spiel ist so schön, daß sich dadurch nicht wenige bestimmen lassen werden, nach ihren Kräften dazu beizusteuern, der Jugend solche Freude in reichlichem Maße zu ermöglichen. Nur wenn auf diese Weise unsere Sache von allen Seiten gefördert wird, können wir hoffen, dem hohen Ziele, das Jahn für unser deutsches Volksleben ins Auge gefaßt hat, möglichst bald nahezukommen. Unsere Volksfeste und Wettspiele wollen wir aber in seinem Sinne echt deutsch zu gestalten suchen, wenn wir auch dabei von den Engländern und den alten Griechen einzelnes entleihen. (Beifall.)

9. Die Spielkurse für Lehrer und Lehrerinnen im Jahre 1893.

Aufgestellt von dem Vorsitzenden von Schenckendorff, Görlitz.

Nr.	Ort	Termine für Lehrerkurse	Termine für Lehrerinnenkurse	Name der Herren, an welche die Anmeldungen zu richten sind.
1/2	Barmen	14.—20. Mai	im Herbst, Zeit offen behalten	Oberturnleh. Schröter.
3/4	Berlin	5.—10. Juni	3.—8. Juli	Professor Eckler, SW. Friedrichstr. 229.
5/6	Bonn	30. April bis 6. Mai	23.—27. Mai	Dr. med. F. A. Schmidt.
7	Breslau (für Lehrerinnen der Prov. Schles.)	—	3.—8. Juli	Oberturnleh. Krampe.
8	Braunschweig	14.—20. Mai	—	Gymnasialdirektor Professor Koldewey.
9	"	—	23.—27. Mai	Turninsp. A. Hermann.
10	Coburg	26. Juni bis 2. Juli	—	Landesschulinspektor Schulrat Heckenhayn.
11/12	Frankfurt a. M.	14.—20. Mai 27. Aug. bis 2. Sept.	—	Turninspektor Weidenbusch.
13	Görlitz	27. Aug. bis 2. Sept.	—	Gymnasialdirektor Dr. Eitner.
14	Hadersleben	24.—29. April	—	Oberlehrer Dunker.
15	Hannover	12.—18. Mai	—	Turninspekt. Böttcher.
16	Karlsruhe i. B.	Im Monat August im Anschluß an d. Kurs. zur Ausbildung von Lehrern im Turnen		Direktor Maul.
17	Magdeburg	27. Aug. bis 2. Sept.	—	Stadtschulrat Platen.
18	"	—	26.—28. Juni	Gymnasialturnlehrer Chr. Kohlrausch.
19	München	6.—11. Juni	—	Stadtschulrat Dr. Rohmeder, Herrenstr. 7 I.
20	Posen	Termin bei Aufstellg. dieses Tableaus noch nicht festgestellt	—	Oberbürgermeister Witting.
21/22	Reichenbach u. E., Schles.	14.—20. Mai und 17.—23. Sept.	—	Realgymnasialdirektor Professor Dr. Beck.
23	Rendsburg	23.—27. Mai	Termin wird in d. Zeitung bekannt gegeben werden	Gymnasialoberlehrer Wickenhagen.
24	Stuttgart	Im Anschluß an den im Laufe des Sommers stattfindenden Turnlehrerkursus	—	Professor Keßler.

1. Die Beteiligung an den Kursen ist kostenfrei.
2. Die Anmeldung muß spätestens 3 Wochen vor Beginn der Kurse bei den oben bezeichneten Herren bewirkt sein.

Gute Qualitäten. **A. STEIDEL** *Billige Preise.*

A. STEIDEL

Berlin C 22. Rosenthaler-Strasse 34—35

Stadtbahn-Station „Börse".

Gegründet 1880. **Special-Geschäft** Telephon III. 8818.

für

Sport-Bekleidungs-Gegenstände und Spiel-Requisiten jeder Art.

Radfahren, Rudern, Segeln, Fussball, Cricket, Lawn Tennis, Croquet, Schlagball, Schleuderball, Turnen, Wettlaufen, Boxen, Schwimmen, Eislaufen, Schneeschuhlaufen.

Lieferant der Vereine des Deutschen Fussball- und Cricket-Bundes.

Vorschriftsmässige, complette Fussball-Spiel-Einrichtungen.

2 Goals mit starken Eisen 48 .M. 4 Eckstangen u. Eisen-Fahnen 14 .M. 10 Grenzstangen 10 .M in jeder gewünschten Farbe gestrichen u. lackirt. (Auch Abgabe einzelner Teile.)

Englische Fussbälle.

Beste Fabrikate.

„Practice" 6.50 .M	„The Eldon" 7.50 .M	„Superior" 7.50 .M
„Queen's Park" 8.50 .M	„The Victor" 10.00 .M	„Right wing" 10.00 .M

Leder-Hülsen 4—7.25 .M.

Gummi-Blasen 2.50—3.00 .M.

Luftpumpen 3.50 und 4.00 .M.

Alleinverkauf d. Fussball-Regeln (Association) vom Deutschen Fussball- und Cricket-Bunde angenommen und autorisirt 15 Pfg.

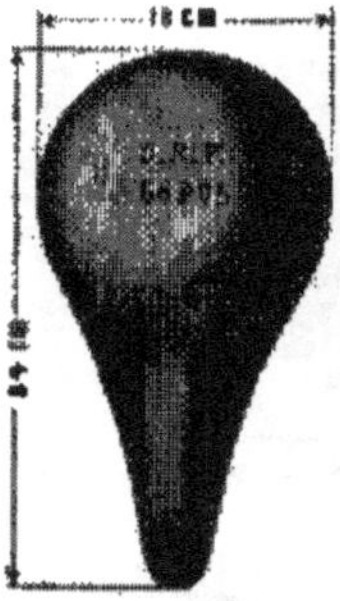

Der Keulenball

D.-Reichs-Patent

→ 68905. ←

Praktischer u. leichter zu handhaben als gehenkelte Lederbälle das Stück 6 Mark.

Gewicht ca. 850 Gramm.

Schleuderbälle

mit Gurtenspannung

Lederbesatz

und Rindlederriemen

18	21	24 cm
3.00	3.75	4.25 .M

27	30 cm
4.75	5.25 .M

Lieferant fast aller grösseren Vereine.

FÜR JEDEN SPORT SEPARATE PREISLISTEN.

www.ingramcontent.com/pod-product-compliance
Lightning Source LLC
Chambersburg PA
CBHW030540040726
47497CB00008B/2528
* 9 7 8 3 7 4 2 8 1 2 7 8 0 *